삶의 숨결

삶의 숨결

초판 1쇄 인쇄일 2021년 12월 10일
초판 1쇄 발행일 2021년 12월 22일

지은이 김성호
펴낸이 김성호
디자인 표지혜 김영주
교　정 성미출판사

펴낸곳 성미출판사
출판등록 (979-11)960049
주소 (우)08654 서울금천구 시흥동 시흥대로6길 35-25 2층 203호
대표전화 010-7314-2113 (02)-802-2113
팩스 02-802-2113
이메일 sungmobook@naver.com
홈페이지 www.booknamu.com
ISBN 979-11-967874-6-2 (03810)

삶의 숨결

· 김성호 지음 ·

성미출판사

머리말

가상의 인물을 만들어내는 소설을 쓰는 길은 멀고 험하다. 어떤 사물의 감추어진 속내를 읽어내는 작업은 평범하지 않다. 문제 속 문제에 해답이 있다는 내속을 알면서도 파고드는 안목이 그 깊이에 닿지 않아 그 해답을 끄집어 낼 수 없는 난제에 부딪치는 경우에 자주 직면한다. 이런 절망과 대면하면 작업을 멈추고 머리를 식힌다. 정신몰두와 무관한 운동을 하던 산책을 해서 무거운 긴장을 푼다. 필자의 사례이다.

이 소설을 써내려가면서 다시금 느낀 감정은 글말이 생성되는 두뇌가 지쳐있는 데도 불구하고 손목의 악력을 무리로 밀어붙인다면 능률이 현저하게 떨어진다는 것이다. 문장 얼개가 제대로 이어지지 않고 막히는 현상을 겪게 된다.

창작 작업은 긴 호흡을 요한다. 끈질긴 인내가 요구된다. 자신과의 싸움에서 승리하지 못한다면 언제까지나 마칠 수 없는 정신노동이다. 이 기간은 수도하는 집중의 동안이다. 초안을 다 잡은 교정도 수십 차례 들여다봐야 한다. 이 과정 역시도 만만치 않다. 오자 및 탈자를 찾아내는 문장을 고치다 새롭게 다시 써야 하는 귀찮은 짜증이 불연 일기도 한다. 성심이 바닥에 이르면 펜대를 꺾고 그만 써야겠다는 침울함에 빠져드는 것은 예사이다. 그러면서 한편으로 해방의 자유를 그린다. 그러나 삶을 떠받치는 일의 책임은 포기를 극구 말린다. 작가는 별 수 없이 원고를 끌어안고 마무리 다짐을 굳힌다. 마침내 이겨냈다. 뼈마디 욱신거림도 동시에 멈췄다. 남은 과제는 이 소설을 읽으면서 혹평이든 선평이든 내릴 독자들과의 만남이다.

이 책의 이야기는 시간 개념은 희박한 가운데 표제처럼 「삶의 숨결」이 내포되어 있다. 내용 전반을 면밀하게 주도하지 않은 까닭은 지루함을 덜게 하려는 속셈의 반영이다. 특히 이 책의 주인공 격인 우성일의 기복 심한 삶을 다뤘다. 삶의 안정을 잡아가는 와중에 아내 몰래 외부 여성과 몸을 섞는 불륜장면(제8장)에서 성일의 외로운 고독을 말해준다.

이 소설의 제6장은 몇 년 전에 일어난 살인사건을 일간신문이 보도했던 바탕에서 쓰였음을 밝힌다. 그 외의 장은 작가가 의도로 그려낸 상상의 인물들이다.

코로나 기세가 좀처럼 꺾이지 않는 현세이다. 독자 분들의 안위를 진심으로 기원하면서 이야기 속으로 들어가 보자.

2021년 초겨울 어느 한 날에

등장인물

우성일

성옥과 성한의 동생인 우성일은 시인이자 대학교수로 등장한다. 성일은 합격한 대학입학과 동시에 **가족들과의 연을 일절 끊고** 고학의 길을 걷는다. 편의점 아르바이트, 택배 분리 일을 하면서 마련한 돈으로 대학원 과정까지 마친다. 어엿한 대학의 교직원이 된 그는 이와 별개로 고향 후배인 양문일에게 시를 지도한다.

우성한

일찍부터 시작한 박스제작공장 사업장을 외국인 종업원의 불장난으로 졸지에 잃고 만다. 의기소침에 빠진 그를 괴롭히는 대상은 삶의 의욕을 더욱 떨어트린 **우울증증세**다. '나의 아픔에 울기도 참 많이 운 나에 대해 나만큼 아는 사람은 아무도 없다. 나는 내 영혼은 사랑하면서도 육신에는 회의심을 갖고 있다.'라는 첫 문구처럼 **그는 희망을 잃고 만다.**

권금옥

성한과 초등학교 동창. 한 동네에 사는 두 학생은 고등학교 졸업을 앞둔 시점에 놀이공원에 놀러간다. 그러면서 해가 저문 시각에 대실 여관에서 **미래 약속인 사랑**을 확인한다. 이후 마트계산원으로 취직하며 사회에 첫 발을 디딘다. 훗날에 성한과 농장생활을 한다.

문행숙

공무원인 아버지의 맏딸인 문행숙은 감사원근무 중 직장 동료 양문일과 결혼한다. 그러나 남편에게 끝내 성性을 허락하지 않는다. **다른 남자를 사랑하고 있기 때문이다.** 남편이 스스로 생명을 끊자 이후 우성일과 부부 연을 맺는다. 또한 새 남편이 전공학과를 국문과에서 사회학과로 옮긴 남편을 대신해 시맥詩脈을 잇겠다며 시를 배우는 공부를 시작한다.

감사원직원.
고향후배인 우성일로부터 과외로 시를 배우는 시인지망생.
결혼 한 달 여 만에 '결혼은 곧 자녀 기르는 어른의 행복이다.'라는
선언을 끝내 이루지 못하고 **스스로 목숨을 끊는다.**

양문일

아버지 우남길의 혼전 딸로써 성일, 성한의 누나이며 농부의 아내.
성격은 **인정이 넘치도록 남을 이해하는 폭이 넓다.**
남편 원세호 말대로 집안 대변인이다.

우선옥

군인 출신의 농부이며 우선옥의 남편.

원세호

작은 식당을 운영하는 부부의 백수 아들.
빚에 쫓기는 처지로 공동 명의로 가입한 보험금을 노리고
절친 중학교 동창 윤창호를 살해한다.

박성근

중소기업 근로자.
어머니를 일찍 여의 데다 아버지마저 치매 환자 이다.
중학교 동창인 **성근의 여동생을 짝사랑**한다.
성근과 공동 가입한 보험의 빌미로 무차별 살해를 당한다.

윤창호

화가이며 술집주인. 우성일의 반짝 연인

김현미

제 1장

절벽 나무

'나의 아픔에 울기도 참 많이 운 나
에 대해 나만큼 아는 사람은 아무도 없다. 나는 내 영혼은 사
랑하면서도 육신에는 회의심을 갖고 있다.'

약한 봄비가 촉촉이 내린다. 옅게 젖은 회색도심의 자취로
미뤄 아마 대략 한 시간 전부터 내리기 시작한 것 같다. 방문
을 열고 미명이 채 가시지 않은 바깥을 흘끔 내다본 우성한은,
쓰디쓴 인상을 지어내면서 양 어깨에 걸쳐 몄던 멜빵가방을
풀어 장판바닥에 툭 떨어트린다. 밀려든 허탈감에 따른 체념
이다. 말 그대로 혈압에 눌리는-혈액의 압력에 심장이 수축하
면서 끙끙 앓는 박탈감이었다.

"제기랄! 글러 먹은 하루군."

신세타령 불만을 환경적으로 토로해 낸 그의 입매는 비 정
상하게 일그러졌다. 태엽이 풀린 망연한 상실감에 더 깊이 잠

겨들었다. 잡았던 일정이 우라질 비 때문에 평지풍파로 무너지게 된 절망의 신경질은 정신머리를 사납게 흔들어 놓았다. 도대체 정렬이 잡히지가 않는다.

갓 밝아오는 아침 만이가 지청구하게 옥죄어진다. 삶의 희망을 완전히 잃은 불운의 무력감-비참으로 씹히는 입맛은 모래알갱이이다. 형태도 무게도 없는 혈맥이 체내에서 흐르며 정신을 마비시키며 있다. 다스릴 수 없는 한기가 뼛골 깊이 파고들었다. 기댈 곳 없는 천출의 경멸은 벽면으로 다가앉게 했다. 그 벽을 주먹질로 때려대면서 아픔이 거의 느껴지지 않을 정도의 강도로 머리를 처박고 허위단심의 신음을 주술적으로 연시 토해낸다. 돌덩이를 매단 수장水葬이라 숨통이 막힐 지경이다.

"인생살이 몇 해라고 벌써 한 물간 인생……? 한 줄기 빛도 볼 수 없이 캄캄하구나. 몸 던지기를 기다리는 절벽 아래는 저 깊고……아, 태어나지 말았어야만 했던 후레자식 놈! 정말 구제길 없구나. 비도 나의 방해물일 뿐이니, 대체 어느 세월에 햇볕 한 점 들지 않는……수챗구멍과도 같은……너무나도 비현실적인 구질구질 생활에서 좀처럼 헤어나지 못하고 허덕이는 나의 처참한 신세, 언제나 볕이 들를지……가진 것이라곤 비비기 편한 손바닥뿐이니……어느 세월에 어깨를 쭉 펼 수 있을는지……마음 편히 즐길 꿈의 행운 과연 내게도 해당이 될까?……형체 모를 무언가를 씹고 있기는 한데 무슨 맛인지 미감이 전혀 없다."

멀뚱멀뚱 정신도 다시 누운 잠자리에서는 시름시름 감긴다. 깨어난 시간은 오전 열한 시 무렵이었다. 성한은 한구석으로 밀어젖힌 이불 방에다 부엌용도로도 겸해 쓰이는 현관에서 들인 가스레인지를 놓은 다음, 여러 가구가 공동으로 쓰는 마당수도에서 받은 냄비 물을 얹었다. 라면 두 개로 아침 겸 점심을 때운 그는 곧바로 외출에 나섰다.

모처럼 밟아보는 영등포역 앞 버스정류장 일대가 시원스럽게 넓어졌다. 오랜 세월 동안 대로변을 뒤로 두고 포장장사를 벌였던 노점 상인들의 자취가 말끔하게 사라진 가운데, 인도 폭이 상당히 넓어졌다. 예전에 북적거리는 인파들과 크고 작은 신체접촉이 불가피하게 잦았던 다툼의 소지가 사라진 것이었다. 그렇지만 버스를 기다리는 예비승객들 수는 여전히 많다.

성한은 차림새는 물론이고 인상이 제각기 다른 인파들로 통로가 꽉 막힌 복잡을 피해 뒤편으로 물러났다. 성한의 눈길이 대각방향 이층 당구장에서 멈춰졌다. 단발의 젊은 여성이 유리창 밖을 내다보면서 담배를 피우고 있다. 마주친 눈길을 먼저 피한 편은 딴청을 보인 건물 내 여성이었다. 그런데도 성한은 시선을 거두지 않고 멀거니 주시하고 있다.

시외버스가 도착했다. 성한은 빠른 걸음으로 사람들 사이를 비집고 제일 먼저 버스에 올랐다. 그는 반사적 반응으로 좌우 이인용 좌석을 두리두리 살피면서 안쪽으로 들어간다. 언제부터인지 딱히 기억이 나지 않게 음성으로 길러진 습관성 버릇이었다.

그의 동공이 별안간 휘둥그레 밝아졌다. 순간 몸의 경직과 맞부딪치면서 심장박동이 요란스럽게 마구 날뛰기 시작했다. 그는 불안정하게 흔들리면서 분주하게 빨라진 눈동자를 운전석 편으로 잽싸게 던졌다. 운전대에 두 팔을 팔짱으로 얹어둔 장발기사는 간간이 손목시계를 들여다보며 출발시각을 잴뿐, 뒤돌아볼 기미를 전혀 안 보인다. 네 명에 불과한 시골풍 승객들도 하나 같이 앞 편만을 바라보고 있다.

성한은 고동치는 파열음이 모기와 등에의 날갯짓처럼 시끄러운 심장소리를 들어가며 좌석에 앉으면서 여성용 반접이 지갑을 떠는 손아귀에 움켜쥐었다. 빨간 지갑 안에는 이십 대 후반쯤인 여성의 인물사진이 부착된 주민등록증과 충전용 교통카드 외에 십만 원 수표 두 장과 현금 이만 칠천 원이 들어있었다.

"우라질, 빗발에 공치는 가 했더니만 횡재 했군……."성한은 회심의 미소를 가득 머금었다. 내민 혀로는 땀샘이 없는 마른 입술을 핥았다.

그는 본데없는 하루살이 인생 자라 내일이 불안정한 골딱지 신세이나, 절도 죄목에 해당하는 습득물은 국가의무를 부여받은 치안부서에 반드시 신고해야 한다는 사회적 통념쯤은 익히 알고 있다. 그러나 이를 가사로 깡그리 무시하고, 조마조마 찔리는 양심의 가책을 애써 누르며 때마침 소지하고 있는 볼펜으로 수표이면에다 분실자이름과 그의 주민등록번호를 기재했다. 수표를 쓰려면 주민등록증 제시요구가 의례적으로 따라지고, 혼자만의 비밀인 주민등록증 말소자라 그 요청에 따른 시간 낭비의 불편을 겪어야 한다는 -신원위증 통과가 쉽지 않다는- 두세 번 정도 범죄의심 사례를 치러본 경험의 작용이었다.

　노선버스는 정류장마다 멈춰서면서 오르고 내리는 승객들을 목적지로 안내했다. 종점에 거의 도달한 버스가 정류장 아닌 곳에서 느닷없이 멈춰 섰다. 버스 밖 노상 손짓에 기사가 수동식 문을 연 것이었다. 기사와 잘 아는 친숙한 인사말을 교환하면서 질 낮은 고무슬리퍼 발로 앞문 세 계단을 밟고 오른 사람은 몸집 큰 아낙네였다. 좋아하는 색상인지 빨간색 양말을 신었다.

　아낙네 인상착의가 낯설지 않게 기억 속으로 밀려들었다. 주민등록증상의 여성과 흡사 닮은 서른 초반의 파마머리 기혼여성이었다. 바로 위 언니쯤으로 짐작되는 아낙은, 이젠 두세 명의 승객만이 남아있을 뿐인 차 안의 좌우 좌석을 느린 눈길로 두리두리 살피면서 중간까지 들어왔다. 좌석 아래 공간을 흘어 볼 시에는 윤곽이 선명한 청색바지 엉덩이까지 높이 쳐들었다. 큰 체구에 걸맞게 삼각팬티 자욱이 선명하게 새겨진 엉덩이 면적이 굉장하다. 마른 침을 삼키는 남성의 근성은 어김없이 곯아 있는 성욕을 강하게 일으켜 세웠다. 그렇지만 몇몇 눈들이 지켜보는 공공장소이다.

아낙네 출현 목적과 그 과정을 재빨리 간파한 성한의 낯빛이 후끈 달아올랐다. 피하는 눈치를 굴리면 되레 의심만 살뿐이라는 판단을 능글 맞는 비웃음기로 내린 그는, 대범하게 아낙네 시선을 맞받았다. 아낙네는 낯선 승객의 꿰뚫어 보는 도발적 시선에 심리적 부담을 느꼈는지, 연시 깜박이는 눈썹의 눈길을 내리깔며 큼직한 등을 천천히 돌렸다. 그러면서 "누가 벌써 주워갔지 남아겠어."라는 음정을 혼자 말로 낮게 흘렸다.

아낙네 모습이 버스에서 이윽고 사라지자 성한은, 비로소 복잡하게 뒤엉킨 혼선으로 밀려나 있던 경련의 심장고동을 진정시킬 수 있었다. 이마를 적셨던 비지땀도 어느 정도 가라앉았다. 수분에 젖은 얼굴기운이 선선하다.

인적 끊긴 촉촉한 종점 일대를 하릴없이 맴돌던 그는, 현금과 수표만을 뺀 지갑을 우체통 개구부로 슬쩍 밀어 넣었다. 그 과정에서 비닐하우스 농장을 경영하는 누나부부를 찾아보기

로 한 애당초 일정을 전격 철회하고, 같은 노선버스로 서울로
돌아왔다.

　개인적인 환경에 익숙해진 탓에 다시금 고립무원에 쉽사리
갇힌다. 끊긴 신경 교감에서는 아무것도 시야에 잡히지 않는 -
불빛 한 점 없이 앞뒤가 꽉 막힌 어둠의 흑암세계- 한 치의 탈
출구도 보이지 않는다. 허공을 헤치는 손목도리 악력도 송두
리째 빼앗긴 허무가 서서히 밀려들면서 전신을 무겁게 짓누른
다. 뭉근한 고독이 그나마 붙들고 있던 한 가닥의 의지마저 집
어삼켰다. 밑바닥 저 깊은 구덩이까지 다다른 침울 감이 심기
를 갈기갈기 찢어놓는다. 계절과 상관없이 사지가 부들부들
떨린다. 반죽음 상태인 사색死色은 손과 발을 꽁꽁 얼렸다. 여
름철 뜨거운 활력 자와는 동료가 될 수 없다는 서글픔이다.

　사람의 살피 냄새가 못내 그립다. 대상은 봄볕처럼 따스하
게 살포시 안아 줄 여자의 품앗이다. 일종에 성욕풀이 환상이
다. 살아있는 이성을 가진 삶의 균형은 푸는 데서 온다. 응어
리로 끙끙 앓는 속병부터 어떻게든 치료받아야 절망에 잠긴
심령의 고통도 해소되기 마련이다.

　짙은 먹구름이 여전히 두텁게 뒤덮여있는 해거름 저녁. 온
도심이 촉촉하게 젖어있는 음습-꼬불탕한 골목을 밝히는 가
로등 불빛 하나, 눅눅하게 아련하다. 문을 열고 들어선 가게는
테이블이 두세 개뿐인 영세술집이었다. 미뤄뒀던 새벽까지

영업한 잔재를 이제야 거두는 건지, 알 까닭이 없는 근심거리로 낯빛이 검은 여성이 빈 맥주병 따위를 치우고 있다.

"술 마시게?"언제 봤다고 내뱉는 첫 마디부터가 기분 나쁘게 반말이다. "앉아. 곧 대령할게."

심경이 한층 더 무겁게 가라앉은 추운 고독의 외로움을 달래 줄 성욕 푸는 일이 일차 염원인 성한은, 젖은 누더기 행주로 테이블을 닦는 여자의 뒷모습을 수탐하듯이 물끄러미 지켜본다. 갖은 애교로 어떻게든 남자들을 꼬드겨 매출을 올려야 하는 술장사의 행실은 역시나 방정맞았다. 행색이 꼭지 통을 쉽사리 내쏟을 것 같이 조잡하기 짝이 없었다. 세련 갖춘 여성다운 섬세성은 고사하고, 굳어있는 마음을 확 풀어줄 곧은 한 점의 눈빛도 찾아볼 수 없이 싸구려 탐욕으로 무장된 뒤룩뒤룩 체중일 뿐이었다. 두꺼운 배둘레햄(옆구리살) 밉상에 기분이 더욱 상해진 성한은, 이맛살을 찌푸리며 자리에서 일어나 들어온 입구로 발 머리를 잡았다.

"왜 개시부터 재를 뿌려!"뒷덜미를 낚아채듯이 따라 붙은 외침은 필사에 가까웠다. 주방에서 재빨리 뛰쳐나온 여주인이 손님 앞을 가로 막고 섰다. "잘해줄게."

성한은 인정상 차버릴 수가 없었다. 여주인은 막무가내로 잡은 손님의 손목을 악력으로 이끌었다. 손님은 영 달갑지 않다는 찝찔한 기분인 데도 불구하고, 등받이 중앙부위 표피가 트고 벗겨져서 그 속살이 흉하게 드러난 소파에 다시금 등을 붙였다. 여주인은 하던 일을 미루고, 주방의 수돗물로 손을 대충 씻은 다음 냉장고 문을 열어젖혔다.

맥주 두 병에 이쑤시개 몇 개가 찔려있는 참외와 수박 몇 조각의 안줏감이 테이블에 올라왔다. 헤픈 손아귀에 쥔 금속 병따개로 맥주병 뚜껑을 딴 여주인이 유리잔을 가득 채웠다.

"병원에서 나왔어?"여주인은 먼저 받은 잔의 화답으로 손님이 따라준 유리잔을 손님 잔과 가볍게 부딪쳤다. 어투가 조금은 유순하게 달라졌다. 입에 붙은 천박한 장사치 건성 말은 여전하나, 속내에서 정중을 모은 겸양이 엿보였다. 손님의 가시처럼 까다로운 성향을 맞춘 계산 성 의도였다. 또한 말수 적은 내성적인 손님의 분위기를 깨려는 심사도 깔려있었다. "약품 냄새가 나네."

대화라면 대화일 수 있는 옆자리 여주인의 비위 맞추는 상술에 침울한 기분이 다소 깨였다.

"아니……"성한은 이 말을 반사적으로 내뱉고는 코를 댄 제 옷소매 냄새를 맡는다.

"그럼 됐어. 인맥도 돈도 없어 지렁이처럼 흙을 파먹는 처량 신세에 늘 머물러 사는 우리 같은 사람은 이것저것 다 집어치우고 건강이 최고의 재산이야."

사람이나 짐승이나 똑같은 한 생명체라 각脚을 뜨는 건 일반이다. 식생활 문제를 당일 당일에 해결해야만 하는 자질구레 형편을 잘 이해한 정곡인 것을 얼핏 깨달은 성한은, 한바탕 울고 싶은 서글픈 감정을 진정시킬 수가 있었다. 정신력이 각도 없이 와르르 무너져 내렸다. 성한은 한 모금의 맥주로 자신을 달랜다. 목줄을 타고 체내로 흘러드는 맥주 맛은 찬 기운의 자극 때문인지 속만 쓰리게 할뿐 의미가 희박하다. 그는 입술에서 잔을 떼며 낯빛을 과하게 찌푸렸다.

"왜? 주량이 그밖에 안 돼?"

"속이 안 받아 주네. 그만 일어날 테니 한 병 값만 받지 그래!"

"안 돼." 여주인이 시뻘게진 동공을 크게 부라리며 언성을 높였다. "에누리 없어."

날카로운 매정함에 닭살소름이 돋았다. "따지 마!" 성한이 약간의 화기를 담은 목청으로 냉큼 말렸다. 남은 한 병의 맥주 뚜껑에 금속따개를 대려는 여주인의 행동을 미리 내다본 것이다. 셈에 넣지 않겠다는 속내 반영이었다.

"술 약하구나."

손길을 멈추면서 데면데면 흘겨보는 여주인의 눈초리는 뜨악했다. 몇 가닥 그려낸 굵은 이마 주름에는 낭패 기운이 서려 있었다. 마른 침을 억지로 삼키는 그 정신머리 여주인은 과연 손님의 인상착의를 어떻게 상상하고 있을까? 사회신분이 가일층加一層 낮을-별 볼 일 없는 남루한 모색으로 미뤄 괜히 돈

쓰러 오지 않았을 손님에 대해 과연 무슨 생각을 하고 있을까?

요즘 세상은 내가 먼저 살고 보자는 아귀다툼의 갈등이 증폭으로 쌓여있다. 인정이 여름철 가뭄처럼 메말랐고, 인명이 경시된 정글사회가 된지 오래다. 서로 믿고 의지하는 진실은 실종되었고, 이기는 싸움의 의지가 약해 보이는 착한 사람은, 규정의 법 무시를 예사로 넘나들면서 탐욕의 가죽 옷을 걸친 능글능글 야만인들에게 인권이 착취당하며 살고 있다.

이렇게 너 죽이는 득달이 살벌하게 어지러운 세상 속에서 때 묻지 않은 순진무구한 양심 자 찾기는 하늘의 별 따기이다. 그런데 이 사람은 무인도에서 홀로 사는 사람인 것 같다-? 자문하는 힐금 일까? 절대 아닐 것이다. 돈 계산에만 밝은 사람에게서는 고상함의 기단인 반듯한 사고력과는 거리가 상당히 멀다.

"난 술 못해." 성한은 소신을 밝혔다. 무엇보다 교양 없는 싸구려 체질에 실망이 컸다. 만일에 얼굴이 곱상하게 예쁜 날씬한 젊은 여성이었다면 이토록 일찌감치 술맛을 잃지는 않았을 것이다. '난 술 못해' 말을 저변에 묻고-여리게 부드러울 엷은 살피를 자꾸 주무르고 싶어 가만히 있지 못 하고 안달 쓰는 꼼지락 손길은, 상대가 채워주는 잔을 주는 대로 받아 마시면서 마음껏 즐겼을 것이다. 안개 뒤편에 서있을 미지의 미모여성 자체로서의 위안을 넘어-이런저런 얘기를 주고받는 과정에서 외로운 자의 정형적 병인 우울증 증세를 말끔히 씻어낼 수 있었을 것이다. 그만큼 이성의 사모가 컸다.

그는 못마땅하다는 기분에 사로잡혔다. 그는 꼴 보기 싫어진 밉상의 응어리가 몽돌처럼 단단해지기 전에 자리에서 일어나야 한다는 생각을 모질게 굴렸다.

그는 한 병 값만 받을 것을 재차 요구했다. 이번에도 여주인의 완고한 독종을 꺾지 못하였다. 하는 수 없게 된 손님은 바가지요금이 명백한데도 우겨 싸울 기세를 보이지 않고, 습득물 중 일부 인 십만 원 수표 한 장을 순순히 내밀고 삼만 원을 거슬러 받았다.

다시금 어디를 향해-무슨 용무로 걸어야 하는지 알지 못하는 맹목적 발질이 시작되었다. 그는 가급 적 눈들을 피해 다니는 범죄자처럼 가로등 밝은 한길보다, 사물식별만 고작 가늠할 수 있는 정도의 인적 드문 어스름 골목길을 헤매었다.

어디쯤인지 짐작이 전혀 잡히지 않는다. 어느덧 양화대교 초 입지에 다다라있었다. 좌우 방향으로 쌩쌩 달리는 수많은 차량에 울리며 흔들리는 긴 대교를 건너 발을 디딘 합정동 교차로에서 망원동 방향으로 걷다, 망원정 한강 제방 길로 접어들었다.

세찬 강바람이 거세게 달려들어 얼굴 전체를 사정없이 후려친다. 벚꽃계절을 다 보낸 봄기운 바람은 제법 매서웠다. 얇은 차림새인 사지가 한껏 움츠러들였다. 방어도 소용없었다. 호흡이 힘들었다. 그대로 물줄기를 앞둔 아래로 내려왔다.

"여보셔흐, 이 밤에 어디 가십니까?"

부르는 음색이 왠지 한기하게 으스스하다. 목소리 진원지로 고개를 돌린다. 가로등 불빛에 비친 사람은, 색상 어두운 겨울외투 차림새로 새순이 연한 풀덤불 위에 신발신은 두 다리 모으고 눌러앉아 있는 노숙자였다.

"뉘신지 모르겠으나 염치를 잃고 사는 사람의 소원이니 담배 한대 얻읍시다."

"없습니다. 담배를 피우지 않거든요."

성산대교 방향으로 이십 미터 남짓 내려오자, 둘러앉은 한 무리 노숙자들이 술판을 벌이고 있는 광경이 목격되었다. 저마다 색상 다른 두꺼운 외투로 꽃샘추위를 견디는 수는 총 네 명이다. 성한은 대뜸 분기를 들어올렸다. 사회적 아편일 뿐인 짝패들에 속이 상한 핏대였다. 사회의 어느 신분에도 속해있지 않아 그 책임에 나 몰라라 뻗대며 등한시하는 해충벌레들이 불쾌하다는 노골적 미움이었다. 그러면서 보나마나 인상들이 고약할 거라는 지레짐작 하에 얼굴 표정을 누덕누덕 찌푸리며 한마디를 내뱉는다.

"이곳은 붙은 생명이라 어쩔 도리 없이 숨만 내 쉬는 인생 낙오자들의 터전인가? 왜 저리 우범자들이 득실거려."

성한의 이 독백은 사실 자신에게 한 말이다. 그려둔 설계대로 사회 망 뚫기가 쉽지 않아 막다른 궁지에 내몰린 자신의 오랜 처지불만을 노숙자들을 거울삼아 내뱉은 한탄이었다.

신발 벗은 양말 발로 강변 둑에 서서 물끄러미 굽어보는 검은 물결의 유속음영은 구슬프기 짝이 없다. 거리 가까운 밤섬에서 조류 때 함성이 들려왔다. 한 마리 새가 막 지반을 차며 날개 치는 소리를 들었다. 청둥오리였다.

"동생아, 부디 못난 형의 몫까지 살아다오."

성한은 성옥누나의 시집가기 이전까지 한 지붕 아래서 살았던 동생 성일을 그리며 북받친 울분을 삼켰다. 오 형제 중 성분 다르게 논리 조립이 웅숭깊게 가장 우수했던 동생이었다. 그러나 패인 된 거지꼴의 창피로 연락 끊은 지 오래라, 지금은 어디서 무엇을 하면서 지내는지 아는 바가 전혀 없다. 대학에 합격했다는 소식까지만 간접 들은 것이 전부이다. 목이 메었다. 이상의 말이 나오지 않았다. 물가로 한 발짝 더 다가선 그의 두 눈에 눈물이 맺혔다.

"누나, 미안해요. 이렇게 죽음 앞에 서게 될 줄 알았다면 아침에 잡았던 일정대로 누나를 봤으면 좋았을 텐데, 구분경계가 무의미해진 처지의 측은 탓에, 생각이 수시로 바뀌는 갈피의 성미라 마지막 모습 끝내 보지 못했네요."

준비를 다 마쳤다. 물속으로 투신만 하면 이 세상과는 영영 작별이다. 그 무렵 한 인물이 돌연 그려졌다. 열두 명의 종업원을 뒀던 박스공장 사장 재직 시까지 부부 결혼을 꿈꿨으나, 불시의 내부화재로 생계터전을 몽땅 잃은 잿더미 아픔을 딛고 다시 일어서보려, 익숙하지 않아 적응이 힘들었던 막노동으로, 그럭저럭 허기나 면하는 몸태질 생활로 자연스레 멀어진 초등학교 동창 조금옥이었다. 기억 저 밑바닥에서 함께 뛰어 놀았던 추억의 몇몇 얼굴들은 제쳐두고, 그 친구만은 마지막으로 꼭 보고 싶어졌다.

그는 파릇파릇 새순 풀숲 속에다 가지런히 벗어둔 낡은 검은색 운동화를 찾아 두 발에 각각 끼어 신고, 서둘러 강변을 벗어 나왔다. 심야택시로 사직동 도착까지는 이십여 분이 걸렸다. 먼 시간 저편 때 몇 차례 왔었기에 기억에 남아 있는 언덕배기 한옥 일대는 옛 시간에 머물러 있었다. 성한은 쉽사리 찾은 한 집의 방범 쇠창살 안 유리 창문을 세게 두들겼다. 그리고는 최대한 들어 올렸던 발뒤꿈치를 내리고 뒤 발 물러난 자리에서 안에서 들려올 기척을 기다린다. 삼분 여의 시간이 지났는데도 아무런 반응이 없다. 세 번째 노크에 "누구세요?" 하고 묻는 인기척이 창문 너머에서 새어 나왔다. 형광등 불빛이 깜박깜박 켜졌고, 이어 외부 먼지가 뿌옇게 가라앉은 창문이 한 뼘 정도 열렸다.

"누구세요?"

"금옥이 나야. 성한이."

"아니 네가……이 밤에 웬일이니……? 기다려! 금방 나갈게."

창문이 닫혔다. 대문 앞으로 걸음을 옮기는 성한의 표정에 회심의 빛이 살짝 떴다. 얼마 만인가? 낯익은 오랜 지기와의 상봉이-흐른 시간이 균일하지는 않으나, 아마도 근 이년 반만이지 않을까 싶다. 마중 나온 금옥은, 잠옷 위에다 두꺼운 회색 외투를 걸치고 있었다.

"미안해. 갑자기 찾아와서……."간발 차로 동창 뒤를 쫓는 성한이 변명 비슷한 사과를 나직한 목청으로 내뱉었다.

"놀라게 하는 일이 너의 특기잖아. 들어가."

금옥이 현관문을 열어젖혔다. 소형 전기난로의 열기로 방 안의 공기는 따뜻했다. 바깥과의 현격한 기온 차로 몸이 절로 떨렸다. 콧물이 흐르면서 기침이 밭아졌다. 금옥이 티슈 갑을 떠밀었다.

대형마트 계산원이면서 성한의 기약 없는 행방불명 탓에 결혼적령기를 놓치고 혼자 사는 금옥의 59제곱미터 크기의 전세방에는, 전기장판 위로 깔린 이불이 아래편으로 거둬져 있었다. 방주인은 제 체온이 그대로 남은 요 위로 손님을 앉게 하고 끌어당긴 이불로 무릎을 덮어 줬다.

"지쳐 보이네."맨 입술의 입매를 뗀 금옥의 눈빛에는 누적으로 쌓인 피로감이 짙게 떠 있다. "어디서 오는 길이야?"

"그냥 여기저기 한참 돌아다녔어."성한은 눌러앉은 요 위를 가만히 쓰다듬었다. 안색의 생기가 창백하게 말라 있다. 살아보겠다는 착안의 용기가 없어 보였다. 성한의 동태를 눈여겨보는 금옥의 표정이 여리게 찌푸려졌다. "따뜻하네."

"한동안 연락이 없던데 뭐하며 지냈어?"

성한은 대답 대신 금옥의 눈 속을 정중으로 파고들었다.

"금옥아, 우리가 전에 나눴던 결혼 얘기 아직 유효한 거니?" 빗나간 동문서답이다. 이 말을 하러 온 것은 분명 아니었다. 가슴에 담아둔 애당초 생각은 초등시절부터 남달리 애정이 깊었던-이성 친구의 살아있는 모습을 마지막으로 한 번 더 본 이후 삶의 의미가 바싹 메마른 무력감에서 좀처럼 헤어 나오지 못하는-지금까지 발을 딛고 살아온 이 땅의 흙속으로 돌아가려 했었다는 암울한 엄숙이었다. 그러나 그 의지와 전혀 무관하게 세치 혀의 말은 얼굴 붉어지는 실언을 내뱉고 말았다. 그렇다. 얼음장 긴장이 서서히 녹아내리면서 되살아난 푼푼한 옛정의 기분에 들떠 불쑥 실토한 바위 밑 샘의 말이었다. 그렇지만 이 말의 결말은, 적어도 귀적鬼籍을 단념케 하는 전환의 계기를 맞은 것은 확실하다.

"뜬금없긴……."말끝을 흐린 금옥의 눈가에 이슬이 맺혔다. 안색도 붉어졌다. 뜸 들이는 시간이 길다. "그래."

현실성이 떨어져 싱거운 맛이 풍겼다. 그러나 일직선으로 길게 늘어트린 입술에는 진정 담은 열매가 주렁주렁 매달려 있다.

성한이 갑자기 금옥의 신체를 와락 끌어안았다. 기쁨을 감출 수 없는 몰아의 힘이었다. 일말의 묽은 기대를 훌쩍 뛰어넘은 통제 불능의 행운이라 몸 둘 바 모르게 발열이 날뛰어진 것이었다.

"고마워. 실은 그냥 떠본 말이었어."

"그렇게도 좋니?"성한의 양 허리에 손을 얹어둔 금옥의 절제된 귓속말은 나직했다.

"응, 하늘이 춤을 출 만큼 만족스럽게 행복해!"

성한은 주저 없이 정력을 다해 고백했다. 분수 물을 내뿜는 감정을 빌어 결혼대상으로 확인된 예비아내로써 더더욱 아낄 수밖에 없게 된 신체가 꺾이도록 두 팔의 악력으로 힘껏 당겨 안았다.

"나도 기뻐! 네가 돌아온 것도⋯⋯"금옥이 답했다. "목 좀 풀어줄래. 숨 막힌다."

"어? 미안!"성한은 금옥의 목을 감았던 팔의 힘을 풀었다. 내린 두 손은 곧바로 금옥의 양어깨에 얹어졌다. 그리고는 눈길을 맞춘 금옥을 빤히 들여다본다. "재기를 기다려 왔어. 그렇지만 무슨 저주가 어찌나 철석 맞게 붙었는지 희망의 기회는 멀리 달아날 뿐이었어. 그래서 자존심을 세워 너를 잊으려

했던 건 진심이야. 미안해."

"그래서 늦게 돌아왔다 그 말이지?"금옥은 강도 낮춘 책망으로 꾸짖었다. "자책하지 마. 중요한 것은 우리가 다시 만난 지금의 현재가 아니겠어."

"고마워. 잘 돌아왔다는 격려에 죽음의 그림자 완전히 사라졌어."

"죽으려 했었어?"

"응, 그 그릇도 아닌 주제에⋯⋯장래 없는 무슨 명예욕을 꿈꾸나⋯⋯회의심이 범벅으로 엉키더라고."

"꼭 사회적 영향력이 넓은 인물만이 큰 그릇인가. 작은 일로도 얼마든지 이름을 빛낼 수 있는 게 아니겠어."

금옥의 음색에는 모처럼 가까운 사람에게 삶의 용기를 불어넣어 줬다는 환희 감으로 들떠있었다.

"얼굴을 들 수 없이 부끄러운 나 자신의 신체 전체가 쓸모없는 쓰레기로 버려졌다는 기분을 떨칠 수 없었어."성한은 얼굴과 얼굴의 간격을 두고 금옥의 아직 덜 모아진-어떤 한계에 갇힌 눈 속을 진중을 담은 눈빛으로 가만히 들여다본다. "일 년만 참아 줄래. 어떡하든 재기를 보여줄 테니⋯⋯."

"알았어. 이제부턴 혼자서 문제를 해결해보겠다는 불안 따위 그만 떨고 함께 헤쳐 나가자."금옥은 입을 다물고 여전히 감동 먹은 흥분을 감추지 못하고 있는 성한의 눈길을 맞받았다. "내가 왜 이제껏 이사 안 간 이유 알기나 할까. 네가 올 줄 알았기 때문이야."

　내성이 깊지 못한 금옥은 외모를 꾸미지 않는다. 차려입어 봤자 출근을 하자마자 그 차림새로 계산대에 서야 하기에, 편하게 체형에 맞는 옷이면 족하다 하는 타입이다. 한 치수 긴 소맷부리 옷도 거둬 올리는 불편이 따른다며 외출에 한해서 거의 입지 않는 편이다. 검소의 정형이 아닐 수 없다. 예쁘게만 보이려는 이중적 잣대로 외모 사치에 환장하여 의복과 화장품·명품가방 구매에 카드를 마음껏 북북 긁어대며 박제로 치장하는 허세부리 여성들과는 취향이 사뭇 다른 내면의 본세이다.

　아름다움은 분명 남자들이 되돌아보게 하는 호감의 힘을 갖고 있다. 미모의 가치는 그만큼 높다. 그러나 양손 열 가락 모조리 짧으면서 언제든 거친 일도 마다하지 않는-몸을 사리지 않고 덤벙대는 그 매운 기세가 덧씌워진-등살 집이 도톰한 금옥은, 남자들의 시선을 빼앗는 그런 미인 측에는 들지 못하는 노처녀이다. 탄원형의 턱 끝은 뭉툭하고, 얼굴 중앙에 고정으로 박힌 코는 앙증맞게 귀엽고, 등 뒤로 젖힌 한 묶음의 꼬리 머릿결은 고무줄로 질끈 동여매어져 있어, 남자들이 재미 삼아 아작 씹으면서도 고개를 돌리는 그런 금옥이다.

　'나잇값을 하자.'

확고한 근거가 아니면 그 주장은 위력 없는 불 실체일 뿐임을 명심하자. 이제야말로 혼자가 아닌 천군만마의 동반자를 등에 업게 되었다는 자신감이 뿌듯하게 출중해진 성한은, 사직동 한옥을 나서면서 결의로 채운 잇새의 공기층을 악물었다. 감상과 정의감과는 거리가 먼 성질이나, 삶의 무게의 자유에서만은 가상이 아니길 바란다는 의기였다. 이젠 위태의 절벽나무는 두 발로 뛰어도 안전한 평지로 이식되었다. 설명 부족한 평온한 의지력의 불길이 세차게 지펴졌다.

사회의 모든 분야는 앞서 살아간 사람들이 피땀을 흘리며 갈고 닦아세운 성취로 계층 되었다. 그 바탕에서 오늘날 후세인들은 무에서 발버둥 치는 생고생을-무에서 유를 창조하는 새로운 개척이 아닌 이상-고달픈 짐은 한결 덜어지게 되었다.

생산성과는 거리를 두었었고, 미래대비 충전의 휴식기도 아닌 분해의 갈기갈기 낭비로 사용기간이 그만큼 단축된 시간을 지금부터라도 헛되이 흘려버리지 않고 열심히 뛴다면 융통성 넓은 사회는 손뼉을 쳐줄 것이다.

새롭게 다진 마음에 다복한 안정감이 깃들였다. 그는 어제 일들은 깨끗이 잊자는 정리 차원에서 과거를 돌이켰다. 당일 당일의 생계거리에 급급하여 들춰볼 여력이 없었던, 기억 저편의 한 사건이 아른아른 피어올랐다.

인적 발길이 퍽 드문 변두리 공장에 지나지 않았던-이른 나이에 결정권자인 사장으로 불림을 받았었고-그 영화가 한 줌의 잿더미로 날아가 버렸다는 깊은 절망은, 네 발의 짐승으로 엄금 앙금 기게 했다. 깨진 두 무릎에 손바닥도 갈기갈기 찢겨 피토신음을 쏟아냈다. 끙끙 앓는 그 몸으로 기본적인 생활만은 지키려 경험 없는 막노동판을 전전했다. 사람이 아닌 똥개 취급의 멸시를 뼈저리게 치렀다. 재기를 꿈꾸는 비통은 그토록 모진 서러움을 안겨줬다. 그러면서 사회 밑바닥의 군상은 내 한 입의 말은 적게 내면서 남의 말은 애증의 겸손으로 듣는 두 귀를 크게 열어 새겨들어야 한다는 배움을 터득했다.

삼 개월 전인 새해 벽두 정월이었다. 올해는 반드시 운신을 조이는 고질적 빈곤에서 탈출하자는 다짐대로 소한 추위를 무릅쓰고, 아직 한밤중이나 다를 바 없이 어둠이 칠흑 한 꼭두새벽에 출근한 용역사무실에서 소개된 현장은 광화문이었다. 700제곱미터 면적의 사무실 전체개조로 기존의 내부시설을 전면 뜯어내는 철거작업이었다.

먼지를 흠뻑 뒤집어쓴 바쁜 일과를 마치고, 건물 내 화장실에서 대충 손만 씻고 퇴근길에 오른 도심의 중심거리는 매서운 강추위로 비교적 한산했다. 몇 겹을 껴입은 겉옷 안 두꺼운 내복 속까지 파고든 기세 등등 한파는, 닭살 돋은 사지를 절로 움츠러들게 하였다. 채찍처럼 감아드는 칼 추위와 정면승부를 걸고 도착한 경복궁역은, 한꺼번에 몰려든 퇴근길 인파들로 발 디딜 틈 없이 대만원이었다. 승객들 간에 끼이고 끼여 움직임이 쉽지 않았다. 더구나 작업복과 안전화 따위를 넣어 부피 큰 배불뚝이 멜빵가방을 배로 안고 있었던 입장이라 한 자리 잡기도 힘들었다. 이리저리 떠밀리다 목적지에 다다랐다.

3호선 지하철에서 내린 지점은 홍제역이었다. 그곳에서 유진상가 편 지상으로 나가 문화촌 방향 버스로 갈아타야 한다. 그렇게 잠정 맞춘 노선 따라 수많은 인파와 뒤섞여 내린 역 출구계단을 오르기 시작했다. 그때 질감이 두껍고, 줄무늬 색상이 짙은 코르덴바지 뒷주머니를 톡톡 치는 어떤 손길의 기척이 낌새로 느껴졌다. 비상금 삼만 원과 충전용 교통카드 등이 포함된 장지갑을 넣어둔 바로 그 주머니 편이었다. 오늘 일당은 내일 아침에 출근하면서 받는 것이 정례라 빠져있었다. 당시 허리춤까지만 덮이는 반 점퍼를 입고 있었다.

당장 아무 데서나 쓰러져 자고 싶을 정도로 만신이 녹진하게 지친데다, 북적거리는 인파들이 빨리 가라며 계속 떠미는 추세라 그러려니 했었다. 그러나 신경이 쓰이도록 계속되는 수상한 꼼지락 기척에 겹눈 질로 슬쩍 돌아보니, 바로 한 계단 아래에서 뒤따르는 육십 대 대머리노인이 눈에 띄었다. 두 눈이 마주친 순간 들켰다는 판단을 재빨리 내린 노인은, 그와 동시에 장지와 검지로 이미 잡고 있던 장지갑을 막 빼내려 하던 참이었다. 상황을 눈치 챈 성한의 주먹손이 그 손모가지를 강하게 내려쳤다. 노인은 지갑을 계단바닥에 떨어트렸다. 소매치기 범은 상체 굽혀 줍는 사이에 잡힐 수 있다는 판단을 잘도는 머리회전으로 내렸는지, 지갑을 포기하고 호리호리하게 가벼운 몸매를 지나온 승차장 아래 방향으로 돌려 잡고 힘이 넘치는 두 다리로 달아나기 시작했다.

노인의 성급 떠는 막무가내로 밀어젖히는 난리 통에 여행용 가방을 들고 계단을 오르던 이십 대 젊은 여성이 별안간 넘어지면서, 검은색 치마에 스타킹 신은 무릎 부위 찰과상을 입었다. 이어 양부모에 앞서 출구를 향해 촐랑촐랑 걷던 초등상급생 남자아이도, 첫발을 막 디딘 첫 계단에서 찬 대리석 바닥으로 나뒹굴었다.

허둥거리는 조급한 동작으로 누군가의 발에 한번 차인 지갑을 주워 챙기누나. 한 발 늦게 소매치기 범을 쫓기 시작한 성한도, 본의 아니게 사십 대 신사 한명과 노파의 몸을 치는 부주의를 저질렀다. 좌우를 둘러볼 겨를이 없었던 탓이다.

기어이 노인의 뒷덜미를 낚아챈 성한은, 다짜고짜 폭력부터 휘둘렀다. 일방적 공세를 쥐게 된 성한은, 용서는 없다면서 무서운 매몰로 몰아붙였다. 수세에 몰린 노인이 찬 대리석 바닥에 쓰러졌다. 오리털 회색점퍼를 입은 가벼운 몸통은 이리저리 뒹굴었다.

노인이 옆구리를 매만지며 빨래판과 흡사한 상판 주름을 흉하게 일그러뜨렸다. 성한은 벽면으로 물러나 가방을 깔고 앉아 쉬면서 몰아치는 힘을 써 격해진 호흡을 가다듬었다. 잠시의 주춤 사이, 누군가의 신고로 지하철보안관 세 명이 동시에 모습을 드러냈다. 도시철도직원인 세 보안관은, 누운 채로 왼편 옆구리에 한 손을 대고 된 신음을 새어내는 노인부터 굽어 살폈다.

노인은 건들지 말라는 신호로 거세게 저항했다. 성질을 꽥꽥 지른 뒤로 자신을 둘러싼 제복 차림의 세 보안관을, 괴죄죄한 실눈으로 두루 살피는 여유까지 부렸다. 그러면서 삼인이 장막을 친 둘레 안을 짐승의 네 발로 반 바퀴 돌다 찰나에 일으켜 세운 몸을 날리면서 한 보안관의 몸을 냅다 받아치고 도망을 시도했다. 방향을 잡은 정황으로 미뤄 지하철이 역사로 들어서는 출입금지 뒤편을 겨냥 두고 빠져나갈 생각을 한 것 같다.

한 젊은 보안관이 날랜 동작으로 노인의 뒷덜미를 낚아챘다. 다음 행동으로 어깨뼈 위치에 힘을 가해 무릎을 꿇렸다. 유도유단자 같다.

요주의자로 찍힌 노인은 양팔이 제압된 채로-성한은 피해자로써 면적 좁은 보안관 사무실 의자에 앉게 되었다. 10여분 뒤, 금속수갑과 권총 형 분사기를 허리춤에 찬 파출소순경 두

명이 모습을 드러냈다. 보안관으로부터 전후 상황의 설명을 대략 들은 9급 서기보에 해당하는 두 순경은, 노인의 핏기마른 손목에 쇠고랑을 채웠다. 피해자 조사가 불가피해진 성한도 파출소까지 동행해 달라는 요청을 받았다.

경찰관은 구속을 피하거나 면하려는 꾀병의 속셈을 척축 통증으로 호소하는 노인의 상태 점검을 확인하려 가까운 인근 병원으로 후송했다.

성한은 곧바로 경찰서 유치장에 입감되었다. 소매치기당할 뻔했던 피해자를 무슨 영문으로 가두는지 법 지식이 아주 얕은 성한으로서는 도무지 이해할 수가 없었다. 어리둥절했다. 짐작이 어림 가는 한 가지는, 주민등록증 미소지자로써 주거지 확인이 오리무중이라는 점이 첫 순위이지 않을까 싶다. 사회질서 및 치안유지 잡는 일이 주 업무인 경찰은, 이리저리 떠도는 뜨내기들을 우선의 범죄자로 취급하는 직업적 안목이 있다. 눈칫밥으로 배고픈 문제를 해결하는 그들의 습성은 기름진 육류거리 냄새를 기가 막히게 잘 맡는다는 것이다. 그렇게 들개처럼 돌아다니면서 보는 눈이 있어 볼 줄 아는 물건을 슬쩍 훔치는 좀 도둑질은 예사로 범한다는 선입견 인식을 깔고 있다.

죄명 없는 예비죄인이 된 처지는, 정신적 수용이 아주 힘들어다는 것이었다. 수사절차 시간이 경찰 내 자체로 정해져 있겠으나, 아무런 사전 준비 없이 갑작스럽게 전면적으로 확 바뀐 압박 성 환경에 운신이 옥죄어졌다는 불안은 조용히 앉아서 기다리는 것을 거북해했다. 경찰 측에서 갖다 붙이면 업무방해일 수 있는 행패-억울하다며 방방 뛰는 망나니 졸부 짓은 하지 않았으나, 이성을 거의 마비시킬 정도로 혼란을 부추겼다. 피해자임에도 전후 사정을 호소할 길이 꽉 막혀있다는 현실의 갑갑증에 숨결이 간헐적으로 끊기면서 목까지 타들었다.

그는 유치장 앞을 수시로 지나는 경찰관 누구도 하소연을 들어줄 것 같지 않다는 장벽을 감지했다. 무의미해진 기대를 포기하고 눈이 절로 감기는 졸음증을 해소하려 차디찬 마룻바닥에 벌렁 누우며 소지가방을 머리에 받쳤다. 수시로 바뀌는 수많은 예비죄수가 조사를 대기하며 이용했을 군용담장 한 장만을 덮고 한밤을 보냈다.

이튿날 경찰관의 집중 조사가 있었다. 치안공무 이년 차인 젊은 경찰관이었다. 인상착의는 갸름하면서 최근부터 시달림이 시작된 안질환인지, 눈 깜박이는 횟수가 습관적으로 잦으면서 간혹 눈꺼풀도 떨곤 했었다.

그는 노인의 소매치기 미수 건 수사와는 아무런 관련이 없는 질문으로 성한을 대했다. 질문의 요점은, 직업이 뭐며-생활비는 어떻게 조달하느냐 등이었다. 성한은 돈 없는 사회적 약자들이 쉽사리 빠져드는 특이 성향의 혐의를 캐런다는 경관의 속내를 헤아렸다. 그러면서 공공치안을 앞세운 경찰의 막강한 힘으로는 얼마든지 죄명을 조작으로 짜 맞춰서 영창으로 몰아넣을 수 있다는 무서움도 섬뜩하게 체험했다.

경찰관은 첫 대면 시에 물었던 주민등록번호를 다시 불러 달라 했다. 성한은 암기해둔 앞뒤 번호 13수를 또박또박 순순히 구술했다.

경관이 컴퓨터로 무슨 작업을 하는지는 알 도리 없으나, 현재의 정황으로 미뤄 성한에 대한 추가 조사를 하는 것 같기는 하다. 성한은 망연히 기다린다. 이윽고 경관이 고개를 끄덕이며 컴퓨터 앞에서 눈을 뗐다. 안색에 엷은 미소까지 머금었다.

"깨끗하네요."

경관은 맞은 편 성한과 눈길을 정면으로 맞췄다. 눈빛이 의미심장하다. 무혐의를 내린 이상 조사는 더는 없을 거라는 믿음의 여력이었다.

성한은 경관의 무언의 밝은 표정에서 적어도 운신은 갇히지 않겠다는 저의를 가려냈다. 경관은 솟아오르는 눈물샘을 닦는지 손등으로 왼쪽 눈을 문질렀다.

"이주 진단이 나왔다는데 어떻게 합의 보시겠습니까?"

한동안 입을 꾹 다물고 있던 경관이 말문을 열었다. 성한은 속이 뒤집혔다.

"전 지갑을 갈취당할 뻔했던 피해자입니다."

"압니다."

"그런데 왜 제가 그 말을 들어야 합니까. 전 정당방위로 싸웠을 뿐입니다. 설사 제가 그 과정에서 이주 정도의 상해를 입혔다 할지라도 침해행위의 수준을 넘지 않았기에 중범성립이 안 됩니다."

성한은 자신의 주장을 당당하게 펼쳤다. 이 배후에는 얼마나 더 기다려야 하는지는 가늠이 안 잡히지만, 숨통 조이는 갑갑한 경찰서에서 곧 나갈 거라는 확신이 섰기 때문이었다.

성한은 생계거리를 찾고 찾다 누군가의 귀띔으로 알게 된 경비원 짓거리라도 해보겠다며-한 푼이 아쉬운 구차한 형편에도 불구하고 그 유료교육을 삼 일간 받은 적이 있었다. 마지막 강의시간 때 경비 일을 하면서 직면할 수 있는 정당방위에 관해 듣고 배웠다. 그 대략적 요점은 다음과 같다.

'상대방이 멱살을 잡고 욕지기를 쏟아냈다 할지라도, 분기의 기세로 그 선을 넘고만 내편에서 주먹으로 두들겨 팼다면 정당방위의 행위가 안 된다. 또한, 상대방보다 상해 정도가 나보다 중하지 않아야 한다.'

자신의 잘못은 꼭꼭 숨겨두고 문제를 일으킨 장본인은 저 사람이라며 손가락질 하는 사람은 제 힘만을 믿는 사람이다. 라는 해석을 추가로 덧붙인 성한은, 이 바탕에서 자신에게 맞는 합리성을 추려냈다. 나는 상대로부터 거의 맞지 않았다. 노인의 지랄 떠는 최후의 발악과정에서 정강이가 한번 차인 것이 고작이었다. 그런데도 그 요행이 현시점에서 썩 자랑스럽지 못한 까닭은, 균형의 중립을 뒤로 밀쳐내고 한편으로만 치우친-성미 고약한 임의의 편중으로 정한 법리해석에 맞추어 귀에 걸면 그대로 귀걸이가 된다는 정설로는-얼마든지 죄명이 성립될 수 있다는 의문 때문이었다.

때때로 콘크리트 사고방식을 깨는 역할을 발휘하는 지식은 요긴하다. 발길을 되돌리게 하거나 멈추게도 한다.

성한은 법리공부를 정상적으로 밟았을 치안담당 경찰이 이런 현실을 더더욱 잘 해석하고 있을-와는 별개로 어처구니가 없다는 혀를 남몰래 찼다. 합의금을 낼 처지가 못 된다는 처지 비관에 따른 서러움의 치를 떨었다. 벼룩의 간을 빼먹든가 배를 째라는 막무가내 소리를 한껏 터트리고 싶었다.

성한은 앞날을 내다볼 수 없는-말초혈관을 수축시키는 엄동계절의 날씨 관계로 일주일에 하루 일감도 잡기 힘든 고달픈 밑바닥 막노동꾼이 무슨 돈이 있겠냐고 재차 따져 들었다. 게다가 지갑을 날치기당할 뻔했었다는 피해자임을 거듭 강변했다. 치안단속을 소홀히 한 경찰관의 책임을 왜 정당방위 차원에서 대응한 선량한 시민에게 휘감느냐는 항변도 쏟아냈다.

그런데도 경찰관은 무슨 꿍꿍 속셈인지, 한 마디 설명도 안 해주고 인신 구속 시간을 마냥 늘렸다. 아니, 속삭임에 가까운 작은 목소리로 주의 성 말인지 낸 건 같긴 한데-정신력 포함 모든 동작에서 침착성을 잃은 결박에 묶여있었기에 미처 듣지 못하지 않았나 싶기는 했었다.

성한은 조금 전까지 여유를 흘렸던 분위기와는 사뭇 달라진-붕 뜬 현상에 떠는 공포를 감출 수가 없었다. 이대로 이주 상해를 입혔다는 피의자로 전락할 수 있다는 외동아이 초조함에 심호흡이 힘들었다.

유치장 구류가 생애 처음인 성한은, 경찰 내 조직의 융통성 부족을 깨달았다. 조사받는 일반 시민들을 한 생명의 인격체로 인정하려 하지 않고-몹쓸 놈이라는 전제부터 깐 강권의 주먹손으로 책상을 쾅쾅 내리치면서 어서 죄를 자백하라는 호통이 가장 눈에 거슬렸다. 심약자라면 핏발 세운 압력으로 몰아붙이는 위협에 기겁을 먹고 거짓 자백을 하지 않을 수 없다는-그런 우위적 강압의 위력이 팽팽했다. 완장 찬 배후의 법을 휘두르는 건지-조직의 관습인지-욕설로 자녀들을 기른 부친으로부터 물려받은 유전인지-완력이 강해야 범인을 단번에 제압할 수 있다는 조직의 반영인지-인간미가 메마른 험악한 분위기는 어금니를 욱 물게 했었다.

한 바퀴 둘러보러 운동으로 다진 건장한 체구의 모습을 불쑥 드러낸 부서장급-튀어 나온 눈지방이 두드러진 인물의 거들먹거림에서는, 자신의 경력관리에만 신경을 모아두고 있다는 면을 첫 번째로 읽어냈다.

그 두 번째는, 일 모양새는 표면적으로는 갖췄으나, 그 동작이 표 나도록 일반 산책처럼 건성건성 형식에 지나지 않다는 쓸쓸함이었다. 정년퇴임 시기를 반해 앞둔 즈음에 큰 아들놈이 음주운전에 걸려 조사를 받는 중인 사안에 골몰해 있는 탓인지-사법부의 처신 결정을 기다리고 있는 유치장 사람들을 흩어보는 눈빛 생각은 한눈파리로 산만했다. 한마디로 명색의 제복을 반듯하게 차려 입은 그는, 예비죄수들이 표면적 죄목 외에 내면 깊숙이 숨겨두고 있을지 모를 추가적 죄명을 탐색하는 엄중한 눈빛은 결코 아니었다. 잔뼈가 굵은-습관성 직업에 젖은 보신주의 자에 지나지 않았다.

또 한편의 인상은 유치장 출입자들의 신원을 책상노트 기록부에 빠짐없이 기재로 남기는 초임 경찰에게서는, 위험한 일이나 뜨거운 문젯거리 사안 건은 애써 피하려 한다는 무사안일의 저변이었다.

민중의 지팡이라는 말이 누구의 머리에서 나왔는지는 모르겠으나, 경찰공무원은 치안으로 국민의 안전을 도모하는 조직이지 않은가. 한데 경찰은 유철의 권력자에게는 굽실굽실 겸양을 떨면서, 이름 없는 무일푼 서민에게는 뻣뻣한 군림 천하 자세로 하대를 일삼는다. 공의 심을 저버린-편협에 치우친 직무 우월의 행세가 아닐 수 없다.

사흘 후 경찰 측은 꾀병을 부리며 병실생활을 늘린 노인을 직권으로 데려와 포박 채로 호송 차량에 태웠다. 그동안 조사를 벌인 피해자의 진술 내용과 소매치기범의 진술을 종합해 담은 서류도 함께 달려 보냈다. 자체적 종결 권 없이 인신구속 권한을 쥔 검찰로의 송치였다.

　피해자 성한에게 마침내 제약이 풀렸다. 24시간 연속으로 움직이는 폐쇄회로가 녹화해둔 물증이 무혐의 결정을 도왔다. 이로써 마침내 자유의 몸이 된 성한은, 36시간 만에 햇살이 눈부신 바깥으로 나올 수 있었다. 그동안 철장 안에서 층층이 쌓아둔 원한의 분노는 도무지 삭여지지 않았다. "그놈의 늙은이……!"쌍욕을 허공을 향해 혓바닥이 마르도록까지 마구 내질렀다. 정신분열자의 헛소리 격분이었다.

　혼자서 용서할 수 없다며 길거리 격분을 지랄로 떠들어댔던 그때와는 사뭇 달리, 오늘의 기분 상태는 아래로는 적이 차분하나, 위로는 사다리 탄 희망의 꿈으로 부풀어 있다. 한 번도 겪어보지 못했던 운명과의 해후라 할까? 아무튼 그동안의 구지레했던 생활을 벗고 일이 잘 풀릴 거라는 새로운 삶의 희열에 한껏 들떠 있어-온 세상이 나에게만 집중조명을 비추며 반겨 맞아주고 있다는 착시 열에 푹 달아있다. 그래서 가슴은 하늘만큼 땅만큼 무한정 넓게 펼쳐져 있다. 한 점의 악의 없이 쓰든 달든, 주어진 모든 것을 수용하자는 선의 감에 충만해져

있다. 등을 떠밀어주는 사랑의 힘이 노래의 날개를 달아준 것
이었다.

그 연장선상에서 한참 늦었으나, 피해자 입장을 떠나 노인
에게 퍼부었던 무차별 구타 건에 잊어도 무방할 용서를 빌고
싶다는-양심고백 같은 자성이 몰입 적으로 부각 되었다. 당연
한 책임성 귀책이다.

"그래, 당연히 인간의 도리를 보여야겠지."성한은 급조로 짜
맞춘 자신의 합리를 이렇게 중얼거렸다. "우러난 김에 어서 가
서 면회를 하자!"

그는 목적 없이 발길 따라 무작정 걷던 걸음을, 그날 소매치
기 건을 맡아 처리한 경찰서 방향 편으로 급히 돌려 잡았다.
그곳에서 노인이 갇혀 지낼 교도소와 면회절차를 알아본 후
다음 목적지를 정할 참이었다. 새털처럼 가벼운 행보는 거침
이 없었다. 좌우로 치우치지 않고 앞만을 바라보는 숨결을 내
쉬었다.

별안간 그의 낯빛에 고심에 잠긴 난색이 서렸다. 그는 뇌리
를 세게 친-무언가가 잡힐 듯 잡히지 않는 형체 불분명한 장애
거리 문제를 구체적으로 정리하려 걸음 속도를 늦추었다.

"가만……!"성한은 주춤 걸음마저 아예 멈춰 세우고 정신을
집중 모았다. "그렇지만 무조건 용서는 버릇을 암암리에 키워
주는 도구이지 않을까? 범행을 저질렀으면 국가헌법이 양형

을 들어 내린 재판형량을 채우는 것이 죄수의 소행이지 않은가. 더구나 자신 스스로가 인망을 저버린 나쁜 습관이 자초한 대가의 형벌이지 않은가? 종자는 그 종자를 낳기 마련이다 이론에 따르면⋯⋯."

그는 멍 뜬 눈길을 먼 하늘로 쳐들었다. 갈피 잡기가 모호하면 곧잘 행하는 습관성 버릇이다. 그는 힘을 쓸 수 없도록 맥이 축 늘어지는 현상과 맞대면을 했다. 감당 힘든 어떤 굉장한 무게 축이 꼭 움켜잡은 발목을 수면 깊이로 마구 끌어당기는 심성불안에 떨었다. 숨이 막혔다.

"체, 염병하고 자빠졌네. 성인군자인 척하기는⋯⋯."

성한은 자신 안에서 비웃는 음성을 듣고 양 귀를 쫑긋 세웠다. 침울한 외로움에 젖어 들면 곧잘 나타나서 잔소리를 늘어놓는 그 목소리였다. 때로는 선한 목소리로, 때로는 잠시 후면 곧 밝혀질 거짓을 믿으라고 강요하는 요괴로도 변성하는 누린 내 명줄의 존재였다.

"지금의 너는 말이야 들판의 맹수들처럼 당장 식량거리 확보가 중요하지, 왜 남을 등쳐먹는 좀팽이 죄수를 감싸들려한다는 말인가. 인생은 나의 보호부터이지 너 자신일 수 없는⋯⋯너와는 피 한 방울 섞이지 않고 전혀 타인인 인생이, 너의 체력을 앗아간 허기 배가 등짝에 달라붙은 그 해결책을 바라고 길 복판에서 서성이는 고달픈 고통을 헤아리는 선견이 있겠느냐? 어림없는 허상의 낭만일 뿐이다. 알량한 동정이라 며 말굽에 차일 뿐이다. 선심도 함부로 쓰며 비웃음으로 갚아 진다는 참뜻 깨닫기 바란다.

나부터 일어날 힘을 길러두는 것이 우선의 상책이다. 알아 들었느냐? 어리석은 바보 맹추야! 여럿과의 조화의 보조를 잃 고, 혼자 괴로워하는 망충아! 가소롭다. 그깟 면회 하느니 마 느니 문제를 쉽사리 결단내리지 못하고, 갈팡질팡 쩔쩔매는 너의 우유부단……상소에 올려 써먹을 수 있겠느냐?"

무시로 깔아뭉개는 빈정거림의 모욕에는 감정이 각별하게 상했다. 약처럼 몹시 썼다. 그렇지만 이의를 달수가 없었다. 시기 적합한 꼬집음이었기 때문이다. 성한은 고개를 끄덕이 며 수긍했다. 비로소 뜻의 윤곽이 이해로 피어올랐다. 그는 연 속으로 고여 드는 혀 밑의 샘물로 마른 목을 적셨다. 그러면서 방금 들은 은휘隱諱의 음성에 반하는 보복성을 키웠다. 안면 을 싹 바꾸는 반기를 들었다.

"그러나 뒤집어 생각해보면 이유 불문하고 인명상해를 입 혔지 않았던가? 나는 상대방을 때린 가책을 말하는 거다. 잘 잘못을 떠나 인간 대 인간의 화해를 바라는 거다. 그런데 나의 성격과 직결인 정체성에 관해 운운하다니……네놈이야말로 사악인 중에 사악 인이 아닐 수 없다. 먹고 사는 문제는 일자 리만 잡으면 해결되는 문제이다. 그렇지만 사람과 사람의 관계는 들이는 시간 속에서 형성된다. 알아들었느냐! 재간 좋은 말만을 책임감 없이 떠버리는……아둔하기 짝이 없는……영혼 없는 머리카락 속 서캐 놈아. 심란함이 주체인 가증한 세속주의 자야."

성한은 별 간섭을 다 한다는 자신 안의 목소리를 향해 객기를 부리는 성화를 내질렀다. 그러면서 불필요 판단에 따라 논쟁을 끊고 자신의 주관을 굳혔다.

"아무리 이리저리 맞춰대면서 굴리는 추리로 좇는다고 하여도 석연치 않았던 면이 분명 없지 않게 뒷받침되어 있다. 사실 앞뒤를 몽땅 자른 폭력 건만을 따로 떼어놓고 본다면, 누구도 말릴 수 없는 표독의 살기를 앞세운 악발의 짓거리이었음을 부인 못 한다. 좀 더 합리적 설득은 주장대로 설령 막무가내 폭행이 범죄와는 무관한 정당방위였다 할지라도-폭력은 진화한 인간의 본성임을 감안하더라도-과도한 격분으로 폭력을 휘둘렀던 기저에는 인명을 경시하는 살생 뿌리를 본능적인 감정 깊이에 묻어두고 있었다는 것과 사동使動지간이 아닐 수 없다. 그래서 내가 나에게 내리는 양심선언은, 생각부터 언저리 시작인 행위는 얼마든지 죄명이 성립된다는 고백이다.

이런 맥락에서 거듭 내뱉는 강조이지만, 어떠한 유창한 논리도 변명의 여지없이 필요 이상으로 맹독을 가했다는 난폭의 열불은……나의 본성에도 그 삼 만원을 찾겠다는 탐욕에 매달려……인명을 갈기갈기 찢고야 말겠다는……살기 위협을 품은 일탈의 악마 기질을 내성 층으로 두껍게 쌓아두고 있었다는 사실이다.

나를 적나라하게 발견한 그 당시였다. 기회를 만나지 못하여 전혀 몰랐던 나 자신을 꿰뚫어 알게 된 계기였었다. 이런 식의 불량기질을 속 깊이 감춰두고 악의 없는 선량인 인척 들락날락 거드름을 피웠었다는 게……햇볕에 말라가면서 점차 흙빛과 닮아가는 음식물 쓰레기처럼 비위가 몹시 상했었다.

스스로 이중인격자라는 정의를 내린 탄식의 한숨은 면목 없다면서 푹 숙인 머리를 한없는 무게로 떨어트렸었다. 이편에서 저편을 내다볼 수조차 없게 된 난감의 벽면이 한정 없이 높아보였었다. 뒤늦은 후회의 반성이나, 같은 직립보행을 하면서 일상생활을 함께 영위하는 사람들을 속인……철저한 가증스러운 위선자이었음을 다시금 고백하는 바이다."

성한은 순간 말문을 닫았다. 그러면서 자신이 처한 지금의 무일푼 환경을 되새겼다. 이제껏 뭐 했나……? 저릿한 자성 속에 과연 나는 남을 동정할 만한 위치에 서 있는가? 라는 자문에 매달렸다.

"이게 아니다."그는 자신을 부정하는 고개를 세차게 저었다. "지금의 거지같은 나의 꼴로는 누구를 두둔하거나 누구와도 화해의 포옹을 나눌 정도로 여유하지 못하다. 오늘 하루를 살아가는데 절대적 뒷받침인 한 끼니 식사를 기다리는 당면의 허기부터 시급히 해결해야 하는 절박한 사람이다."

"이제야 현실에 눈을 떴구나. 그 당면의 문제부터 해결해야 하지 않겠냐."이렇게 즉각 받아친 대상은 정당성을 외치는 성한의 목소리를 그동안 잠자코 듣고만 있었던 마음의 음성이었다.

성한은 꿀 먹은 벙어리 양 깊은 숙연에 잠긴다. 옳은 말이기에 동의한다는 암묵이었다. "그게 뭔데요?"물으면서 하루하루를 연명하는 보통사람들의 행세를 떨었던 호들갑이 솜털 밑으로부터 창피하게 부끄러웠다.

"그래, 나는 오늘 죽을까, 내일 죽을까 뾰족 바위에서 안절부절 떠는 천혜의 굴레 자이다. 머리가 영 좋지 못해 맞닥트린 상항 대처도 사뭇 느릴 뿐만 아니라, 밥벌이 수단으로 쓸 만한 특별한 재능 따위는 더더욱 갖추어진 게 아무것도 없는……그야말로 언제든 꺼내 쓸 수 있는 보유 금 한 푼 없는……거미줄이 얼키설키 뒤엉켜서 치렁치렁 늘어진……그야말로 햇볕 한 점 들지 않는, 어둠침침한 광 구석에 방치로 꾸러 박혀 있는 처량한 빈 자루와 비견되는 취약계층의 벌레이다. 이 바탕에서 '먼저 나의 가난부터 벗는 것에 우선순위를 두자.'하고 다진 새해 설계는 적어도 지금 현재까지는 요원에 빠져있다. 누구로부터도 호감도가 밑바닥 처지라, 축복과는 거리가 아주 먼 구제불능자이다. 좋게 봐줘도 무능하다는 한숨 밖에 안 나오는 그 틀을 깬 후, GDP를 끌어올리는 그 꿈의 축복을 시답지 않는 나의 온 힘을 다해 불러들여야만 한다는 숙제를 안고 있다.

나는 강골 하지 못하다. 밀어붙이지 못하는 심약자 중에 심약자이다. 투쟁부리는 모험의 승부욕이 천성적으로 약하다 할까……그 짓거리도 남의 희생을 요구하는 이기심이다…… 변명으로 때우기 일쑤이다. 또한, 나는 밀려서는 안 된다는 결의를 머리로는 굴리면서도 그것을 전력을 다해 막지를 않는다. 이래서는 안 된다며 이齒를 악문 위로 힘차게 솟아 올린 체질개선 각오에 맞춘 지 며칠 지나지 않아 나약한 습성 그대로 주저앉아 있는 내 모습을 보게 된다. 모양일 뿐인 종잇장의 달 그림 일지라도 사실 관계로 이끄는 확장성 소개紹介가 없다는 것이 가장 큰 이유이다. 여기에 덧붙여 나는 현대교육의 그릇 양이 작다. 대학을 나왔다면 시대를 내다보는 안목이 보다 넓었을 터다. 그렇더라도 하락이 하락을 부르는 남 탓의 역逆부 효과에 안주해 있어서는 안 된다. 현실에 발을 딛고 서있는 나부터 나의 내가 되는 사리 분별을 길러야 한다. 누구도 대신해 줄 수 없는 책무이기 때문이다.

인성은 성공의 보장 물이 아니다. 도리어 돈푼 쥔 손길이 성공비율의 가능성을 훨씬 더 넓혀준다. 다리품 파는 생고생을 감수해야만 하는 먼 길을 돌지 않고 목적지에 먼저 도달하는 지름일 수 있다. 그 돈을 갖고 있지 못하기에……난 그 많은 돈의 힘으로 저희끼리 임의의 경계선을 긋고, 몸때 냄새 고약한 거지들은 들어오지 못하도록 밀쳐내는 사회구성원들의 제도와 규칙의 관습을 불공정으로 보고 있다. 불일치를 공정이라는 미화로 정해 놓고-제일 비싼 포도주를 내놓지 않으면 사람 취급을 않는-지위신분을 가리는 그따위 주관의식에 상당한 괴리의 불만을 품고 있다.

정직의 일념만으로는 앙상하게 마른 가난을 벗지 못한다. 남의 발을 걸고 넘어트려야 내가 밥을 굶지 않게 되는 구조가 자본주의 사회이다. 남의 희생을 대수롭지 않게 외면하는 자만이 성공의 반열에 오를 수 있는 게 사회 환경이다. 그 팽팽한 불합리를 꿰뚫어 알고 있는데도 불구하고, 육신을 먹여 살리려면 별 수 없이 그 세계로 뛰어드는 수밖에 없다. 부적응이 더욱 굳어지기 전에……

빛의 동반 형체는 그림자이다. 같은 말로 잠시도 떨어지지 않고 어디든 줄곧 따라붙는 그림자는 빛에 의해 드러난다. 두 자연물의 상반된 형상의 결론은-한 묶음의 종류이므로 어느 것이 선이고-어느 편이 악인가 변론은, 인간 대 인간의 오랜 숙제로 남아있다.

엎치락뒤치락 한바탕 뒤엉켜 몸태질을 벌였던, 그 사건 때만 잠깐 스쳐봤을 뿐인 노인은, 석 달 남짓이 지난 현시점에서 다시 돌이켜 새겨보니 초범이 아닌 듯하다. 나이에 비해 소매치기 수법 행위가 놀랍도록 민첩했기 때문이다. 남의 주머니 속 지갑을 갈취하려 했던 노인은, 그 죗값을 영어囹圄의 몸으로 치르고 있을 것이다. 절도미수자는 초범에 한해 수감 형량이 삼 개월인 걸로 알고 있다. 그러나 재범 이상이면 특가법상 상습절도죄 인정이라 최소 삼 년이다.

설익은 선심은 선물 받을 상대방도 나처럼 기뻐할 거라는 착각에서 출발한다. 선의의 취지라 할지라도 결과도 선한 열매로 거둬지는 것이 아니다. 용서를 빌려는 온유에는 해당자와의 악수에서 성립된다. 그 선심을 상대방 측에서 받아들이지 않을 속셈으로 슬그머니 손을 거둔다 할지라도⋯⋯자위성이 일면 깔려있긴 하나, 표면상 치레로는 마친 걸로 간주할 수 있다.

제도 법이 이미 형량을 내렸을 비운의 노인에게 동정 어린 관용을 베푸는 것이 과연 옳은지⋯⋯자신도 어쩌지 못하는 꼴 주제에 방종한 자를 설득하여 그의 삶의 태도를 바꿔보겠다⋯⋯? 그 때문에 오늘 일정에 그의 면회를 뜬금의 급조로 끼워 넣었던 건데, 형편상 가지 말자. 나뭇잎 사이로 살짝 비춘 한 줄기 빛의 도취로 고유를 짜 맞추려 했던 저속한 연을 끊고 잊자!'

이삿짐이 잔뜩 실린 두 대의 화물트럭이 양편 철 대문을 활짝 열어둔 단독 집 앞에 서있다. 체력 건장한 네댓 명의 인부들이 혼자 또는 두 명이 밑을 받들고 안으로 들이는 짐들은 재질 단단한 플라스틱 노란바구니에 담은 식기류와 부피 큰 옷장 가구, 냉장고 따위였다. 이삿짐운반을 지켜보며 감독하는 사람은 흰 수건으로 단발머리를 감싼 오십 중반의 여자였다. 느긋한 음색으로 조심하시라고 총찰하는 새 집주인이었다.

그녀는 마당 가로 밀려나면서 뒷발에 걸린 잔재물이 무엇인지 확인하려 돌린 고개를 막 숙이는 참이었다. 목덜미를 감은 흰색과 보라색이 어우러진 줄무늬 스카프의 짧은 매듭 자락이 거의 눈에 띄지 않게 펄럭거렸다.

보통 체중의 상체를 깊이 낮춘 여인이 목장갑 낀 한 손으로 집어든 물건은 사기화분 파편이었다. 그녀는 조각들을 하나씩 주워 면적이 자그마한 화단 안으로 내던지기 시작했다. 잔재들이 두서없이 떨어지는 곳은 평수 좁은 마당과 구분 지은-수량이 제법 되는 붉은 벽돌을 비스듬히 나란히 세운 앞 편으로 범의귀 과에 속하면서 여러해살이풀인 쌍떡잎 바위치 식물이 집중 심어져 있고-엄동嚴冬 녹은 검은 물기를 머금은 낙엽이 어지럽게 널려있는 그 위이다. 속 깊은 그 안쪽 가장에는 빈 가지 위로 흰 꽃송이 몽우리를 막 틔우기 시작한 이십년 생 목련나무 한 그루가 이웃집과 나눠 쓰는 블록담장을 가리고 있다. 겨우내 방치로 볼썽 사납게 뭉툭뭉툭 꺾여있는 목련나

삶의 숨결

무 아래로 여인이 내던진 화분조각 외에, 앞서 집주인이 내버린 크고 작은 사각플라스틱 화분들이 아무렇게나 널브러져 있다. 개중에는 짐 크기의 상하 위치를 미리 맞추려 정원 안까지 밀려들어간 인부의 안전화 뒷발에 차여 두세 조각으로 깨진 토기화분들도 더러 눈에 띄었다. 단단하게 마른 흙덩이 속에 뿌리를 묻어둔 채로 스러져 있는 화초는 가을국화와 공기정화 식물로 호평이 높은 관엽 계의 행운목 따위였다. 우측으로는 집 밖 북측 텃밭과 낯면을 함께 비비고 있는 탱자나무가 울타리 역할을 맡고 있었다.

통로바닥의 장애물 치우는 일을 일거에 마친 여인이 상체를 똑바로 세웠다. 그때 마침 대문 바깥에서 동정을 살피는 듯이 기웃거리는 사람과 시선을 맞춘 집주인. 두 사람은 거의 동시에 낯설지 않다는 눈빛을 번뜩 키웠다. 갑자기 성한의 심장이 벌렁벌렁 뛰었다. 그 기겁에 얼른 발 머리를 돌려 달아날 태세를 취했다.

"멈춰요."

머리 귀로 들은 건지, 공포에 떠는 말초혈관의 의식으로 들은 건지, 여자의 높은 목청은 비수처럼 오싹했다. 귀청을 찢는 천둥이었다. 성한은 최면술에 걸리기라도 한양, 사지가 뻣뻣하게 굳어 꼼짝할 수가 없었다. 모골이 송연하게 쭈뼛쭈뼛 곤추세워진 가운데, 등줄기 식은땀에 오한이 일면서 쥐오르는 압박처럼 장딴지가 응축으로 당겨졌다. 다가오는 발걸음 소리가 뒤편 귓전에서 점차 가까워진다. 표면인상이 센 당당한 여성의 모습이 마침내 시야 전체를 가렸다.

분명했다. 삼 년여 전 박스공장 사장재직 시 빌려 쓴 채무건을 미해결로 남겨둔 그 여사장이었다. 성한은 기운이 새파란 무서운 눈빛과는 감히 맞대응할 수가 없었다. 심리전부터 밀리는 그는 꼬리를 내리듯이 눈꺼풀로 덮은 시선을 아래로 떨어트리면서 집요하게 파고드는 상대방의 숨결을 외면했다. 보고 싶지가 않았다. 그러나 도망칠 쥐구멍도 없다.

"난 아직도 당신을 똑똑히 기억하고 있어요."되새김으로 귀에 퍽 익은 음색은 오뉴월의 서릿발처럼 차가웠다. 낯설지 않은 그때의 음성 그대로였다. "당신도 날 알지요?"

"예."

발길질에 엉덩이 차이며 끌려온 듯이 오종종 조아린 성한은, 턱 끝이 가슴팍에 닿도록 고개를 푹 붙인 채로 간신히 대답했다. 음량이 땅강아지 기는 것처럼 아주 작아 잘 들리지 않았다. 상대방이 알아 듣지 못했다며 되묻는 안색을 띄울 정도로 나직한 입속 중얼거림에 지니지 않았다.

"불시화재로 사업장을 접었다는 소식은 벌써 진즉에 들었어요."다그치는 멱살잡이로 상황이 복잡하게 꼬일 내 돈 달라는 악부터 지를 줄만 알았는데 참으로 의외다. 내심 간을 조리게 했던-충돌을 끌어안게 한 상상의 그림과는 영 딴판하게 음정이 온순했다. 피 흐름을 멈추게 할 정도로 고조로 끌어올렸던 긴장을 가라앉게 하는-따뜻한 인정이 배태된 온정이었다. 마음이 놓였다. 안면은 있으나, 한동안 만나지 못해 자연스럽게 멀어질 수밖에 없었던-그 관계 회복 차원에서 다시금 알아가는 새로운 어려움이 일지 않는 따뜻한 인심이 가슴을 어루만졌다. 심경 평온은 감았던 눈을 뜨게 했다. "저리 가서 얘기 좀 해요."

옛 빚쟁이의 손목을 장갑 벗은 왼손으로 친근하게 잡고 이끄는 행동이 어른답게 다독이는 무게가 실려 있다. 두 사람은 담장 밖 사시사철 잎사귀가 푸른 향나무 아래에서 마주 보며 섰다. 대하기가 서먹하게 거북한 눈길을 매번 피하려는 성한의 입장에서는, 오금이 저려 등을 돌리고 싶어 하는 풀죽은 의기소침 기색이고, 여인의 안색 기운은 솟구던 하다.

"여적 자리를 못 잡은 거야?" 예전처럼 반말이다.

"예."

"기가 팍 죽었네!" 놀림인지, 걱정인지, 위로인지 무감각 상태에서는 통 분별이 안 잡힌다. 이렇게 말을 교묘하게 돌리다 갑자기 성질을 확 내지르면서 정강이를 냅다 차지나 않을 런지? "내가 아는 우 사장은 의뭉이 없다는 거야."

여사장의 뜬금없다 싶은 의외의 지적에 성한은, 움츠린 모색으로 똘똘 뭉쳐두었던 기분에서 일순 깨어났다. 그동안 종 잡을 수 없이 흐름대로 헤매기만 했던 잠재의식을 일깨워 줄-지금까지 망연했던 잠복의 삶-그 무언가를 현실로 잡을 수 있겠다는 돌연 생각이 정신을 번뜩 깨웠다. 그는 자신을 곰곰이 되새긴다. 그러면서 자신과 여사장과의 성격 차이점을 견줘 본다.

사별한 남편의 사업을 불가피하게 떠안을 수밖에 없었던 여 사장의 사업수완은 특별한 게 아니다. 단지, 인상이 좋아 보이는 두루뭉술한 상냥한 이면으로, 영업에 손실이 끼쳐질 미수금 건 기미가 감지되면 기존의 말과 생각을 즉각 버리고, 표독한 매의 눈빛을 앞세워 한 치의 용서도 없는 육탄전을 한바탕 치러서라도 반드시 해결하고야 만다는 무서운 전투 형이다.

반면 성한 자신은, 사람으로나 사업적으로나 썩은 나무의 기둥처럼-물에 쉬 녹는 설탕처럼 조직체계가 취약하면서 귀가 엷은 탓에 사람들의 말을 잘 들어주므로 권위의 이미지가 약하다는 각인이다. 사교적인 면이 아이만도 못한 주제에, 누구에게나 크든 작든 민폐를 끼치지 말아야 한다면서-시빗거리가 생기면 손해 감수를 무릅 쓰고 뭉그적거리며 물러나는 심약자 중에 심약자이다. 뺀질뺀질 게으름만 피우지 않는다면 어떤 야단도 치지 않는다는 점도 유약성의 대표적 사례이다.

제 몸의 한 지체인 배꼽을 물어뜯으려 해도 그 무기인 이빨이 닿지 않는다면 상처를 낼 수 없는 것이 인간의 한계이다.

공장화재는 나이에 비해 지능 수준이 한층 낮은 20대 초반 태국출신 종업원이 밖에서 연기를 피웠어야 할 폐지 종이 따위를 공장 안에서 장난으로 태운 데서 비롯되었다. 가족을 남겨두고, 심리적 위안이 적잖게 클 고국 동료 두세 명과 방을 얻어 지낸다는 타국인의 동정으로 고용한 결말은, 이토록 쫄딱 망한 천인賤人으로 주저앉히며 인멸의 비극적 참담을 안겨줬다.

의식불명의 환자일지라도 숨결을 내쉬고 있는 한도 내에서 음식물 섭취의 영양을 공급받는 머리카락은 절로 자라기 마련이다. 생명 의지와 상관없는 인체 기능의 자연 현상이다.

"긴말 안 할게. 내게 진 빚 당장 갚기 힘들 다면 내 공장에서 공장장으로 근무하면서 갚지 않겠어?"

양계장에서 하루 수량을 넘겨받은 토종닭을 손질 과정을 거쳐 포장을 마친 정 상품을 삼계탕 전문식당이나 치킨가게 등으로 보내는 일을 맡아달라는 암시였다. 성한의 시든 가슴에 단비가 내렸다. 생기가 돋았다. 찬밥 더운밥 가릴 때가 아니므로 마다할 이유가 없었다. 이삿짐 일을 한 몫 거들어 점심 끼니 문제를 해결하려 했던 애초의 기대를 크게 뛰어넘은 뜻밖의 파격적 행운이라 감회가 넘쳤다.

"감사합니다. 열심히 돕겠습니다."성한은 허리까지 굽실 낮춘 저자세 인사로 은혜에 보답하겠다는 희열을 절절 흘렸다.

성한은 모든 짐을 안으로 들여놓는 일을 마친 인부들이 돌아간 이후까지 남아 여사장의 잔 정리 일을 도왔다. 박정자 사장은 가겠다는 성한을 붙들고 점심식사에 이어 늦은 저녁까지 대접했다.

사업 오년 차에 접어들자, 사세가 기우는 현상이 슬금슬금 나타나기 시작했다. 여기저기서 수금 일자가 차일피일 미뤄지는 가운데, 주문 일감도 퍽 줄어 12명 종업원 월급조차 주지 못할 정도로 자금압박이 심각했었다. 스테그플래이션(경기침체: 스태그네이션과 인플레이션의 합성어)의 암울이 전반적 현상인지-엎친 데 겹친 격으로 납품업체 두 곳이 한 달 간격으로 문을 닫는 바람에, 표준 3개월-6개월 만기인 어음은 끝내 휴지조각이 되고 말았다. 주문량이 제일 많았으며-입금 일자 신용이 두터웠던 굴지의 화장품회사 측에서 삼년 계약을 끝으로 연장을 안 해준 비운의 타격은 시름 병을 앓게 했었다.

양심 법에 반하는-전생을 건 유일한 사업을 살려보려 사회에 준동蠢動을 끼치는 해악인 줄 뻔히 알면서도 해외여행 경비 대주고, 유흥업소접대 시 참석 인원수에 맞추어 들여보낸 반나체 차림의 젊은 아가씨들과 질펀한 놀이를 즐기게 하고 겨리를 텄던 그 알짜배기 회사였었다.

어떻게 되겠지-안일에 잠겨들려는 밑동 뿌리의 곁가지 싹을 그나마 지켜내려 했던 희망의 낙관은 그렇게 산산조각으로 매몰되고 말았다.

땅을 두들겨 팬들 되살려낼 수 없게 된 머리 태우는 안절부절은 불면에 시달리게 했었다. 이성과 합리를 마비시켰다. 신체리듬이 깨진 일상은, 사는 게 아니라 비바람에 곧 쓰러지고 말-모양새만 고작 갖춘-본데없는 허수아비 추함에 지나지 않았다.

예측불가의 낙맥 상은 의욕을 냉동시켰다. 한 치 앞도 내다볼 수 없게 된 불확실성 전망은 가물가물 희미해진 생명의 반대편에 서서 덤불 속을 헤매게 했었다. 시각장애인처럼 소리만 간간이 들을 수 있었을 뿐, 첩첩 산중에 둘러싸인-진종일 볕 한 점 들지 않는 으스스 추운 계곡이었다. 쉼 없이 뛰는 맥박만이 그나마 살아 있음을 일깨워줬을 뿐이었다. 밟고 선 땅 꺼지는-천근만근 무거운 고뇌 찬 숨결은 때때로 의존을 거는 여망을 그려보게는 하였으나, 짧은 일·이분에 지나지 않았다. 도대체 귀담아들을 만한 원칙의 기준이 없었다. 차별이 사라져버렸다.

가동을 멈출까 고민 시작은 한계에 다다른 그 무렵부터 했었다. 낯빛 색이 볼썽 사납게 우중충 어두워진 종업원들과의 수시 대면은, 그야말로 심장을 갈기갈기 찢는 격랑의 고통을 안겨줬다. 실몽당이처럼 겹겹이 엉킨 안쓰러운 민망 감이 극에 달해졌었다. 지지난달 월급도 못 받았다는 항의성 읍소는, 운신을 바싹 조이면서 언제든 대찬 몰매를 맞을 수 있겠다는 불안증에 떨게 했었다. 정말 몸이 사려지도록 공기환경의 전운이 무서웠다. 그 한숨 깊은 무거운 부담을 한시바삐 털어버려야 한다는 조급성이 가동 중단이라는 한계까지 밀어 넣었던 것이다. 그즈음에 박스납품 거래처 한 곳이었던 박정자 사장에게 공장 전체를 담보로 걸고, 밀린 석 달 치 월급문제를 일괄 해결할 수 있었다. 불시의 화재로 모든 재산이 소멸하긴 하였으나, 투자와 다를 바 없는 돈을 선뜻 빌려준 박정자 사장이 실상 그 소유권자인 셈이다.

조금옥은 아직 퇴근 전이었다. 삼일 말미를 얻은 성한은 내일 중으로 계약시한이 삼 개월 남아있는 문화촌 월세 집을 찾기로 하고 잠자리에 누웠다.

약속 잡힌 일자리는 앞서 달리는 희망의 날개를 달아줬다. 모양새가 아직은 깜부기 모양 가물가물 아련하긴 하나, 미래 설계를 그려볼 수 있다는 자체로서는 한량없이 기뻤다. 이성이 빠진 발작과는 성질이 다른 흥분은 활기를 부추기며 잠을 쫓아냈다. 모처럼 근육의 장부다운 땀을 쏟아냈던 육체가 피로를 호소하는 딴판으로, 즐겁게 날뛰는 혈맥은 씩씩한 운동을 불러일으켰다. 한발 뒤로 물러나 진정을 끌어들이는 억제가 쉽지 않았다. 그렇게 이리저리 뒤척거리며 한 시간 가량을 덧없이 흘려보냈다. 그때 전등이 켜져 있는 방에 발을 들이는 인기척이 들려왔다.

성한은 일어나 두 다리를 모아 정중으로 앉았다. 의복에서 찬 기운을 내뿜는 금옥은 절로 감기는 눈꺼풀을 억지로 치켜 뜨며, 반 잠결의 미소를 지어냈다. 그녀는 요의로 오르자마자 길게 엎드렸다. 두꺼운 겉옷도 벗지 않은 채인 자그마한 몸집의 숨결은 거칠게 높았다. 금옥은 그 자세로 숱이 풍성한 머리를 반쯤 쳐들고, 어깨를 낮춘 오른팔 손끝으로 부여잡은 긴 청색 주름치마 자락을 무릎 굽이 부위까지 걷어 올렸다. 양다리 종아리가 드러났다. 알이 밴 종아리는 탱탱 부어 있었다. 진종일 서서 일하는 알심이었다.

"다리 좀 주물러줄래." 금옥이 베개에 얼굴을 파묻으면서 말했다. "이러다 직업병인 하지정맥류에 걸리는 게 아닐는지 그게 걱정이야."

피로에 찌든 금옥의 성대 기상은 퍽이나 시들했다. 성한은 어차피 벗게 될 흰색 양말부터 찬찬히 벗겼다. 요족이 없을 성싶은 좁은 평발의 발볼이다. 그는 금옥의 두 다리를 제 허벅지 위로 동시에 얹고 살살 주무른다. 푸르스름한 엷은 혈관이 더러 비치는 피부 감촉은, 아림·경련에 따른 초기의 부종 탓인지, 유연하지 못하고 단단한 느낌을 줬다.

'고생하는구나. 어서 돈을 벌자!' 성한은 이 생각을 혀 안에서 맴맴 굴렀다.

금옥은 신체 일부에 남자의 손길이 닿자 새삼스럽게 움찔
떨었다. 그러면서 쳐들었다 떨군 얼굴을 베개에 재차 파묻었
다. 저 안에서 끓는 뜨거운 숨결은 자연 남자 품안에서 잠든
상상을 그려보게 하였다.

"시원하네. 저녁은……?"

"먹었어!"성한의 음정은 홀가분했다. "우리 결혼 애긴데 일
년 후로 늦추면 어떨까?"

"어제 했던 얘기 또 꺼낸다."금옥이 베개에서 뗀 얼굴을 성
한이 방향으로 돌리며 대꾸했다. 그 불편한 자세로는 눈길 대
눈길을 맞출 수 없자, 사시斜視에 가까운 겹눈 질로 흘겨본다.
"난 우리 아기 빨리 안고 싶단 말이야."

"그랬었나."기억을 되짚은 성한은 머리를 긁적였다. "동거
로도 아기는 얼마든지 키울 수 있잖아."

성한은 아득히 먼 그리움 속에서 단란한 가정의 행복을 그
렸다. 스스로 침묵을 깬 시간은 2분 후였다.

"실은 오늘 사업운영 어려울 때 큰 도움을 줬던 여사장님을
봤어."성한은 제 무릎과 맞닿아있는 금옥의 한쪽 다리 쓰다듬
는 손길을 멈추지 않고 속내를 털어냈다. 결혼한 부부나 다를
바 없이 관계가 독특해진 사이라, 모든 지 주전부리라 할지라
도 의견을 나누자는 저의에서 나온 말이었다. "우연한 만남이

아니라 기적을 본 것이 아닌가 싶어."

"그러겠네. 생각해봐. 이 넓은 세상에서 안면 있는 단 한 사람, 그것도 생판 낯선 곳에서 만났다면 기적이 아니고 뭐겠어,"금옥은 자신이 겪은 일처럼 신기하다는 반응을 옹알이로 띄웠다. 어른의 소녀처럼 순박했다.

"맞아!"성한이 무릎을 치며 동의를 표했다.

"그래, 만나서 무슨 얘기를 나눴어?"

"그동안 이자에 이자가 눈덩이 크기로 불어났을 그 빚 다달이 갚는다는 조건으로 취업을 제안했기에 망설임 없이 그 자리에서 수락을 내렸어."

"그럼 자기 백수 신세 면하게 된 거네."금옥은 몸을 벌떡 일으키면서 양 손을 잡은 성한과 눈길을 맞추었다. 황색 빛 안색이 무척 밝다. "지역은 어딘데?"

"여기서 꽤나 먼 경기도 양곡. 의견 듣고 싶어."

"꽤 멀리까지 나들이 갔었네."금옥의 낯빛에 생각을 한 곳으로 모으는 골똘한 기색이 돌연 떴다. "가만! 네 누나도 아마 그 근방 어디쯤에서 사신다고 하지 않았니?"

소용돌이가 번뜩 치솟았다. 의도와 달리 자신도 모르게 누나의 집 인근까지 발질을 했다는 것을 비로소 깨달았다.

"누나 생각은 전혀 않고 있었는데, 너의 그 말로 우연의 일치는 이런 맛이구나, 반문이 이네."

"직장 따라 집 옮긴다고……그럼 그리로 주거지를 정하게 된다면 우린 또 떨어지게 되잖아."

"어떻게 했으면 좋겠어. 나 역시도 그걸 걱정하고 있던 참이었어."

"그 해결의 간단한 방법은 나도 따라가는 수밖에 없게 된다는 건데……."

"우리의 장래가 걸린 현실의 문제이니, 쉽사리 결정 내리지 말고 이번 주말까지 대안의 합의점이 뭔지 좀 더 숙고하기로 하자."

가장의 위엄 같은 톤이다. 금옥은 아무린 대꾸 없이 그저 침묵만을 엷게 지켰다. 아무런 감정표출 없이 조용한 무심의 이면으로, 벌써 아내 된 주관적 속셈을 하는 듯이-잠결에 잠긴 눈동자임에도 좌우로 움직이는 은신 낌새가 공허하지 않고 생기가 피었다. 그렇지만 눈꺼풀이 연시 무겁게 감기는 인체고통을 애써 물리치는 중인 금옥은, 결국 그 기세에 눌려 어서 자자며 먼저 자리에 누웠다.

경사가 가파른 언덕 중턱 일대는 사회신분이 가일층加一層 낮은-일과 수입에만 매인 빈곤층 사람들이 몰려 사는 노후 저층 주거지역이다. 낮은 금액의 보증금을 걸고, 사글세 생활을 하는 그들의 집마다 가구 수는 많게는 열 가구 적게는 세 가구이다. 우성한이 동사무소 신고 없이 구 개월 정도 살았던-허름

하며 비좁은 삼층집에는, 하나뿐인 한데 화장실을 공동으로 쓰는 일곱 가구가 살고 있다. 모두 샛별을 머리에 얹은 채로 집을 나섰다, 대체로 땅거미 내린 일곱 시경에 귀가하는 일용 근로자들이다. 그날그날의 끼니를 해결하려는 임시방편의 일로 생활비를 버는 그들의 인상 특이는, 바로 옆방인 사람과도 인사를 나누지 않는다는 무 교제 정형이다.

집주인은 퇴행성 관절을 앓고 있는 육십 초반의 몸집 뚱뚱한 할머니이다. 평지 보행은 그런대로 티 나지 않게 비교적 정상이나, 삼층집 계단을 오르내릴 시에는 꼭 난간을 잡고 한 계단씩 밟는다. 초등생 외아들을 둔 친딸 내외와 함께 살고 있다. 말수가 적으면서 성품은 온순한 편이다. 남편과의 사별 기간이 이십 년째인 과부이다.

주인집 거실에서 머리숱 적은 노파와 마주 앉은 성한은, 퇴거가 불가피해진 사정을 오 분여간 설명했다. 고개를 끄덕거리면서 늘어진 턱 살집도 동시에 흔든 집주인은, 군말 없이 계약금 전액을 순순히 내줬다. 짐은 놔두기로 한 두 채의 이불과 가스레인지 빼고, 두 보자기에 어깨가방 하나가 전부였다.

"이로써 서울 생활은 끝이로구나."

오후에는 그제에 이어 어제 자신도 모르게 인근까지 갔다 되돌아온 양곡누나와 전화통화를 나눴다. 누나는 쓰지 않는 빈방을 치워놓겠다는 답변으로 혈육의 정착을 적극 반겼다.

일이 척척 잘 풀린다. 힘이 솟았다.

다음날 주말 아침. 눈부시게 화창한 일기도 나들이를 도왔다. 이참에 새언니 만나볼 설렘을 안고 한마디 상의도 없이 갑작스럽게 이틀 휴직을 낸 금옥과 도착한 시간은, 오전 열 시 반 무렵이었다.

동거부부는 신선한 공기가 철쭉·라일락·앵두꽃 등에 경쟁을 붙여 화려함을 부추기는 한편으로, 사월 중순의 들판을 온통 뒤덮은 연초록 잡풀들의 생동을 끌어올리는 깨끗한 향기가, 아무런 방해를 받지 않고 자유스럽게 드나드는 한 채의 집 안으로 발을 들였다. 참새 몇 마리와 까치 서너 마리가 한데 어울려 노는 마당에서의 인기척에 여닫이 방문을 열어젖히자마자 서두른 실수로 거꾸로 신었던 신발을 들뜬 손길로 재빨리 고쳐 신고 호들갑을 떨며 뛰쳐나와 반겨 맞은 사람은, 숱 많은 반백단발의 여인이었다. 시시각각 변하는 자연환경의 거친 기후의 영향으로 까칠 기운이 뜬 안색은 까무잡잡하면서, 한적한 시골 삶에 이력이 굳은 체질을 갖춘-성미 푸근한 여인이었다. 헐렁한 동복 솜바지를 아직도 입고 있는 파파 여인이, 단번에 알아본 혈육의 몸체를 짧은 두 팔로 와락 끌어안고 잘 왔다는 말을 연시 내뱉었다.

그 뒤로 위로만 자라는 대나무처럼 신장은 훤칠하나, 홀쭉히 마른 체모의 양어깨 폭은 넓지만, 목선은 짧고, 두 눈썹이 검게 짙은 남편이 서 있다.

매형이었다. 매형 역시도 동거부부를 따뜻한 환대로 맞아주었다. 안색 피부가 아내보다 더 검은 매형은, 전형적 농민답게 흙 속에 뿌리를 묻힌 풀냄새가 짙었다. 그 성질은 하나밖에 모르는 사람들이 대체로 그러하듯, 고집부리가 발동되면 아무리 바늘로 찔러대도 어떤 타협도 먹혀들지 않는다는 것이다. 사람과 사람 간에 오가야 할 온정이 꽉 막힌 듯이, 딱딱하기 그지없는 그 서먹한 분위기를 부드럽게 푸는 재치는 물론이고, 가벼운 농담도 못하는 벽창호라 교양을 웬만큼 갖췄다는 도심 사람들에게는 답답한 인물로 비칠 수밖에 없는 키다리이다.

금옥이 준비해온 세제 선물세트를 앞으로 한 식구로 살아갈 두 부부에게 건네며 정식인사를 올렸다.

"성한과 동창이라면 내 후배이기도 하니 앞으로 잘 지내요."

우성옥은 곱게 웃으며 눈빛을 생글생글 빛냈다. 들풀처럼 자연스러운 미소였다. 양 볼에 주름 층을 짓기도 했는데, 흰 머리가 듬성듬성 보이는 단발로 눈길이 절로 꽂힌 까닭은, 할머니가 될 날이 멀지않았다는-하염없이 흐르는 세월의 빠름을 상대의 반추로 실감했기 때문이다. 얼레리꼴레리(알나리깔나리)노랫말을 빌려 또래 아이 누군가를 손뼉 치며 놀려댔던-피부가 부드럽게 연했던 소녀 시절의 천진난만 자취는 어느 구석에서도 더는 찾아볼 수 없이-인생 무게로 추레해진 모습이 가엾게 보이기까지 하였다.

"네, 잘 부탁드리겠습니다. 언니!"

점심은 전복·참쌀·마늘·오가피 줄기·대추 등이 어우러진 백숙이었다. 집 마당에서 자유롭게 기르는 토종닭 두 마리를 잡은 것이다.

인파가 북적거리는 도심에서 살아본 적이 한 번도 없어 전쟁박물관, 정신 나간 어떤 늙은이가 유류 화마를 일으켜 전소시킨 것을 새롭게 다시 짓고 본래 모습을 되찾은 서울의 얼굴인 숭례문, 임금님이 나라를 다스리며 침식도 함께했었다는 덕수궁·창경궁 따위 구경은, 하릴없는 한가한 자들의 몫이라며 저 멀리 떠밀어 놓고 있는 성옥이다.

그 성옥이 동생 성한과 예비올케를 데리고 자랑이 대단한 동네산책에 나섰다. 그러면서 직접 재배하는 딸기·방울토마토·선인장 온실 등을 차례로 구경시켜 줬다. 이어 남편이 관리하는 양돈장도 소개했다.

선선한 들바람이 일으켜 세우고, 하늘 태양이 자라게 하는 온갖 풀들로 정원 화한 사이사이로, 세월 묵은 옛 골동품들을 별 가끔 없이 전시한 기와집 마당 터 안내도 그중 하나였다.

성한이 독립적 체계를 갖출 때까지 기거할 방은, 동향인 단층 양옥 내였다. 콘크리트 블록 담장 편 대추나무 아래로-지금은 새순의 잡초들만이 자라고 있는 5평 남짓의 면적 바로 옆으로-부추만의 텃밭을 조성한 마당을 앞에 둔 누나부부 방 우측으로-안쪽 부엌과 면한-두 개의 긴 천 소파가 마주 보며 있는 가운데로-웬만해서 깨지지 않을 것 같은 두꺼운 유리가 덧씌워진 테이블이 놓인 거실과 한 벽면인 담장 편방이었다. 별도 출입문 이용이라 편리할 것 같다.

이 집에서 태어나 자랐고, 초·중·고 전 과정을 통학하며 마친 누나부부의 두 아들은 타지에서 지내고 있다. 대학 이년생인 큰아들이 먼저 부모 집을 떠나 터를 잡은 일정 뒤따라, 두 살 차 작은아들도 한 달 전인 새봄 입학 시즌에 맞추어 통학이 가까운 시내 삼촌 집에서 생활하게 되면서, 잘 쓰지 않는 잡동사니 물건들을 일시 뒀던 그 직사각형 방이다. 그 짐들을 다 빼고 바닥 장판부터 도배-형광등도 새로 갈아치운 육백 제곱미터 남짓 방은 깨끗했다. 자리를 많이 차지하는 가구 한두 가지만 들인다면 두 사람이 누울 자리가 한층 좁아질 그런 작은 방이나, 당장 시급한 주거문제 건은 그렇게 거뜬하게 해결되었다. 불편을 감수하고 형편에 맞춰 살면 될 일이다.

누나의 한 핏줄 나눈 동생 환대는 이토록 애틋했다. 정서적인 유대가 저변으로 흘렀다. 동거남의 방을 함께 둘러본 금옥 역시도 "작게 시작하자!"속삭임으로 의기를 보냈다.

성한은 받아들인 삼킴이 고소하게 진지한 말의 주인공-동거아내를 새삼 돌아보며 만족감을 지었다. 그렇지 않아도 밀어주는 배후자 역할을 충분히 하고 있다. 얼마나 든든한 뭉근한 힘인지 모른다. 성한의 표용 넘치는 선한 시선이, 금옥의 얼굴에서 머리로 쳐들렸다. 풍성한 먹색 머릿결이 옛날 왕비 머리 가체歌體처럼 우아하게 다가왔다.

"저 언니!"금옥이 초등학교 선배이며 새언니가 될 성옥의 옷소매를 허물없이 붙잡았다.

"응, 왜?"성옥이 미소의 눈빛으로 되물었다.

"성한 씨와 알뜰살뜰 살아가려면 저도 이곳으로 이사를 와야 하는데, 제가 일할 만한 자리 알아봐 주세요."기분이 안도감 있게 다복해진 금옥의 애교어린 말투에는 어린애 장난기가 다소 서려 있었다. 또한 미리 준비해둔 계산이라 군더더기 없이 정갈했다.

"마트계산원 일을 본다 했지?"웃음기가 헤픈 성옥이다. 자연으로부터 물려받은 인품이다. "이 동네는 사람을 쓸 만한 큰 마트가 없어 시내로 나가야 해. 걱정하지 마. 잘 될 거야. 이래봬도 마당발이라고……"

"고마워요. 언니만 믿을게요."

성한은 하루 더 쉬고 모레 출근을 준비해야 한다면서 서울 집으로 떠나는 금옥을 버스정류장까지 배웅했다. 한동안 못 볼 작별의 키스를 잊지 않았다.

"너 그러지 말고 우리랑 동업하면 어떻겠니?"

철 대문 안으로 들어서는 성한 편으로 고개를 돌린 성옥이 말을 붙였다. 그새 설거지를 다 마치고, 남편이 한자 정도 판 마당 가편 빈 밭 구덩이에다 닭 뼛조각을 묻고 있었다. 손에는 기름기 뜬 스테인리스 그릇이 들려져 있었다. 볼이 홀쭉한 가시버시 남편이, 목면스웨터 차림새로 흙 덮은 작업을 마친 삽을 땅속에 꽂아 두고 그 곁에 서 있었다.

"빚 문제 건은 어떡하고요?"

성한은 해가 기울면서 기온이 점차 낮아지는 약간의 추위를 느끼고 있었다. 동시에 두 시간 전까지 반키에 불과했던 사물 그림자들도 길어지는 추세였다.

"우리가 대신 갚아 줄게."

"조건은요?"

"하우스농장이든, 양돈장 관리이든 그 하나를 맡길 터이니, 너희 부부사업으로 키워보라는 제안이다. 구체적 얘기는 네가 자리 잡은 이후에 천천히 나누기로 하고, 우선 내 집이라 생각하고 우리랑 옛날처럼 사이좋게 잘 지내자."

형제간일지라도 공과 사 구분은 분명해야 한다. 어린 시절에는 부모의 슬하에서 한 그릇 물을 같이 마셨으나, 세월은 형제라는 간격을 개체로 벌려놓았다. 한 피가 개별 체내로 흐르는 환경은, 세상이 둘로 쪼개진다 해도 절대 변하지 않는 천륜이나, 확연하게 달라진 저마다의 생활환경은 남남이지 않은 남남으로 갈라놓았다. 그 바탕에서 한 지붕생활을 다시 시작하려 첫발을 내디뎠다.

성한은 누나의 제안이 물리력 아닌 순수한 형제 우애를 가득 담은 다복한 온기라 적이 안심했다. 형제와의 동거라면 심리적 안정이 더욱 빠를 거라는 판단을 여유 있게 내린 성한의 눈빛이 밝게 키워졌다.

까마득히 멀어진 세월 저편, 누나 중심으로 모인 졸망한 오형제는 자외선이 강하게 내리쬐는 단오절을 맞아 한데 어울리게 된 마을주민들과 신록의 향기가 무릇 익어가는 느티나무 굵은 가지에 매단 그네놀이를 즐겼던 그때 그 시절의 장면이 선하게 그려졌다.

"매형과도 얘기가 된 건가요?"성한의 얼굴이 누나로부터 자형에게로 옮겨졌다. 매형의 검은 눈매가 끔뻑거렸다.

"처남이 아니더라도 사람을 알아보던 참이었네."자형의 음색은 오랫동안 닫혀있다 모처럼 열어젖히는 문짝처럼, 이물질이 함께 끌리는 듯이 둔탁했다. 뭉침 없는 쇳가루 낱개처럼 흩어진 지직한 느낌으로도 들렸다. 고립하게 실하다는 인상도 동시에 받았다.

"누님의 안내를 받아 둘러보니, 두 분의 체력이라면 충분히 감당할 수 있던데요."

"우린 하우스농장 규모를 배로 늘리려 해."언변이 좋은 성옥이 남편 대신 설명을 늘어놓았다. 입담이 빠르다. 세월의 연륜이 깊은 부부는, 모르는 사이에 어느덧 닮는다고 했다. 그녀 역시도 흙을 만지는 일이 주생활이라, 성미에 꾸밈이 없다. 순수하다. 철부지 소녀시절에 내거라는 낭탁囊橐이 워낙 강해-아무도 빼앗지 못하도록 야멸친 앙금의 실눈으로 째려보며 배척했던 질투 따위의 성질은, 더는 찾아볼 수 없는 영락한 시골 아낙네이었다. "해외 수출을 계획하고 있거든."

"꿈이 대단하시네요. 아무튼, 고마워요."성한은 가슴이 뜨거웠다.

"도와줄 거지?"

"네, 그럴게요. 대신 출근 일자를 잡은 모레 월요일에 박정자 사장님을 봬야 하니 말미를 주세요."

"우리가 이삼일 내로 해결해줄 터이니, 계좌번호 꼭 받아 와야 한다."

"네, 명심할게요."

제 2장

삶의 숨결

　　　　　　대기는 하루 전 소낙비로 인하여 습
한 수증기를 잔뜩 머금고 있다. 맑은 햇살이 그 수증기를 흡인
하며 말리는 중이다. 잎사귀 넓은 오동나무에는 가을은 아직
먼데, 벌써부터 조로早老 현상을 띄우고 있다. 전체 이파리에
서 밑가지 몇몇 잎사귀에 불과하지만, 누렇게 병들어 시든 앙
상함이 민망하기 짝이 없다. 대세의 푸름과 너무 대조되는 인
상이라, 보기가 안쓰럽게 흉하다.

　지난여름은 지역에 따라 기온이 39도까지 치솟았었다. 들끓
는 가마솥 기간은 3-4도 편차로 내렸다올랐다 반복하며 무려
사십여 일간 이어졌었다. 그 일기의 여정 동안 생명의 숨을 내
쉬는 모든 생물은 탈출구 없는 뜨거운 용광로 안에서 기진맥
진 축 늘어져 제 기능을 잃고 말았었다. 피부 태움을 위협하는
불볕더위의 기승은 마른장마의 영향이 컸다. 한풀 꺾이기는
하였으나, 팔월을 갓 보낸 구월 초순인 지금까지도 기세 등등

은 여전히 유지되고 있다.

불덩이 기후에 시달린 해를 입고 저토록 너덜너덜한 죽을상이 되지 않았나 싶다. 과대한 해석을 덧붙인다면, 말추렴(다른 사람이 말하는데 끼어들어 거드는 일) 조차 할 의욕 없이 시름시름 앓는 자체 병 때문이지 않나 싶기도 하다. 한 발 더 들어가 느끼며 배운 섭리는, 푸른 고음도 한때뿐인-대소간 구분 없이 일장춘몽에 지나지 않다는 조악한 상심이었다.

방면의 전문지식을 갖춘 타고난 생태학자가 아니므로 자연생태의 변모하는 속내 사정 전혀 알 도리 없으나, 일반적 안목에서 본다면 건강한 나무는, 겨울문턱에 다다른 계절에 맞추어 한 해 잎을 다 떨어트리고, 나목裸木 상태로 모진 한파와 맞싸운다는 것이다. 반면, 한겨울 복판인데도 마른 잎사귀를 품앗이로 그대로 매달고 있는 나무는, 차량매연 같은 공기 질 나쁜 환경으로 호흡 곤란해진 병세를 안고 추운겨울을 보낸다는 것이다. 그러다 밑뿌리부터 썩는 자치적 흰곰팡이를 줄기에 돋아낸 채로 다시는 새순을 피워 내지 않는다는 것이다. 누구에게나 생기를 불어넣어 주는 푸른 기운을 잃고 마는 것이다.

코흘리개 친구 중에 짱구 별명이 붙은 염성남이 있었다. 석두石頭라 불릴 정도로 머리가 그다지 좋지 않았던 데다, 집안이 무척이나 애옥살이하여 초등학교 학력이 전부이다. 산을 잘 타는 그는 발이 빨랐다. 또한 땅꾼처럼 뱀을 잘 잡았다. 남의 땅을 빌려 쌀농사를 짓는 소작인 아버지는, 고생을 달고 세상에 태어난 자신의 음습한 계곡 같은 가난을 대물림하지 않겠다는 큰맘을 먹은 대로 세 아들 중 장남 성남에게 흰 염소다섯 마리를 사주고 기르도록 맡겼다. 선 머슴애 시절부터 살터 일을 스스로 책임지게 된 성남은, 일 년 반 만에 세 마리의새끼를 얻었다.

중학교 삼학년 여름방학 때 그를 따라나섰던 적이 있었다. 산등선 풀을 뜯어 먹는 어미 뒤를 줄곧 따라다니는 두 굽 발의세 마리 새끼염소는 능글능글 귀여웠다. 어느 풀숲에서 갑자기 나타난 뱀이 새끼염소를 위협했다. 성남은 불시에 출현하는 짐승을 쫓아내거나, 두 뿔 달린 수컷 한 마리 낀 염소무리들 몰이에도 사용하는 마른 작대기 끝으로 인기척을 느끼고도망치려는 삼각 모양의 대가리를 꾹 눌러 막았다. 그리고는맨손으로 뱀의 목줄을 쥐어 잡고 눈높이로 들어올렸다.

살인 독을 머금은 붉은 혀의 뱀은, 햇볕에 검게 탄 애송이목동의 맨 피부팔목을 몇 바퀴 휘어 감았다. 목동은 말동무에게 파충류가 비비 꼬며 조이는 팔목을 들이대는 장난을 쳤다. 친구는 날름거리는 뱀의 붉은 혀에 혹 쏘일까 뒷걸음질로 피하기만 하다, 미처 볼 수 없었던 뒤편 돌부리에 발이 걸려 넘어지면서 엉덩방아를 찧고 말았다.

성남은 나와 똑같이 잡으라는 설명 뒤, 산체의 긴 몸뚱이 뱀을 친구에게 물려줬다. 기분부터 무서운 혐오감에 떨게 한 놀라운 섬뜩 감에 머리숱 전체가 쭈뼛 섰다. 변온동물인 까치살모사의 몸은 전율이 느낄 정도로 어름처럼 차가웠다. 한더위에 열이 높아진 팔목이 서늘했다. 친구는 산에서 내려온 즉시 시장 입구 약국에 들러 얼마의 돈을 받고 뱀을 넘겼다. 경제기초의 원리를 배웠다.

'어디서 뭘 하며 지내는지……?'

기억은 그때의 상황과 만나면 그에 맞추어진 분노든 함박의 기쁨이든 드러내기 마련이다. 성남과의 또 다른 추억담은, 새끼 낳은 어미의 젖을 짜서 밥물을 대신 썼다는 경험이었다. 돌멩이 몇 개로 조잡한 아궁이를 만든 그 위에 얹은 양 손잡이 양은냄비를 마른 나뭇가지의 불길로 끓여 지은 별식의 우유밥은 고들 하게 맛있었다. 생나무가지 젓가락으로 집어 올리는 반찬은, 휴대 간편한 양은도시락에 담아진 깍두기 한 가지 뿐이었던 걸로 기억하고 있다.

어느 한 날은 먹구름이 하늘을 온통 뒤덮고 있었다. 이윽고 빗방울이 메마른 대지를 적시기 시작했다. 우의를 준비해온 성남은, 큰비 내리기 전에 어서 가라며 친구의 가냘프게 작은 등짝을 찰싹 때렸다.

펄펄 끓는 전력의 달음박질은, 짧은 시간 내에 한 고개에 이어 두 고개 째를 넘었다. 거친 숨결은 한 박자 두 박자씩 정신

없이 건너뛰게 했다. 세 번째 고개에 막 접어들자, 저 멀리 맞은편 먹장구름 하늘을 우르릉 쾅쾅 때려 대는 굉음을 앞세운 천둥과 번개의 세차게 쏟아지는 소낙비가 마주 보였다.

동진하는 비와의 거리는 점차 좁혀지고 있었다. 자욱 안개 피우는 큰비의 속도는 대략 초속 10킬로미터이었다. 비를 맞지 않으려면 지금까지보다 체중의 동력을 한층 더 끌어올려야만 하는 긴박한 상황이었다. 그러나 아직은 다섯 고개 중 한 고개가 더 남아있다. 이어 백 미터 남짓의 내리막길이 더 있다.

아무래도 무리일 것 같다. 아이 적 경쟁심리가 오기로 발동됐다. 달리는 힘에 불이 붙은 두 발의 영향으로 온몸에서 땀이 주룩주룩 흘러내렸다. 산을 다 내려와 마침내 마을에 당도했다. 그러나 바로 눈앞인 집 도착에 앞서 양동이로 쏟아 붓는 장대비를 쫄딱 맞고 말았다. 결국 자립적인 빗줄기에게 열 발 차로 진 셈이다. 가쁜 숨이 턱을 치게 했던 체력이 한꺼번에 풀리는 순간이었다.

문을 활짝 열어둔 안방 찬 장판바닥에 반듯하게 길게 누운 사람이 있다. 심심한 풍경이다. 입술 빛깔은 담홍색이고, 코와 윗입술 사이에 오목하게 골이 진 인중 정 중앙에는 콧물인지-맹물인지 한 방울의 구슬이 한 치의 미동도 없이 고이 얹어져 있다. 흐름의 자욱이 없어 콧물일 것 같진 않고, 더위 식히려

삶의 숨결

일부러 얹어 뒀다는 이치도 석연치 않다며 고개가 저어진다. 어디에서든 물 주전자나 물이 담긴 그릇이 보이지 않았기 때문이다. 아무튼 이 모양 저 모양의 그림을 다변적으로 그려보게 하는 상상은 제쳐놓고, 이상형인 구슬방울의 의미를 캐보고 싶다는 호기심에 이끌렸다.

한 방울의 구슬을 언제까지 떨어트리지 않고 버틸 수 있을지 참는 인내 시험인 것 같다는 착안이 제일 먼저 떠올랐다. 전택궁田宅宮(눈썹 아래의 눈 뚜껑)을 꾹 감고 있는 꼿꼿한 바른 자세는 더할 나위 없이 좋은 관찰의 대상이었다. 두 손을 배 위에 가지런히 포개 얹은 몸가짐으로 천장을 바라보고 있는 눈앞의 현실이 불가사의한 기적을 보는 것 같이 신비하기만 하다.

도무지 믿어지지 않는 꼼짝 않는 모습을 우두커니 내려다보는 시간의 눈이 한 가지 의문을 일깨워줬다. 살짝 벌린 입술 사이로 내비친 흰 치아에서 내쉬는 숨결이 전혀 들리지 않는다는 것을……. 좀 더 끌어 모은 정신을 세심하게 기우려 핏기 가신 왼 볼에서 모래알 크기인 검은 점을 발견했다. 누런 색상의 점은 막 피기 시작한 새순 몽우리와도 같았다. 어쩌면 부패 초기인 곰팡이일 수도 있다는 느낌이 선뜻 스쳤다. 어디서 날아들었는지 냄새 잘 맡는 집파리 한 마리가 백색이 여리게 뜬 얼굴 점에 집중 맞춰 무언가를 콕콕 찍어 맛보면서 두 날개 몸체를 요리조리 빙빙 돌리고 있다.

반겨 맞는 음성이 없다는 데서 이상한 불길 감이 번뜩 일었다. 장대비에 홀딱 젖은 몰골의 아들은, 혹시나 하며 갓난아기 시절 때 실컷 물었던 젖가슴에 주의 깊어진 귀를 붙였다. 역시 생명이 뛰는 날숨이 안 들렸다.

"엄마!"하고 부르는 큰 외침이 방안 전체로 울러 퍼졌다. 마구 흔들어 깨우는 체온은 싸늘했다. 아침밥을 차려줬던 그 엄마는 영영 일어나지를 않았다. 그보다 더 깊은 잠은 없다.

구릉지 꼭대기에 머물러 있는 햇덩이 노을은 붉다. 여전히 불사조처럼 한계도 없이 힘찬 기세를 지닌 빛이다. 그 빛발 색에 곱게 물든 구월 말의 흰 구름 몇 조각이 양떼처럼 고요히 떠 흐른다.

우주 공간의 태양. 세계의 중심축에 서서 생물들의 성장을 돕는 태양에게서는 잔주름을 찾아 볼 수 없다. 나이 먹는 사람이나 기타 생물들에게서 쉽사리 찾아볼 수 있는 세월의 흔적인 잔주름은 생을 줄이는 성질을 안고 있다. 지상의 생물들과 똑같이 전능자에 의해 창조됐을 햇불덩이 태양도 물질임이 틀림없다. 그러므로 인생의 수명을 먹기는 마찬가지이다.

행성인 지구의 일정한 공전으로 표면상 동쪽 지평선에서 떠올라 서쪽 지평선 너머로 지는 태양의 나이는, 핵 우주 연대학 및 항성진화 컴퓨터에 따르면 45억 6720년이다. 그 기나긴 연령에 비해 늙은 살 하나 없이 여전히 생물들에게 중대한 영향을 끼치는 태양이다. 마침내 태양이 와장(아래 눈꺼풀-애교살)을 감고 서녘 너머로 뉘엿뉘엿 자취를 감추었다.

후텁지근한 더위를 잊게 한 선선한 기후 탓인지 감은 좋은 편이다. 그렇지만 얇은 막에 가려지기라도 한 건지, 근시안적인 면이 한구석에 있는 듯도 하다. 그 이유의 설명은 무자각이기 때문이지 않을까 싶다. 뼛속 깊이 스며든 감질이라면 논리나 감정이 시간과 희망을 끌어올려 줄 터인데, 그와 달리 생육의 능력을 우려먹듯이 노곤하니 말이다.

모든 일에는 나름의 이유와 목적에 따라 움직인다. 그러나 비활성으로는 내밀을 다질 수는 없는 노릇이다. 서늘한 쓸쓸함이 가슴을 휩쓸고 지나간다. 귓불에 손이 절로 간다.

사물의 모든 대상을 시의 재료로 활용되는 문학은 심령을 어루만져 주며 달래는 인문이다. 시인은 심미審美를 좇는다. 관찰력과 기억으로 한 장면을 포착해 내는 능력이 남달리 탁월하다.

시인은 동원한 이해력으로 자신의 그림의 집을 짓는다. 심연 깊은 저변에서 소곤소곤 속삭이는 영혼의 세미한 음성을 감성의 피부로 체험한다. 실물 소리는 더더욱 밀약의 맛으로 헤아려 분석한다. 무가치 물체를 단단한 결정結晶체로 살려내 존재로써 부각케도 한다.

상상은 내용의 양념이다. 싱거운 음식물은 들었던 숟가락을 내려놓게 한다. 그렇게 맛을 잃은 부실식사에는 소금을 넣어 간을 맞춘다. 이럴 듯 상상은 소금과도 같다. 상상은 글감을 높여주는 정열이다.

시인은 깊은 공백에서 실없이 그저 헤매기도 한다. 건들건들한 행위에서 환기로 활짝 열어둔 창문 사이로 한가롭게 느릿느릿 드나드는 가벼운 실바람이 거실 커튼을 살랑살랑 흔드는 광경을 목격한다. 거실 바닥에 드리어진 한줄기 햇살을 굽어보며 환희의 송가를 부르기도 한다.

작품의 품위인 빛나는 창작의 문장은 개인적인 고된 훈련에서 나온다. 매일 기사를 써야 하는 신문기자나 학생들을 지도하는 학교선생님이라 해서 작가반열에 낮게 오르는 것이 아니다. 자신이 추구하는 색체그림의 예술욕구를 직선으로 갖춘 직관과 정서적 합리인 정신무장을 단단히 다진 특수한 사람만이 영감 받은 작품의 문장력을 무럭무럭 키워낼 수 있다.

시인은 체력적으로는 미력하나, 그 피 말리는 쇠약은 정신적 등불이 되겠다는 꿈과 결속되어 있다. 그렇게 써낸 펜의 강고는 세상에 지대한 영향을 끼친다.

그들은 독처에 길들여진 개성의 이면으로 정신적 결핍성도 상당히 깊다. 평소에는 정상적으로 생활하다가 특정 요인이 불안을 일으키게 되면 정서변화—충동성을 극단적으로 나타내는데, 그 병세는 반사회적 성격장애인 불안정한 대인관계·인지왜곡·우울증·반복적 자기파괴 등의 피해망상의 현상으로 나타난다.

지금의 나의 운신은 아주 소량의 흙가루 속에 묻힌 한 줄기 식물에 불과하다. 한 바가지 물에도 금세 씻기며 사라질 수 있는 눈곱만큼의 흙을 딛고-담벼락 시멘트 틈새 사이를 겨우 비집고 싹을 틔운-더는 자라지 않아 항상 난장이에 머물러 있어 이름 소개도 무의미한 존재에 불과하다. 온종일 햇살이 비추는 양지바른 길녘이라 오가는 불특정 인적은 잦으나, 누구도 돌아보지 않아 가엾기 그지없는-가녀린 한 떨기 들풀에 지나지 않다. 그들이 털어내는 옷의 먼지를 고스란히 뒤집어쓰는 빈 줄기일 뿐이다. 그런데도 불만은 한 터럭도 없다. 그 입장이 못돼서가 아니라, 고민한들 행운은 찾아오지 않는다는 포기를 오래전부터 터득해 뒀기 때문이다.

나의 시인 등단은 금년 올해로 12년차이다. 그 이전부터 상재하기 시작한 시집은 총 5권이다. 그렇지만 인세는 용돈거리도 안 되는 소액에 불과했다. 교수의 봉급이 다달이 보장되어 있으므로 금전 면에서는 그다지 관심을 두고 있지는 않으나, 유동성 함정일 수 있는 독자층이 극히 얇다는 점에서는 흥미를 잃지 않을 수가 없다. 책이란 수많은 독자 손에 들려질수록 저자의 지명도가 높아진다. 그렇지 않으면 아무도 알아주지 않는-협의통화(M1)마저 끊기는 무명작가로 남겨지게 된다.

목소리 없는 혼자만의 시인은 고달프다. 사실 나는 시인으로서의 명예를 갈망하고 있다. 그렇지만 뼈저림이 깊은 고통의 단계까지 내려가지 않으면, 시성詩聖 세계의 꿈은 변주곡만 울리는 수박 겉핥기에 불과하다. 독자들이 외면하는 졸작이 나오는 이유이다.

이에 따른 또 하나의 걱정은, 시인들의 그토록 피 말리는 옥고 품에도 불구하고, 그들의 자존심은 날로 쇠해져 가고 있다는 뼈아픈 서글픔이다. 배고픔이 정설이 되어 인기가 날로 식는 인문을 말하는 것이다. 이의 반영으로 학교별로 이미 국문과를 폐강했거나, 그 준비를 서두르고 있기도 하다.

내가 교직원으로 속해 있는 학교에서도 학생들의 무럭무럭 성장에 메마른 영양일 뿐인-밥벌이와 무관한 국문학과 폐강을 논의 중에 있다. 아마 1-2년 내로 결정이 내려질 것 같다. 현세 흐름에 맞추어 전공분야를 갈아타야 하나? 고민이 깊어지는 중이다.

문학 다음으로 자신이 좀 있는 사회학과에 기울어져 있다. 판에 박힌 터프한 하나의 지식이 편한 잠을 앗아가고 있기에, 서둘러 준비에 들어가지 않으면 안 된다. 나는 교수이다 콧대만을 세우는 방관에 빠져있으면, 아래서 노려보며 엉덩이 쿡쿡 찌르는 그 상대를 끌어내리려는 살벌한 경쟁 시대에서는 물에 쉬 녹는 설탕 꼴이 될 수밖에 없다.

대립은 의식을 깨운다. 또한 감각은 상대적이라 대체로 아픔의 고통에서 느껴진다.

전화벨이 울린다. 우성일은 상의 양복 왼편주머니에서 전화기를 꺼내 폴더를 열고 귀에 붙였다. 유별나게 튀는 컬컬한 음성의 주인공은 같은 교직원으로 근무하는 철학과 교수 김형배이다.

"뭘 하시나……"

너스레 떠는 저편 목청은 문안 인사인지 농담인지 선별 잡기가 풋기운 하게 모호하다. 여유를 부리듯이 느리면서도 길었다. 그렇지만 호기심이 왕성한 중년 교수답게 성량은 풍성하다. 사고 논리가 시기적절하게 적합한 그의 말투는, 간단명료하기로 정평이 나 있다. 불필요한 주접거리 주석은 일절 달지 않고, 짤막한 가르침이 깊으면서 예리하다. 뇌리에 남아있는 그의 대표적 한마디는 '흉포한 기질 자는 체질이 바뀌어 자루가 된다고 할지라도 욕은 사라지지 않는다.'이다. 기독교에서 인류의 구세주로 믿는 예수를 돈 몇 푼에 판 가룟유다를 빗댄 말이다.

"웬일로 전화를 다 하고……"성일은 웃음기를 머금은 입매로 반겼다. 상대와는 말을 놓고 지내는 동배라, 농담이면 농담으로 답해도 무방한 사이이다.

"만나서 얘기할까?"급변하게 변성된 톤이 다소 무겁게 심각하다.

"왜? 웬만하면 이왕 연결된 전화로 하지."

"얘기 나누고 싶은 주제 힌트는 우리나라에 경제보복을 단행한 일본을「우리는 일본을 어떻게 봐야 할까?」야.

"가만……김 교수도 나의 신문 기고문 본 거야?"

"잘 썼던데. 핵심을 잘 짚었어."

"정치얘기는 그걸로 끝냈어."

"알지. 독자들이 고루 공감할 좋은 글 쓰려는 골수파들은 시끄러운 복잡에서 벗어나고 싶어 한다는 걸……그렇지만 우리처럼 학문을 가르치는 지식인 행동이 사회를 일깨우는 보루이지 않을까?"

"그런 일은 내가 아니더라도 정치 물 마시려는 김 교수 같은 분들이 계시잖아. 지금의 나의 소원은 '국민여러분, 내 고장을 신나게 개발할 국회의원후보 000입니다'로 자신을 부풀려 외치는 선동을 넘어 신분이 상승되면 유권자들을 안중에서 제쳐놓는 비인간들이 판을 치는 대중 자리에 나를 끌어들이지 말아 달라는 부탁일세."

"소심하긴……알았어. 다음 기회에 연락하지."

저편에서 먼저 통화를 끊었다. 김형배가 입에 담았던 신문 칼럼 내용은 아래와 같다.

≪우리는 일본을 어떻게 봐야 할까?≫

동쪽 끝나라 일본은 한반도와 지리적으로 가까운 이웃 국가이다.
비행기로 두 시간 남짓이면 도착하는 국가이다. 당일치기로도 갔다
올 수 있는 나라이다 보니 우리나라 국민이 많이 찾는다. 중국인 다
음으로 일본 지역경제를 살리는 역할을 톡톡히 하고 있다. 두 나라
간에 전무후무한 전운이 감돌고 있다. 아니, 검은 속셈은 이미 메가
톤급으로 폭발하여 양국 간의 피해가 기하급수로 속출하고 있다.

일본의 정치적 성향이 강한 경제보복으로부터 촉발된 무역전쟁
(백색국가 제외)은 우리 국민에게 대대적 불매운동을 벌이는 결기를
다지게 하였다. 갈 때까지 가보자며 전 국민적 동참을 요청하고 있
다. 상당한 성과를 올리고 있단다. 영업수익 감소를 감수한 골목 편
의점들을 비롯하여 대형 마트에서도 일본제품은 팔지 않는다는 알
림 문구 부착은 쉽사리 볼 수 있게 되었다.

예부터 잠자는 사자는 깨우지 않는다 했다. 이빨 드러낸 포효에
물릴 수 있기 때문이다.

일본의 우리나라에 대한 경제보복은 동시에 세계 각국도 깊은 우
려를 나타내고 있다.

우리는 일본이라면 대체로 좋지 않게 보는 경향이 있다. 민족의
역사적 아픔을 가슴마다 품고 있기 때문이다. 일본은 우리 민족을

임진왜란 때부터 괴롭혔다. 16세기 말 일본은 중국을 징벌한다는 명분을 앞세워 조선을 침략했다. 일본의 탐욕에 무려 100만 명의 희생자가 발생했으며, 이와 별개로 왜군은 전과를 자랑하고자 18만 명에 달하는 우리 선조들의 코와 귀를 베어갔다.

우리는 또한 1895년 10월 8일 경복궁에서 벌어진 '을미사변'(명성황후시해사건)을 똑똑히 기억하고 있다. 이후 우리의 선조들을 36년 동안 억압 또는 탄압하는 수준을 넘어, 일본식 성명 강요로 우리의 고유 이름마저도 말살하려 했던 일본의 역사적 횡포를 잊지 못하고 있다. 그 시절 끝자락의 뚜렷한 가해 자취인 위안부 문제 건을 아직도 미해결 채로 묻어두고 있는 그 일본과 대한민국은 1965년 6월에 외교관계를 체결하고, 서로 교환한 대사를 상주시켰다. 반 일본주의자이며 4·19혁명으로 하야할 수밖에 없었던 이승만 전 대통령을 하와이로 망명시킨 군사정부의 야심 찬 정치적 선제였다.

자주 만나면 사이는 가까워진다. 그러나 가까운 사이에는 음양의 다툼도 배태하고 있다.

1776년 7월 4일 독립선포와 더불어 세계지도 상에 새로운 강자로 등장한 아메리카합중국은, 천황을 받드는 일본을 미개인으로 취급했다. 시간을 훌쩍 뛰어넘어 일본이 진주만을 침략하는 사태가 벌어졌다. 미군 수천 명이 전사했다. 미국사회에 두루 퍼진 반일감정은 극에 달해 워싱턴의 모든 벚나무는 베이게 되었다.

1945년 8월 6일 일본 히로시마에 원폭투하가 내려졌다. 6만4000

여 명이 죽음으로 내몰렸다. 천황이 항복문서를 준비 중이었던 8월 9일 두 번째 원폭투하로, 사망 3만9000명 외에 그 방사능 후유증으로 나가사키주민 70여만 명이 추가로 희생되었다. 그 미국과 일본이 그 과거 위에서 오늘날 밀월을 과시하고 있다.

미국은 날로 국력을 넓혀 가는 중국의 견제용으로 일본을 전략적으로 활용하려 하고 있다. 미국의 읍소 하에 일본은 '일본은 전쟁할 수 없는 나라'로 못 박아 놓은 맥아더장군의 평화헌법 문구를 빼내려 하고 있다. 즉 '일본은 전쟁할 수 있는 나라'문구가 넣어질 헌법개정에 박차를 가하고 있다.

우리는 일본과 물량적으로는 밀접하나, 심리적으로는 먼 나라이다. 이번 사태로 두 나라 간의 앙금의 골은 두 개의 섬 독도를 가운데 둔 것처럼 더욱 깊어졌다. 적대적 감정으로 맞서 있는 해소는 쉽지 않아 보인다. 칼과 칼의 싸움에서는, 어느 한편의 칼날이 통각으로 잘리거나 떨어트리지 않는 한 끝나지 않기 때문이다.

미움의 원수는 감정이 만들어 낸다. 그 해소 역시도 감정에서 나온다.

철재캐비닛 위로 신문지에 둘둘 말린 꽃다발이 놓여있다. 소국화·안개꽃·붉은 장미 등이 아우러진 다발이다. 양 문이 꼭 닫혀있는 오래된 철재캐비닛 앞에서는 무릎 세운 자세로 마주 보고 있는 두 여성미화원이, 고무장갑 손으로 담당구역

곳곳에서 무작정 끌어 모은 쓰레기 분리작업을 하고 있다. 몇몇 제자들이 제출한 논문심사를 마치고 현관까지 나온 성일은, 발길을 돌려 그 앞으로 거리낌 없이 성큼 다가섰다.

"수고하십니다."성일은 두 여성을 굽어보면서 인사말을 건넸다. 그리고는 눈길을 위로 쳐들었다. "저 꽃 왜 저 위에 엎어져 있나요?"성일의 성대는 부드러운 표정답게 차분했다. 상대는 머리에 보랏빛 바탕에 물방울무늬가 박힌 짧은 스카프를 둘러쓴 여인이었다. 나이는 양 눈가에 새겨진 몇 가닥 주름으로 미뤄 대략 사십 대 중반쯤이고, 안경 너머의 두 눈빛은 그리 맑지는 않으나, 은근한 미소를 머금고 있었다.

"퇴근하면서 집에 가져가려고 놔둔 거예요."음정이 경쾌감으로 들떠있다. 잘 먹은 점심식사로 포만감이 높아진 음성이었다. "왜요? 필요하세요? 필요하시면 가져가세요."뒷말을 이은 숨결의 마무리가 군더더기 없이 무던하다.

"그래도 된다면 가져가겠습니다."

성일은 구두뒤축을 바싹 쳐든 몸의 왼팔을 높여서 손에 쥔 꽃다발을 내렸다. 그는 기분이 흡족했다. 몇 년간 오며가며 가벼운 묵례인사만 나눴을 뿐인 여인의 호전한 반응이 논문심사에 지친 심신을 충분히 달래줬기 때문이다. 성일이 미화원에 대해 알고 있는 신상은, 오토바이로 출퇴근한다는 정도이다.

"저 교수님 인상 참 좋다."

나이 어린 상대 동료가 현관 출입문을 향해 걸어가는 성일을 눈길로 쫓으면서 주절거렸다. 성격이 쾌활하여 항상 표정이 밝은 동료이다. 몸도 부지런하여 일감이 밀릴 새가 없다. 탈각으로 눈썹이 없어 그에 맞춘 반달 모양의 문신을 반영구로 그려넣고 있다. 화장으로 곡률을 살려 올린 속눈썹은 자연산이다. 숱이 많아 보이는 또렷한 눈길의 움직임을 멈추지 않고 계속해서 손을 놀리며 있는 동료의 빨간 입술이 다시 벌어졌다. "언니, 꽃 좋아하는 남자 성질은 어떨까?"

　"그야 착하겠지."하고 답한 수수한 음정에는 직장동료 관계를 뛰어넘은 친구 사이처럼 허물없는 수다가 실려 있다. "저 교수님 아직 혼자 사는 총각이라는데, 너 혹시 그 연심 키운 거 아니니?"

　"언니도 참……!"화들짝 놀란 빛을 띄운 솜털 안색이 붉게 물들어졌다. "서방 있고 두 자식 있는 여편네 치맛자락 펄렁이는 바람둥이로 보지 말아 주세요. 그랬다가는 애들 아빠 성미에 두들겨 맞는다고요."

　"에그, 속과 다른 그 눈치 알았다."

　교문을 나선 성일은 곧바로 꽃집을 찾았다. 그는 잎사귀 윤기가 푸르게 싱싱한 바이올렛 화분 하나를 사들었다. 다른 한 손에 들려있는 꽃다발 향기를 재차 맡으며 길을 걷는데, 앞에서 마주 오는 파마머리 여성이 꽃을 보고 지은 눈웃음을 사람에게로 쳐들었다. 성일은 같은 감량의 미소로 답례를 보냈다.

초인종을 누른 집은 아파트 십 삼층이다. 문이 바깥으로 열리면서 문행숙이 모습을 드러냈다. 세수도 안 한 민낯에 기운 없이 푸석한-얼빠진 슬픈 안색을 띄우고 있었다. 뒷짐 지고 거실벽면에 붙어 서서 우물쭈물 쳐다보는 눈빛도 생기 없이 쓸쓸하게 메말라 있었으며, 넓다 싶은 양어깨에 걸쳐진 숱 많은 머리카락도 산발하게 흩어져 있었다. 거무스름한 안색의 전체 표정은 무기질적인 체념이었다. 왜소해진 외로움에 지배를 내준 창백한 낯빛이었다. 환상 속을 거니는 적막한 의기소침이 보통 심각한 게 아니었다. 충격으로 다가왔다.

"왜 그리 기력이 쇠해 보여?"성일은 구두를 벗은 두 양말 발을 거실로 내디디면서 유성파열음의 일종인 탁음濁音으로 가볍게 꾸짖었다. 불안증에 시달리는 침잠 분위기라 엄포로라도 차마 된소리를 낼 수가 없었다. "마음의 병이며 적수인 잡념에 잡아먹혀서는 안 돼."

그는 반기는 것도 내쫓는 것도 아닌 행숙의 어정쩡한 태도에는 이럴 다할 반응은 드러내지 않고 안으로 들어갔다. 행숙의 맨발 소리가 뒤를 따랐다. 네 다리 식탁에 얹어져 있는 것은 반쯤 남은 식빵이었다. 며칠이 지난 식품이라 껍질 부위가 약간 말라 있었다.

"또 식사 거르고 빵 조각으로 버틴 거야?"

오 일 전 안부전화 시 구어로 들은 상황과 똑같아 잔소리가 안 나올 수가 없었다. 그만큼 체력소진의 염려가 컸다. 행숙은 한마디 말도 없이 앉은 소파에 몸을 누이면서 팔걸이를 베개로 삼았다.

성일은 화분과 꽃다발을 일단 식탁 위에 내려놓았다. 그리고는 주름치마 안의 두 무릎을 붙여 접고, 이번엔 자신을 향해 머리를 처든 자세인 행숙과 시선을 맞추었다. 전보다 한층 살이 빠져있는 낯빛은 영양부족으로 푸석푸석 하얗다. 불면에 시달리는 눈빛도 맥이 처져 흐렸다.

"선생님, 저 어떡하면 좋겠어요."상체를 일으켜 세운 엷은 회색티셔츠 차림의 등을 소파에 붙인 현숙의 떨리는 말속에는 답답한 현 심경 그대로 발설이었다. 비비 꼬인 마른 새끼줄 같은 좌절감이 물씬 배어 있었다. 자신이 누구인지조차도 이해를 못 하는 눈치였다.

고슴도치에게도 살친구는 있다. 그러나 행숙은 그마저도 잃고 처량한 독수공방 신세로 지내고 있다. 얽히고설킨 가용성 可溶性 뇌의 주름에 따른 외로운 고독을 애써 삼키는지, 앞니로 아랫입술을 깨무는 몸짓을 보였다. 어둠에 온통 뒤덮인 절망의 속내를 털어내지 못하고 부르르 떠는 모습의 반영이었다. 보기가 민망했다. 난감에 빠져든 눈길을 어디에 둘지 몰라하다 결국 마룻바닥 위로 떨구면서 의식의 가지를 쳐낸다.

"어떡하긴······살길을 찾아야지."

성한의 어조는 대수롭지 않게 가벼웠다. 그렇지만 심기는 곤혹스럽게 불편했다. 그는 마루거실을 가로질러 베란다로 방향을 잡았다. 화분을 철재화대에 놓고 하늘을 올려다보면서 일조량을 가늠한다. 서향으로 기우는 해 시간대로 미뤄 오후에는 햇살이 들지 않을 거라는 판명을 내렸다.

"숨이 막힐 지경이에요."거실로 돌아온 성일에게 행숙이 덧붙인 말이다. 더 떨어질 바닥없이 음울 감이 깊은 자포자기 언색이었다. 심신에 해를 끼치는 망상의 슬픔이었다. "죽고 싶어요."

"죽고 싶다는 말을 함부로 내뱉다니······?"성일은 그리 높지 않은 언성을 돌연 내질렀다. "의지가 그토록 약한 행숙인 줄 예전에 미처 몰랐네. 말이 곧 씨앗이라는 말 몰라."성일은 꽃다발을 감싼 신문지를 풀었다. "꽃병 어디 있어?"

"베란다에 내놨는데 못 보셨어요?"스스로 끌어올린 기운이 일말 느껴졌다. 그렇지만 그 이면에는 가을을 연상케 하는 스산한 바람이 감돌았다.

"못 봤는데······."

확인 결과 유리꽃병은 과연 베란다 구석에 있었다. 그는 들고 들어온 꽃병 안에다 꽃다발을 한꺼번에 꽂은 다음, 수돗물을 적당히 채웠다. 손길에 매만져진 꽃가지 화병은 그대로 식탁에 놓였다.

그는 식빵 비닐포장을 통째로 들고 소파로 왔다. 행숙이 동그마니 묻었던 몸을 풀면서 물러난 우측 가편으로 새 자리를 잡았다. 이어 세워 붙인 무릎 다리를 깍지 낀 두 손으로 꼭 끌어안았다.

"이거라도 먹고 기운을 차리지."

행숙의 두 맨발 밑에 앉은 성일은, 구미 당길 리가 만무한 식빵 한 조각을 입으로 가져갔다. 행숙은 식욕을 아예 잃었는지 집었던 빵 조각을 놓은 손을 물렸다.

"나가서 식사할까? 아님 배달시켜 먹을까?"

"식욕이 동하지 않아요. 커피 드실래요?"행숙은 이 대답 전부터 다리를 푼 맨발 위로 실내화를 신었다.

"빈속에 커피라……?"성일의 입맛은 떨떠름했다. 그만큼 자신의 신변처럼 행숙의 속 쓰려질 염려가 컸다.

"죽이라도 먼저 먹고 커피는 후식으로 하면 어떨까?"

"그럴게요. 교수님은 밥 드세요."

"난 별로 생각 없으나, 행숙이 원기 차릴 활동이라면 기꺼이 먹어 주지."

인간은 너나없이 외로운 존재이다. 혼자일수록 그 강도는 더욱 깊다. 개개인의 의사를 담은 언어의 환경을 저마다 가졌기 때문이다. 독처는 감정교차가 심하다. 무엇을 보았고, 누구와 어떤 대화를 나눴느냐에 따라 새삼 달라 보이는 계절의 환경처럼, 현실은 위상의 머리-의식의 중심은 가슴이라는 제법 사색 깊은 말을 냈다가도, 어느 날 갑자기 미래의 희망을 깡그리 잃고 이리저리 헤매는 변화무쌍의 감정기복에 시달리곤 한다. 일관성이 없다.

행숙의 병세는 간혹 심장이 두근두근 뛰는 강박증이다. 나를 싫어하거나 미워하는 것인지에 지나치게 매달리는 그런 병이 강박증이다. 좋지 않은 일이 내게 일어날 것 같다는 미리 공포로 잠을 이루지 못하는 불면증에 시달리는 병이다. 감식력 상실로 암흑 속을 거니는 이런 사람은 안면 익은 사람과 함께 이면 위안을 빨리 받는다.

자력으로 화색을 편 행숙은, 거실과 면한 주방 앞에 섰다. 그녀는 전기밥솥에서 뜬 한 주걱의 밥을 소형냄비에 옮겨 담았다. 수돗물에 대한 불신이 여전하여, 페트병 생수를 적당히 부은 냄비를 가스선반에 얹고 불을 켰다. 행숙의 이런 뒷모습을 묵묵히 지켜만 보고 있던 성일은 소파에서 벗어나 냉장고 문을 열었다. 반찬거리로 뭐가 있는지 살피던 그의 눈에 투명박스 안에 담아진 방울토마토가 제일 먼저 띄었다. 직사각형 모양의 투명박스는 식탁 위로 옮겨졌다.

"선생님이 드실 동태찌개 끓이려고요."행숙이 생각해둔 메뉴를 미리 밝혔다.

"잘됐네. 그 밥을 동태와 같이 끓이면 죽도 국도 함께 만들어지지 않겠어. 시간 절약도 되고 말이야."

간단한 요깃거리에 지나지 않았던 빈 식기들이 거두어진 식탁에 그대로 눌러앉은 두 사람은, 각자 커피 잔을 들었다.

"모레가 주말인데 시간 어때?"성일은 의자 등받이에 등을 얌전히 붙이고 몫의 사기잔을 입술에서 막 떼는 행숙에게 친밀 어린 어조로 물었다. 그녀의 행색은 지극히 평범했다. 분별력이 살아 오른 안색도 누군가에 반해 있는 꿈결처럼 여리게 들떠있었다. "여행 일정을 잡았거든. 동행이 가능한지."

"어떤 것이 시간인지, 내가 누구인지 묻는 시간 정지 속에서 며칠을 보낸 것이 무료하도록 따분했던 참이었어요."

행숙은 남겨 뒀던 불길의 그림자 인상마저도 싹 지웠다. 그 자리에 물기 메마름에서 막 깨어난 꽃잎 같은 청춘이 피었다. 한곳 응시를 좀처럼 떼지 않는 눈빛에서는 자신과 화해했다는 방실 빛이 얼핏 스쳤다.

"우리만의 여행이 아닌 단체관광인데 괜찮겠어?"

"선생님과 함께라면 어디든 따라갈게요."

주저하는 낙차가 없다. 때를 기다릴 수 없다는 반색이었다. 요구를 주장할 권리를 달라는 해석도 도드라지게 엇비쳤다.

"모레 아침에 데리러 올 테니 준비하고 있어. 절대 끼니를 걸러서는 안 돼!"

성일은 적이 안심했다. 행숙의 집을 나온 그는 몇 분 지나지 않아 한 가지 걱정을 끄집어 올렸다. 결혼 한 달여 만에 날벼락 생을 끊은 남편의 그리움에 눈물을 쏟아낼 젊은 과부를 혼자 남겨두는 것이 과연 옳은 처신인지-뒷덜미 당겨지는 뼛골 통증이 그것이었다.

물론 그녀가 비운의 한탄이 떠미는-머리카락 쥐어뜯는 괴로움에 더는 떨고 싶지 않다는 격랑으로 남편 뒤를 따르겠다며 자해할지라도 하등의 책임이 없다. 그렇지만 오며가며 인사를 나누게 된 길거리 사이가 아니다. 관계가 남달리 깊다. 그러므로 빈말일지라도 달래는 줘야 한다.

그는 상의주머니에서 꺼낸 휴대전화기 폴더를 열고 한 번호를 찾아 버튼을 눌렀다.

"체력유지 잘해!"

행숙은 정부의 각 부서를 감사하는 감사원 근무 중에 만난 양문일과 사내결혼을 했다. 내부직원들의 근무형태를 주로 감찰하는 감찰관실 직원이었던 양문일의 내면 성격은 염색성이 강했다. 공과 사의 구별은 물론이고, 위계질서-서열체계가 보수적으로 엄숙한 국가조직 기관이라, 개인의 자유에 제약이 따르는 사회생활보다 자유분방한 문학심취에서 다져진 성향이었다.

글 쓰는 일을 소명으로 삼은 잠수의 문학도는 철저한 개인

주의자이다. 갈기갈기 찢었다, 새로 시작한 원고수정을 거치는 과정에서 문장연결에 적합성이 떨어진다거나 미심쩍다 싶으면 그에 맞는 단어를 두루 찾아 바로 세우는 두뇌여야 비로소 진도가 순조로운 글쓰기 작업은, 복잡하게 시끄러운 환경을 극도로 경계한다. 이 점을 잘 파악해뒀던 양문일은, 사람은 낮에 보고 밤에는 글을 쓰자는 시간으로 나눠 썼다. 인터넷 강의로 시문학 습작을 병행했다. 고향 후배로써 자주 만나며 시 창작에 관한 얘기를 나눈 계기였다. 그러면서 종종 동반한 문행숙도 자연스럽게 안면을 익혔다.

행숙은 7급 공무원시험 합격 이후 검찰사무직 일을 보다 감사원에 특별채용 되는 행운을 얻었으나, 그토록 어렵게 들어간 바늘구멍의 감사원직을 두 살 연상 양문일과 결혼을 하면서 사직했다. 본인이 원하는 한 정년까지 다닐 수 있었으나, 새신랑의 미래와 보조를 맞추자며 덜렁 그만둔 것이었다. 선부른 판단이었다.

행숙 부부의 표면적 신혼은 그런대로 순조로웠다. 아내를 아끼는 배려가 자상하게 착했던 새신랑은, 기다리는 참을성이 융숭하게 깊었을 뿐만 아니라, 냉철한 직업정신을 소유하고 있었다.

그런 그가 새 아내의 냉대의 외면 성향을 알게 된 시점은, 한 침상에 들지 않고 따로 자려는 데서 감지했다. 숨기고 싶은 사생활 영역이라 두 입 다 꾹 다물고 있어 정확한 내막은 알 도리 없으나, 행숙의 미적거리며 거리 두려는 소심 성 태도로 미뤄 아마 초례청 교합도 생략했을 것으로 짐작된다.

신부의 신체를 안아 보지도 못했을 양문일은, 행숙의 안중 깊이에 자신 아닌 다른 남자가 들어앉아 있다는 의문을 떨쳐 낼 수가 없었다. 이로 끄집어낼 수 있는 온갖 고민거리를 머리 터지도록 끌어안게 된 양문일은, 주체를 잃고 떠도는 방황으 로 내달렸다. 그는 어지러운 혼란 중에 고향선배를 찾아 죽고 싶다는 일별의 심경을 침통에 잠긴 어조로 털어냈다. 고백은 결국 유언이 되고 말았다. 일주일 뒤 성일은 고향후배의 자살 소식을 행숙으로부터 전해 들었다.

그의 급작스러운 금세와의 결별은 날벼락 충격으로 뇌리를 강타했다. 성일은 자신의 설득 부족을 통감하며 장지까지 따 라가 한 줌의 재로 남은 후배를 가슴의 눈물로 흩날려 보냈다.

신혼 일 개월여 만에 청상과부가 된 행숙은, 바깥 외출을 삼 가는 은둔에 들어갔다. 그녀의 대화상대는 성일이 유일했다.

성일은 휴대전화기로 도착을 알린 후, 뒤편 15층 높이 아파 트건물 그림자가 해질녘 석양빛에 의해 일부 드리어진 단지 내 주차장에서 기다린다. 모습을 드러낸 행숙의 차림새는 간 편했다. 치장의 사치를 싫어하는 성일 성향에 맞춘 속심의 배 려였다. 모처럼 만에 나들이라 표정의 온기도 방실방실 밝았다. 엊그제까지 다소곳이 울적이었던 비관적 기분과는 딴판하게, 여유를 부리는 과장도 돋보였다. 조수석에 앉아 안전띠를 몸에 두른 행동도 활기차게 명랑했다. 티끌의 근심도 찾아볼 수 없었다. 성일은 자신의 말을 들어준 행숙이 고마웠다.

강북에서 강남을 넘어온 차량은 경찰병원 지상주차장에 세워졌다. 일층 대기실은 전력절약 차원인지, 접수실의 한 등만이 켜져 있어 전반적으로 어두웠다. 그 빛발에 후문 편 문 닫힌 매점은 물론이고, 그편 우측 벽면으로 나란히 배치된 몇 대의 커피음료 자판기 따위의 물건들이 어스름 비칠 뿐이었다. 이동하는 사람도 보이지 않아 아주 조용했다. 단, 여러 개를 고정적으로 이어붙인 플라스틱 한 의자에 다리를 포개 없은 남자 한 명만이 텔레비전 화면을 통해 밤 아홉 시 뉴스를 시청하고 있을 뿐이었다. 두 남녀는 이편을 통 돌아보지 않는-스포츠형 머리인 남자의 두 칸 뒤 의자에 나란히 앉아 텔레비전 화면에 눈길을 두었다.

전화벨 소리가 울렸다. 성일은 손을 움직여 폴더를 열었다. 발신자는 법명이 무관인 여스님이었다.

대형관광버스는 현관 출입문 바로 앞에 세워져 있었다. 언제 어디서 승차했는지, 이미 많은 사람이 자리를 잡고 앉아 있었다. 마지막 두 사람이 중간쯤 빈자리로 들어가자 무관스님이 부른다. 그리고는 앞 편 두 번째 좌석에 혼자 앉아 있는 젊은 여자를 눈길로 가리키며 모르겠냐고 묻는다. 성일은 기억에 전혀 없어 고개를 저었다.

"작년 연말 음유시인 초대음악회 때 봤잖아요."

당시의 연을 상기시키며 기억을 더듬게 하는 무관스님의 목청은 해사한 인상만큼이나 밝았다.

"아, 그러세요. 그럼 구면이네요."

성일은 아는 채로 흘려 넘겼다. 행숙이 먼저 창가 편 자리를 잡고 앉았다. 뒤따른 성일은 통로 편 좌석에 앉으면서 등받이에 등을 붙였다. 일정 시간 동안 일행이 된 관광객들은 인터넷 카페 회원들이었다. 회비를 일괄 걷은 후 1·5리터 페트병물이 포함된 간편한 간식을 나눠주는 사람은 오십 중반의 여성이었다. 총괄총무였다. 그녀가 모임을 주도했고, 일정 행선지를 정한 측은 무관스님이 은인이라 부르는 작은 사찰의 주지스님이었다.

황혼의 연세 무게와 몸집이 뚱뚱하여 받치기 행동이 느린 주지스님이, 맨 앞좌석에서 일어나 총무로부터 마이크를 넘겨받았다. 그리고는 총무가 전 인원 사십여 명에게 미리 배포한 몇 장 분량의 복사본 법문설명을 시작했다. 불교전통 한문이 태반이라 전문성을 갖추지 못한-그저 절집 문턱이나 넘나들 뿐인 일반신도들로서는 해독이 쉽지 않은 난해한 법문이었다. 실상 마이크를 통해 전달되는 일목-일목의 설명을 귀담아

듣는 사람은 거의 없다. 그런데도 노승은 법문을 길게 이어나
간다.

사람의 마음은 본래 청정하다佛性常清淨(불성은 항상 청정한
것이니. 혜능의 게송)라고 가르치는 불교는, 가을나무가 잎을 털
어내듯이 사사로운 욕망은 걷어내면서 살아야 한다는 기단 대
를 강조한다. 이 지론의 내면은 스스로 일어서고 앉는 자존의
힘을 말하고 있다.

땅 끝 마을 해남도착은 새벽 세 시 반경이었다. 사월 초순의
이슬공기는 쌀쌀했다. 각자 겉옷을 껴입으며 소지품을 챙긴
일행은 버스에서 내리자마자 서둘러 어디론 지로 내달렸다.
콘크리트 경사 길은 꼬불꼬불 길었다. 양편의 아름 굵은 수목
들 몽우리 가지마다 이슬에 젖은 눅기 한 습도가 피부로 느껴
졌다. 맑은 하늘에 뜬 별빛들이 총총히 내려앉은 미황사 경내
로 들어섰다. 일행은 똑같이 회색법복 차림새인 두 여스님의
뒤를 따라 숨죽인 묵언의 숨결로 대웅전법당 안으로 우르르
밀려들어갔다.

금빛 색 부처좌상이 모셔진 단상과 마룻바닥인 일반석과의
사이가 극히 가까운 작은 법당에서는, 암기해둔 기도문을 되
뇌는 육성과 함께 박자가 일정한 목탁소리가 은은한 향기로
울려 퍼지고 있었다. 두꺼운 방석 위로 양말 신은 두 발을 붙
여 모으고 선 남성스님의 의례 행위였다. 형용이 꿋꿋하다.

일행은 저마다 자리를 잡고 합장(빈손) 그대로 무릎을 꿇고 납작 엎드렸던 상체를 그대로 일으키며 올리는 묵언의 기도행위를 반복해서 행했다.

문학의 주류는 인간 삶 이야기이다. 어떤 소재든 상관없다. 그 지평을 넓히려 종교적 관념을 떠나 사람 중시를 안목에 두고 동참을 결정 내린 것이다. 성일은 불교신자가 아니다. 열심성은 적으나 기독교 신자이다.

그는 우선 향내 흡인이 역겨워 상을 찡그렸다. 생리에 맞지 않아 비위가 뒤틀렸다. 그래서 안으로 선뜻 들어가지 못하고, 모양새가 저마다 다른 수많은 신발이 어지럽게 널린 문 앞에서 서성거렸다.

성일의 맞잡이 행동에 맞추어서 움직이는 행숙 역시도 한데 추위에 떨고 있었다. 그는 입김이 허연 행숙이 안쓰러워 주관을 굽혔다. 법당 안 공기는 따뜻했다. 기도도 아닌 일종의 묵상을 하면서 한 뼘 차 간격으로 옆에 앉은 행숙의 숨결을 듣는다. 몸 추위가 풀렸다. 졸지도 한눈도 팔지 않고 다만 고개를 숙이고 있었을 뿐인데, 눈을 떠 주위를 둘러보니 일행 모두가 안 보인다. 목탁을 쳤던 남성스님조차도 자취를 감쪽같이 감추었다. 그는 얼른 바깥으로 뛰쳐나와 여명세계를 두리두리 살핀다. 맑고 깨끗한 공기만이 고요히 운행할 뿐이다.

그는 추위 몸을 사리는 행숙의 어깨에다 황토색 점퍼를 걸쳐주고, 무작정 큰길을 따라 걸었다. 누구의 인도였는지, 수많은 신발이 툇돌 위에 널려있는 ㄱ형 모양의 기와건물을 쉽사리 발견할 수 있었다. 기도하러 오른 신도들에게 제공되는 공동숙소였다.

문을 연 안은 어스름했다. 아무것도 보이지 않았다. 눈에 익어가면서 점차 윤곽이 드러났다. 저마다 이불을 덮고 누워 잠을 청하고 있었다. 성일은 이불장을 가만가만 조심스럽게 열고, 두 채의 요와 이불을 각각 꺼내 바로 앞 마룻바닥에다 두 자리를 만들었다. 행숙이 성일의 점퍼만을 벗고 먼저 이불 속으로 파고들었다.

뒤늦게 숙소로 들어선 검은 물체의 두 여성이, 주의력 없이 정숙을 깨트렸다. 통상적 공중예의를 저버리고, 저희끼리 톤이 좀 높은 대화를 나누면서 이불을 펴 까는 소음도 매우 컸다. 선잠에 들려다 돌연 깬 행숙이 신경과민의 신음을 가늘게 새어내면서 이불 속 몸을 소음 진원지로부터 돌렸다. 이어 기침을 두세 번 받아냈다.

취침시간은 한 시간 남짓에 불과했다. 한 건물 내 별도 방에서 여정을 푼 두 여스님이 밝은 모습으로 계단 아래 세면장으로 몰려가는 신도들과 합장인사를 나눈다.

공양미식사는 일행만의 차지였다. 길게 이어진 줄의 느린 속도로 미뤄 감축에 시간이 걸릴 것 같다. 매번의 양보로 맨 뒤편에 서게 된 성일은, 앞에선 행숙에게 잠깐 경내를 둘러보고 오겠다는 말을 속삭였다.

"같이 가요."

행숙이 냉큼 따라붙으면서 어깨를 맞추었다. 두 사람이 발을 디딘 곳은, 수직 암 봉우리 절벽이 장관인 달마산 오르는 초입 길목이었다. 그렇지만 두 사람은 붉은 동백꽃이 저물어 떨어지기 시작하는 우측 깊은 계곡 편에서 발길을 돌려 식당으로 되돌아왔다. 시린 손 녹일 겸 발을 들인 식당 내 공기도 바깥처럼 썰렁했다. 발우공양을 먹고 있는 일행은, 단 한 명뿐이었다. 목에 카메라 끈을 두른 젊은 여성이었다. 이젠 구면이라 낯이 익은 박정민 처녀였다. 법명은 통도사 스님이 지어줬다는 해명이다.

성일은 꽃샘추위로 붉게 응축된 얼굴피부를 미소로 펴며 묵례인사를 보냈다. 공양 일을 혼자 보는 체신 작은 늙은 보살로부터 밥 식기를 받아들었다. 식사를 마친 성일은 목을 틈틈이 적실 셈으로 버리지 않고 내내 들고 다닌 작은 용량의 페트병에다 식당 한복판 연탄난로 불에 얹어진 뜨거운 주전자 녹차물을 따랐다. 용기표면이 금세 심하게 일그러졌다. 그렇지만 차갑게 시린 손 녹이기에는 안성맞춤이었다. 그는 손난로 겸인 용기를 행숙에게로 넘기고 양 손을 주머니에 찔러 넣었다.

일대 관광에 주어진 자유시간은 두 시간이었다. 두 사람은 이곳저곳의 건물 안을 들여다보거나, 정리정돈이 잘된 통행로 변정원을 거닐면서 사진을 찍으며 탄성을 내지르는 일행들과 잠시 격락激落을 두기로 하고, 절집 입구로 내려왔다. 좌측 내리막 도로는 오늘 새벽에 오른 주차장 방향이고, 아름이 굵고 몽우리를 갓 틔운 가지가 무성한 노거수老巨樹 느티나무 뒤편 목 좁은 오솔길은 물결이 잔잔하게 일렁이는 드넓은 바다와 숲을 동시에 체험할 수 있는 달마산맥과 연계된 산등성이다.

행숙이 성일의 왼팔을 감았다. 행숙과의 신체접촉은 이번이 처음이다. 남자답지 않은-용기가 푹 가라앉은 쑥스러운 온기가 체내 전체로 잔잔히 번졌다. 돌아본 행숙의 상종 표정은 꽃잎처럼 화사하게 밝다. 사랑에 빠진 도량이다. 그녀가 남자의 왼뺨에 입술을 붙였다. 살갗피부로 느낀 감촉의 온도는 섬뜩 차가왔다. 반대로 부풀어 오른 숨결은 따뜻했다. 개념도 상징도 비유도 아닌, 살아 숨 쉬는 현실적인 육체의 입김이었다. 생명의 영혼 일부가 떼인 것 같다는 수련한 느낌이 동시에 피어올랐다.

"선생님, 사랑해요."행숙은 방실 웃으며 가지런한 앞니를 보였다. 그리고는 남자를 한 번 더 돌아보는 여유를 부렸다. 뜬금없는 고백은 밀도 있게 상큼하면서 부드럽게 살가웠다. 마음을 작용하는 시간은 상대성을 느끼게 했다. "믿거나 말거나 전 오늘을 기다리며 몸을 보호해 왔어요."

충분히 짐작하고 있었던 바이다. 사랑을 품고 있었기에 그 확인을 층층이 다지려 여행을 제안했던 것이고, 그 동요에 맞추어 행숙은 시간을 할애하는 수락을 내렸고, 지금 현재는 한 몸처럼 꼭 붙어있다. 의합 된 사랑이었기에 일보전진이 가능했다.

"무슨 뜻인지 알아 듣게 설명해 줘."이렇게 운을 뗸 성일의 눈빛은 미세하게 떨렸다. 진정한 사랑으로의 접근은, 마치 가파른 산을 오르는 것만큼이나 숨 가쁘게 한다는 경련이었다. 혼자만의 짝사랑이 아니기를 빈다는-시침 떼기 비밀을 일시에 푸는 용트림이었다.

걸음을 멈추고 바닷바람을 등진 성일은, 기분을 나타내는 열 뜬 시선을 행숙에게로 모았다. 행숙이 목줄에 걸린 숨을 삼키는 소리를 조심스럽게 새어냈다. 가벼운 미소를 옅게 머금은 두 입술을 꾹 다문 이면으로, 영문 모를 무엇의 아픈 의무를 지닌 듯이 가련한 갈구의 먼 눈빛은 미몽 했다.

"전 양문일 씨와 결혼을 올렸던 것은 분명하나, 그에게 제 몸은 허락하지 않았어요."재차 실토하는 행숙의 모색은 밀림 없이 당당했다. 믿어 의심치 않는다는 결기로도 비쳤다. 그녀가 말을 잇는다. "그 때문에 견딜 수 없도록 괴로워진 신랑은 낭떠러지 절벽 아래로 투신한 거예요."

"믿기지 않는군."성일은 안색을 살짝 찌푸렸다. 땅 속에 묻고 잊고 싶을 정도로 성질 자체가 워낙 민감하여 답변 시 무너지는 괴로움에 말문이 막힐 수 있는-베일에 가려진 문일 군의 죽음에 대해 누구보다 무거운 책임을 안고 있는-그 전후 과정의 내막을 속속들이 알고 있을 행숙의 말을 처음으로 듣는다는 반응이었다. "문일 군에게 왜 그런 가혹한 짓을 부린 거야……?"

"선생님의 사랑만을 그렸어요."

"어처구니없군."성일은 점령당한 심기와 달리 정색 담은 혀를 찼다.

"죄송해요. 선생님이 아끼시며 애총을 쏟으신 분을 지켜드리지 못해서요."

"그랬군. 하나 방조나 다를 바 없는 그 행태는 간접살인에 해당될 수 있을 텐데."

"선생님과 일생을 같이 살면서 두고두고 속죄하겠어요."

"그만!"성일이 손을 저으며 제지했다. "지금 내 정신 뒤죽박죽으로 엉켜있어 정답을 낼 수 없어 그러는데, 앞뒤 정리가 마쳐진 후 그때 다시 얘기하기로 하고 내려가지. 무관스님이 날 찾을 거야."

두 사람은 화제로 끌어올릴 얘기가 딱히 없어 내내 입을 다물고 경내식당 인근에 다다랐다. 때마침 전화벨이 울렸다. 예상대로 무관스님이었다. 산길 따라 쭉 올라오라는 전갈을 남겼다.

　두 사람은 식사 전에 잠시 둘러봤던 초입 길을 다시금 밟았다. 달마산 중턱 당도까지 화사하게 핀 벚꽃을 호강으로 만끽했다. 일행 모두가 한눈에 들어왔다. 옛 통교사 터에 낮은 기와 담장이 둘러싸인 안으로 오랜 세월의 이끼가 덕지덕지 입혀진 총24기의 부도와 부도비가 어우러진 부도 밭이었다. 입구는 양 축대 사이로 낸 돌계단이었다. 그 뒤편으로는 가지마다 몽우리를 갓 틔워 올린 산림지대 사이사이로 달마산의 곡선 바위 능선이 드문드문 건너다보였다.

　신도들은 부도전浮屠殿 한옥기와 건물을 둘러보고 있었다. 그들과 거리를 두고 다른 부도 밭을 둘러보고 있던 중 늦은 두 사람을 동시에 돌아보며 해맑게 반겨 맞은 두 스님 곁에는 박정민이 있었다. 흰 운동화에 청바지 위로 밝은 회색점퍼의 지퍼를 활짝 열어젖힌 안으로 빨간색 셔츠를 입은 그녀는, 카메라에 사물을 담는 취미에 여념이 없었다. 여행가의 특색이었다.

　"교수님, 우리 기념사진 찍어요."무관스님이 단짝으로 꼭 붙어 다니는 성일 일행을 손짓으로 불렀다. 음색이 청량하다.

　"해명님도 오세요."해명님도 부른 무관스님이, 한 신분의 상징인 삭발과 복장이 똑같은 주지스님의 회색승복 소맷자락을 붙들었다. "해명님, 위치 잡으세요."

"위치요?"단발의 해명이 주변을 두리번거린다. 그녀의 눈길이 부도비문 뒤편, 형용이 기도정진에 힘쓰는 고승高僧답게 풍모가 점잖은 소나무에 멈췄다. "저 비문 앞 어떠세요?"위치선정을 내다보는 안목이 탁월하다.

"좋아요."무관스님의 즉답은 시원했다.

성일은 동행인을 불렀다. 그렇지만 행숙은 발을 뒤로 물리면서 머리를 세차게 흔들었다. 긴 머릿결에서 꽃향기가 출렁출렁 흩날렸다.

무관스님이 누구에게든 한결같은 해맑은 얼굴을 행숙에게로 돌렸다. "그럼 해명 님, 저분에게 사진기 맡기세요. 부탁할게요."

박정민이 행숙에게 셔터 누르는 설명을 마치고, 주지스님 좌편에 섰다. 성일은 무관스님 우편에 서서 카메라 렌즈를 뚫어지게 응시했다.

산에서 내려와 대웅보전 앞마당에 모인 일동 전체는, 총무로부터 이곳 일정은 여기서 마무리됐다는 공지를 들었다. 버스가 대기하고 있는 주차장까지 잘 따라온 행숙이, 마지막으로 승차하려 맨 뒤편으로 물러서서 차례로 승차하는 성지순례객들을 우두커니 지켜보는 성일의 팔목에 금반지 낀 오른손을 가만히 얹었다.

"저 여기서 일주일동안 머물면서 기분전환의 시간을 가지려고요."

성일의 낯빛에 서운 감이 서늘하게 드리어졌다. 동시에 이맛살도 찌푸렸다. 반대로 장난기를 띄운 행숙의 두 눈빛은 발그레 빛났다. 아마추어 표정처럼 경솔 성이 서려있기는 하였으나, 기본적 순응 위로 안정된 보수 성향을 공개한 맑은 눈매였다. 묻지 않을 수가 없었다.

"갑자기 왜?"

"그냥 자연의 일부가 되고 싶어서요."

"누굴까? 행숙의 심기를 건드린 대상이……."

"한층 가까워진 앞에 분 영향 때문이지 누구겠어요."

사랑이 가슴속에서 마구 샘솟는 것처럼 스스럼없이 내뱉어진 감량이 곰살궂게 건강하다. 성일은 자신을 잠시 돌아보며 사이가 좁은 관계일수록 내밀해진다는 이론을 문득 새겼다.

"잉여로 불필요해진 책임정리 차원이라면 좋은 선택으로 받아들여야지."성일은 못내 아쉽다는 표정을 다시금 피워 올렸다. "그날 올라오는 차편은 어쩌려고……?"

"여의치 않으면 대중교통을 이용하려고요. 그때 시간 어떠세요?"

"동료교수 출판기념회 초대받아 두긴 했는데……"성일은 머쓱해진 기분을 감추려 검지 끝으로 콧잔등을 괜히 긁적거린다. 이 따라서 행숙도 왼손 약지손톱 끝으로 그 방향의 언저리를 긁적였다. 사랑 자와 닮고 싶다는 장난기 흉내였다. "날 잡은 언젠가 사과 자리 식사로 때우지 뭐."

"고마워요. 선생님의 기꺼한 희생에 전 너무너무 기뻐요."

성일은 짝을 잃었다는 허전한 기분을 안고 버스에 몸을 실었다. 버스 안 통로를 걷는 성일의 동정을 놓치지 않고 줄곧 쫓던 행숙의 발길이 마침내 멈췄다. 좌석에 앉은 성일은 차창 밖 행숙에게 쌍수를 흔들었다. 행숙은 버스가 메마른 먼지를 일으키며 비포장 경사길 아래로 내려가면서 사라질 때까지 자리를 지켰다.

무관스님이 사전 예고도 없이 성일 곁 빈자리에 불쑥 눌러 앉았다. 지지난해 여름방학 때 직업학교 전자책 만드는 과정 공부를 함께 했던 인연으로, 지금까지 연락을 주고받는 스님이다. 또한 소설가 꿈을 품고 있다는 이야기를 들려준 장본인이기도 하다.

자체부설로 설립한 불교 어린이학교 현 교사인 무관스님을 사회에서 만난 장소는, 전자책 전술을 가르쳤던 선생님이 부친상으로 상주 일을 보게 된 상급병원 장례식장에서였다. 그 선생님은 두 다리 형태가 맞지 않게 불균형하여, 이동 때마다 오른편 어깨를 깊이 기울이는 소아마비 신체를 가졌다. 그 선생님의 부탁을 받고 불교형식의 입관예식을 도맡아 주관하게 된 그 날, 무관스님의 요청에 따라 모든 절차과정을 곁에서 도

왔던 적이 있었다. 의례행사를 마친 두 사람은, 이후 서울역사박물관을 지나 광화문거리를 거쳐 도착한 인사동 이층 찻집에서 다시금 마주 앉아, 항산화 물질이 풍부하다는 잎줄기 녹차를 두고두고 우려 마시면서 장시간 대화를 나눴다.

"내내 궁금했었는데, 참해 보이는 저분 혹 약혼자분 아니세요?"무관스님이 가슴 한복판 회색승복 매듭을 매만지면서 말문을 열었다. 머리카락 뿌리만 남긴 삭발 위로 차창 밖 햇살이 분절로 비쳤다. "결혼은 아직 안 하신 걸로 알고 있는데요."

성일은 대답 준비가 필요했기에 정심을 가다듬는다.

"옛 제자이며 고향후배의 아내인데, 심난 극복을 위한 기도를 원한다니 존중해 줘야 하지 않겠어요."

"자아실현의 첫 번째 일은 남의 말을 귀담아듣고 오해를 푸는 거라 믿어요. 부처님의 무궁하신 가피加被 빌게요."

불교성지 순례가 주목적인 일행은 몇 곳의 유명사찰을 더 둘러보고, 밤 아홉 시 경 어제의 출발장소로 무사히 되돌아왔다. 성일의 귀가는 이후 한 시간 뒤였다.

제 3장

지식인의 위치

대학교수 자리는 준비가 잘된 훌륭한 가르침도 중 하나, 사회지도층다운 품위를 떨어트리는 인격이 부실하면, 두고두고 깔아뭉개지는 시선을 견디어야 한다. 특히 염문을 조심해야 한다. 진중한 공부보다 외형의 학벌로 출세를 꿈꾸는 요즘 학생들은, 대면의 배움보다 컴퓨터나 휴대 전화기에서 더 많은 정보를 취득한다. 휴대전화기 한 대로 방송뉴스·운동경기 중계·영화·문화·음식점·각 지역 및 해외여행 지리를 접한다. 혁신의 기기는 젊은이들의 정신머리를 기계화로 몰아넣었다. 그러므로 그들에게 한번 밉보이면 교수 자리쯤은 하루아침에 날아가는 건 일도 아니다. 친근하지 않다-성심이 부족하다 등등의 소문이 퍼지면 그 교수의 수명은 끝났다고 봐야 한다.

지식인은 자존심으로 서 있다 해도 과언이 아니다. 한창 푸르게 자라가는 초목의 학생들을 가르친다는 자부심에서 우러나는 존립의 근원이다. 흔히들 개도 안 물어가는 그따위 자존심이라고 비하하는데, 그 무시 말을 들은 즉시 화를 내며 가차 없이 직위를 내던지곤 하는 지식인들은 그 자존심을 생명처럼 보존하려는 알심을 가지고 있다.

"선생님의 시 색깔은 밝은 면보다 우울한 염세 성이 강한데 성격과 관련 있습니까?"

반 주먹 쥔 오른손을 들고 이 질문을 던진 학생은, 단발에 안경을 쓴 여학생이다. 뚜렷한 거북목을 허물로 추궁하는 사회적 놀림감이 무섭도록 떨려, 그런 편견에 웃고 떠드는 사람들을 덜 만나고 피한다는 목적으로 인문으로 주어진 삶을 이끌겠다는 다짐을 굳힌 학생이다. 그 모습으로 언젠가 들고 온 자작 시 한편을 내밀며 "어떤 부분을 고쳐야 더욱 살아 있는 작품이 될 수 있을까요?"하고 수줍게 물었던 적이 있었다.

성일은 지주를 대신하여 소작권을 관리하는 뜻인 '마름'을 외형이 비결정체인 불기의 울퉁불퉁 '바위' 단어로 바꿔 살려낸다면 시로써 이편과 저편을 가교로 잇는 의도의 무정형 역할을 나타내려는 자신만의 뭉툭한 부각이 아니겠는가, 라는 답변을 냈다. 시구의 싹을 트릭(드라마)으로 틔우려는 사모의 무렵이라 남의 예술작품을 흉내 내는 모방성은 어느 정도 불가피하나, 초기부터 통념의 답습을 깨고 자신만의 시 세계를 구축하라는 귀뜸이었다.

"문학작품만이 아니라, 모든 분야의 예술작품에는 그 작가의 개성이 일부 또는 전체적으로 투시된다는 거 부인하지 않겠습니다. 그러나 실체와 거리가 먼 허구의 문학, 특히 언어를 낚는 어부에 곧잘 비유되는 시의 경우는, 그때의 기분 상태 반영임이 분명합니다.

질문 주제에 벗어난 답변일 수 있겠으나, 저는 제시된 문제를 단번에 푸는 전형적 천재가 아니므로, 술수를 부리는 언어 마술사와는 상관없이 내용 흐름이 어둡게 우울하다 할지라도 저만의 솔직한 시 작품을 추구합니다."

한 시간 강의를 마치고 정수기에서 받은 한 컵의 냉수로 마른 목을 축이며 주머니 속 전화기를 꺼내 폴더를 열어 진동 모드를 푼다. 한 통의 문자가 와 있었다. 두 시 전후 소포물 도착 예정 문자였다. 나와 있기에 대면 수취는 할 수 없는 입장이다. 성일은 버튼을 눌러 통화가 연결된 집배원에게 세탁소에 맡겨달라는 부탁을 남겼다.

퇴근하면서 들른 세탁소 주인으로부터 건네받은 소포 발신인은, 알듯 모를 듯 기억이 희미한 박정민이었다. 집중 몰두로 미황사의 그 여성임을 비로소 깨달았다. 인사치레로 보내 달라했던 걸로 기억하고 있다. 그래서 기대를 안 했었다.

소포 내용물은 손바닥 크기의 앨범이었다. 행숙이 찍은 4인의 인물 외에, 박정민 자신이 여기저기 다니면서 카메라에 담은 우아한 대웅전건물 전면과, 이파리 하나 없는 빈가지 고목 등 몇 장을 추가로 넣은 사진이었다. 성의가 고마웠다. 그는 입력해둔 여러 사람의 이름에서 한 번호를 선택하여 신호음을 보냈다. 저편 여성의 음색은 정중했다. 성일은 우편물 잘 받았다는 안부로 감사를 대신했다.

문행숙이 손 글씨 편지를 보내왔다. 한 장 분량이었다.

그 날을 그리며

북쪽은 평야로 트인 벌판. 신남에 사로잡혀 구르고 뒹굴며 도달한 대지 끝자락. 한 바위에 걸터앉아 손짓거리는 풀 바람인지, 바닷바람인지 끝이 보이지 않는 드넓은 벌판은, 여린 새순들이 자라는 평화로운 자연의 고향. 찬 공기가 고이는 분지에도 나날이 높아가는 기후에 맞추어 여러 빛깔의 고운 꽃들이 예쁨을 경쟁하네요. 물안개 떠 흐르는 해면 위로 펄떡펄떡 솟구쳐 오르는 물고기 낚아채려 창공을 이리저리 휘젓는 갈매기 떼들. 몸부림치는 물고기 한 마리를 입에 물고 물속에서 갑자기 솟구쳐 오르는 성체 갈매기.

안녕하세요. 교수님의 성원에 힘입어 평안을 누리는 저 문행숙 잘 지내고 있음을 보고 드립니다. 미황사 바깥나들이에서 돌아와 지금은 숙소에서 이 편지를 쓰고 있습니다. 딱히 잡히질 않는 영문 모를 불안증이 영가시지 않고, 왠지 붕 뜬 기분인 심신을 달래보려 요사 채에 기거하시는 한 스님과 어제 녹차면담을 했어요. 남편과 사별한 저의 처지를 들으시고 답변을 내신 스님의 첫 마디는, 일체징중역여시一切塵中亦如是이었답니다. 뜻을 몰라 멍 뜬 눈빛으로 물었더니, '온갖 세상 모든 티끌 또한 그와 같으니라.'라네요.

선생님도 아시는 대로 전 어떤 종교도 믿지 않는 무신론자예요. 그런데도 제가 여기에 남아있겠다고 선생님께 그토록 졸랐던 이유는, 잡음이 일절 없는 한적한 산중에서 신변정리 시간을 가져보자는 심중 때문이었습니다. 그 의중이 맞아떨어지는 것 같아 마음이 기뻐져요.

선생님, 저를 받아 주세요. 선생님의 뒤를 돌보는 아내의 본분을 넘어 선생님이 최고 지성인의 반열에 오르도록 힘쓰겠어요. 그 수락의 뜻을 금주 토요일 오시는 걸로 확인해 주세요.

그럼 그날에 뵙겠습니다. 안녕! 사랑합니다. 나의 당신이여.

사전 연락 없이 잠기지 않은 집 문을 별안간 밀고 들어선 그날 저녁 양문일의 주관적 인상은 추레하기 짝이 없었다. 몇 끼니를 거른 탓에 핏기가 싹 가신 안색은 창백했으며, 깡마른 피부거죽도 퍽 늙어 서른여섯 청년이 아닌 오십 대 초 노인으로 비쳤다. 고향후배이며 시를 배우는 제자이기도 한 양문일의 겨울 산처럼 앙상하게 여위고 수척이 깊은 처연한 몰골을 처음 접한 성일은, 처음에는 누군지를 가물가물 알아보지 못했었다. 무작정 소파에 쓰러져 눕는 사람은, 생면부지의 전혀 낯선 인물이었다. 이방인은 며칠 동안 제멋대로 자라도록 내버려둔 수염 복판 메마른 입술을 연시 씰룩일 뿐 좀처럼 입을 열지 않고, 두 눈도 꼭 감은 채로 꼼짝을 안 했다. 집주인으로써 마땅히 물어야 할 '누구세요?'질문은 등장 때부터 언어장애로 내뱉지 못하고 목줄에 걸어두기만 했었다.

성일은 익숙해진 시선으로 차츰 양문일을 알아보게 되었다. 그러면서 경악을 금치 못해하는 외마디 비명을 낮게 새어냈다. 이 지경이 되도록 까지 남편을 핫바지로 내버려둔 아내 문행숙을 향한 "괘심!"이었다.

성일은 흉금 없는 사이임에도 이날만은 왠지 겨우 막 알게 된 사람처럼 내내 침묵만을 지켰다. 그는 대략의 짐작대로 정수기 물 한 잔을 사각테이블에 놓아준 뒤, 제멋대로 식사를 배달시켜 식탁에 차려놓고 언제까지든 기다리겠다는 관망을 유지했다. 외식거리 중 염도가 높다는 중화요리 짬뽕은 양문일이 잘 먹는 음식 중 하나이기에 묻지도 않고 무조건 선택한 것이었다.

흩날리는 음식물 냄새로 허기를 참을 수 없게 된 양문일이 마침내 일어나 배를 채우기 시작했다. 성일도 식탁에 마주앉아 나무젓가락을 두 쪽으로 찢었다.

"선배님, 아니 스승님. 전 어떡하면 좋지요?"문일은 거의 울상이었다. 사내의 기개를 완전히 잃고, 두서없이 뇌까리는 가학의 말들 모두는 망상의 횡설수설로 들렸다. "아내로부터 외면당하고 있어요. 아내는 나 같은 건 일별로도 거들떠보지도 않고 별거처럼 지내니 미치고 환장하겠어요."

기운을 대충 부추기 양문일의 음성에서는 생지옥 같은 세상 괴로워 살고 싶지 않다는 절박감이 배태되어 있었다.

"아무 말 말고 우선 목욕부터 하지 그래."성일은 달래는 방법으로 목욕 얘기를 꺼냈다. 양문일은 그대로 따랐다. 양순한 성질의 단면이었다. 집주인은 속옷과 잠옷을 준비해 욕실 문 앞에다 뒀다. 자고 가라는 뜻이었다. 이튿날 양문일은 직장을 그만뒀는지 서두르지 않고 소파에 눌러앉았다.

"왜? 직장 그만뒀니?"

"병가 냈어요."

"난 학교에 나가봐야 하니 혼자 지낼 수 있지?"

"네, 제 아내에게 저 여기 있다고 전해 주실래요?"

"그러지."

전화를 받은 행숙은 오후에 가겠다는 답변을 남겼다. 그러나 행숙은 무슨 생각에서인지 약속을 지키지 않았다. 제삼자의 관점에서 이상하게 두 부부간에 골 깊게 감정이 꼬인다는 인상을 지워낼 수 없었던 성일은, 퇴근시간에 맞추어 행숙을 집으로 불렀다.

신혼부부의 대면은 어쩌다 마주친 사이처럼 시큰둥하게 서먹했다. 그는 두 부부를 내버려 두고 서재의자에 깊숙이 눌러앉았다. 양자 간에 스스로 앙금을 풀고 화해하라는 조치였다.

"뭐든지 잘못했으니 제발 나를 받아 줘요!"가파른 절벽을 기어오르는 듯이 매달리는 목청의 주인공은 문일이었다. 그 하소연은 살점이 있는 대로 떠는 애걸이었다.

문 너머 거실로부터 넘어온 이 말을 귀담아들은 성일은 울렁이는 심금을 억제할 수가 없었다. 그렇지만 어느 한편을 옹호해줄 입장은 아니었다.

"집에 가요. 집에 가서 얘기해요."

행숙의 짧은 답변에는 성가시다는 짜증이 정도껏 실려 있었다. 왜 다 큰 어른이 철부지 어리광을 부리냐고 꾸짖는 항변이었다.

성일은 더더욱 입을 굳게 다물었다. 이삼 분 후 문을 두드리는 노크가 들렸다. 성일은 문을 열었다.

"저희 갈게요."문일의 인사였다. 행숙은 현관문 방향에 서서 이편을 바라보고 있었다. 성일은 신혼부부를 문밖까지 배웅했다.

양문일이 집을 나가 행방불명이 됐다는 행숙의 연락은 그 일주일 후였다. 동시에 실종신고를 받고 수사에 나선 경찰은, 반나절 만에 산 바위절벽에서 추락사한 시신을 발견했다. 머리가 깨지고 부러진 척추는 살피를 뚫었다.

세상을 보게 한 부모의 책임감으로 신생아 양육을 맡았고, 여느 아이들처럼 나이순대로 대학졸업 때까지 물심양면으로 밀어준 보답으로 훌륭한 감사원직원이 된 둘째아들의 날벼락 비보에, 두 부부는 며느리에게 붙은 액땜을 노골적으로 핀잔했다. 고작 신혼 한 달 만에 과부로 전락한 행숙은, 시모 편에서 연시 흘기는 저주의 따가운 눈질을 삼일 장례 내내 견디어야 했었다.

행숙은 매번 안기려 드는 남편의 동침 요구를 끝끝내 응해 주지를 않았다. 다른 누군가를 그리는 먼 눈빛은, 순진무구한 남편의 성가신 응석받이일 뿐이었다.

시인의 꿈을 키웠던 문일은 그답게 '결혼은 곧 자녀 기르는 어른의 행복이다.'라는 문구를 만들어 냈다. 그는 불끈 쥔 주먹을 하늘 향해 들이대며 한껏 부풀어 오른 기대를 외치고 또 외쳤다. 그러나 새신랑은 꽃 다음 열매 맺는 그 환상의 조화를 끝내 피우지를 못하였다. 출근 전 조식과 퇴근 후 식사는 아내의 의무로써 꼬박꼬박 차려는 주나, 한상에 마주앉아 음식을 나누는 소소한 기쁨은 한 번도 즐길 수 없었다. 그 방면으로 머리 쓰는 이 핑계 저 핑계를 주워대며 피하는 행태는 노골적인 환멸을 불러일으켰다.

　도 넘은 냉대는 경각심을 드높였다. 아내로부터 접근금지령이 내려진 것을 재차 확인한 새신랑의 일상은 화평할 수가 없었다. 안정 없는 우울한 불만만이 쌓여갔다. 급기야 삶 포기라는 생각이 싹터지기 시작했다. 이성 잃은 방탕은 직장과 가정의 소홀로 나타났다.

　남편과 이른 사별을 치른 행숙은, 슬픈 기색을 별로 띄우지 않았다. 꾸민 연극인지 약간 젖은 눈시울을 손수건 끝으로 훔치는 정도에 불과했었다. 무거운 죄책과 비교하면 입 밖으로 새어내는 후회는 감추는 듯이 약한 편이었다.

　하룻밤을 한 집에서 보낸 양문일은, 이튿날 전화로 나의 성심을 좀처럼 받아 주지 않는다는 얘기 말미에 아내를 부탁한다는 말을 남겼었다. 순간 성일은 그 어떤 버거운 불길 감을 감지했다. 심정이 와르르 무너지는 생경을 체험했다. 당장 이리로 오라는 성급을 떨었다. 그러나 전화를 끊은 이후 전화기 위치추적마저 불가능해졌다. 종적이 캄캄해진 것이었다.

　그는 만사를 제치고 고향후배의 소재를 찾아 나섰다. 연결이 될 만한 사람들에게 전화를 거는 수소문도 병행했다. 아무도 그의 행방을 알지 못했다. 결국 빈소에서 후배의 영정사진을 대하게 된 성일은, 안타깝다는 착잡한 심정을 안고 애타는 한숨만을 연시 내쉬었다. 어지럽게 뒤틀리며 방향을 잃은 마음을 다잡으려 즐기지 않는 술을 서너 잔 마시기도 했었다. 소용이 없었다. 아무런 도움이 되지 않았다. 도리어 옳고 그른 판단기준의 가치를 흐려 놓았다.

　성일도 주관이 여렸던 이십대에 한 여성을 사귀었던 과거가 있다. 네 살차 이종님 처녀였다. 당시 스물일곱의 대학원생 신분이었던 그는, 별생각 없이 좋다며 자꾸 따라붙는 이종님의 뜨거운 열애가 싫지는 않아, 만나 달라는 요청 때마다 시간에 맞추어 응하곤 했었다. 그녀와의 동질의 애정이 아니라, 남자와는 신체구조가 전혀 다른 이성의 불두덩 속살이 더 궁금하여 산과 들을 연인으로 함께 다니면서 식물 이름 맞추기와 곤충채집을 즐겼었다.

　대학 삼년생인 이종님과는, 일요일 독서모임 참여로 알게 되었다. 혜화동 하숙집에서 양재동을 오가는 거리는 만만치 않았으나, 저마다 환경이 다른 사람들을 사귀면서 미지의 지식을 축적한다는 재미에 푹 빠져 시간은 아깝지 않았다.

　일기 맑은 한여름. 집이 양재동인 단발머리 이종님의 복장은 단출했다. 약속 장소로 향해 가던 두 사람은, 동시에 마주친 노상에서 입술에 입술을 포개는 포옹부터 나눴다. 둘은, 양재천 풀 둑에 나란히 앉아 서로를 끌어안고 숨결 뜨거운 체온을 교류했다. 이후 우리 부모님을 만나 달라는 청을 올린 이종님의 편지가 하숙집에 도착했다. 박사논문 제출 시한에 쫓기는 성일은, 답신은 물론이고 독서모임에도 등한시하는 미온적 태도를 보였다. 만남이 없으면 관계는 멀어지기 마련이다. 기다리다 지친 그녀는, 다른 남자를 만나고 있다는 연락을 보내왔다.

솔직히 성일로써는 그 당시 애틋한 사랑이 어떤 모양의 그림인지를 구체적으로 그려낼 수 없는 어수룩한 숙맥 청년에 불과했었다. 당시 사귀고 싶어 하는 눈치를 보낸 여자가 댓 명 더 있었다. 봉긋 솟은 옷 속의 두 가슴을 고의로 밀착하고, 감은 두 팔로 허리를 감싸 안았던 여성도 있었다. 그중에 가장 적극적으로 매달린 여자가 이종님이었다. 그렇지만 성일 편에서는 나만 사랑해 달라는 그녀에게 끌리는 기색 빛은 그다지 호의하지 않았다. 호기심에 달아 오른 남성의 성욕공백을 채울 차원에서의 만남이었을 뿐이었다. 되풀이 말이지만, 그 때까지 한 번도 보지 못한 여자의 신체구조가 몹시 궁금했을 뿐이었다. 그러나 성적교섭은 없었다. 그 기회를 타려 할 적마다 그녀의 입에서 '정식 결혼 후에 실컷 받아 줄게!'하면서 물리쳤기 때문이다. 아마 그래서 연애감정이 그토록 빨리 식었을 것으로 짐작된다.

이후 소규모 무역회사에 다니는 조인희와 교회모임에서 만나 밀애를 속삭였다. 작은 신장에 사고가 분명하면서 인상이 야무진 그녀의 성격은 대체로 어두웠다. 그 점이 안쓰럽게 마음에 걸려 단둘만의 만남 횟수를 늘렸다. 그러면서 무조건 나를 던지는 사랑에 빠져들었다. 주체할 수가 없었다.

한 주말에 청계산 등반을 했으며, 인파가 들끓는 지하철역 대로변에 소재해 있는 개봉극장에서 외화도 한편 봤다. 그렇지만 서로를 차츰 알아가던 중 이른바 비인간적인 데이트 사건이 터졌다. 미어지는 사랑을 어떻게든 달래보려 조급성을 떨었던 파탄이었다. 그녀가 피하기 시작하면서 냄비성 관계는 거기서 종지부를 찍었다.

원인과 결과가 뒤엉켜서 한꺼번에 들들들 무너져 내렸다. 평소 존경심으로 바라봤던 많은 사람으로부터 싸늘한 질시의 눈빛이 쏟아졌다. 무엇보다 그녀에게 마음의 상처를 끼친 것에 용서를 빌고 싶었다. 그러나 굳건한 자존심은 끝내 무릎을 꿇지 않았다. 그 기회를 고의로 밟고 지나쳤다.

육십 킬로미터 저속으로 고속도로를 달린다. 안정된 마음으로 언제 들이닥칠지 모를 사고를 미연에 살피는 시선은, 정면을 주시하며 있다. 그때 방향 표시도 없이 일방적으로 차선을 바꾸면서 앞길을 휙 가로지르는 칼치기 차량이 목격되었다. 아찔하게 놀란 운전자는, 핸들을 우회로 급히 꺾으면서 추돌위기를 간발 차로 모면했다. 간이 떨어져 나간 몸체의 열로 피 순환이 거꾸로 멈추어진 가운데, 겨드랑과 콧잔등에 식은

땀이 배었다. 너무 놀라 마비현상에 빠진 이성은 겨눠보는 분별력을 잃게 하고 말았다. 외부로 일시에 빠져나간 넋은 암흑 속에서 헤매었다. 아무것도 보이지 않았으며, 아무 모양도 그려지지 않았다. 그저 멍청하게 맹한 상태였다. 그런데도 운전대는 그대로 잡고 있다. 속도도 일정하다. 기적이다. 그 자세로 얼마쯤 가면서 간결한 헛기침을 받아냈다. 작은 기적은 번다했던 정신을 일깨워줬다. 사물 보는 능력이 가능해진 눈길로 저만치 멀어진 앞 차량을 발견할 수 있었다. 독일산 빨간 포르쉐였다. 누군가와 경쟁을 하듯이 속도위반이 역력한 힘찬 과속으로 내빼듯이 달리고 있었다.

"준수를 지켜라. 사고뭉치 놈아. 목숨이 두 개라도 되느냐?"
성일은 소용없는 판무식 욕을 해대었다.

차선을 끼고 승용차와 속도보조를 맞춘 차량은, 지방을 오르내리는 수송트럭이었다. 높직한 운전석 차창 밖으로 봉두난발에 일주일은 족히 길렀을 법한 덥수룩 수염의 얼굴을 내민 기사가 엄지를 세워 보였다. 사고 모면을 축하한다는 의미로 해석했다.

땅 끝 마을 해남에 무사히 도착했다. 그는 운전석에서 내려 삼십 년은 족히 됐을 자그마한 단층건물 가게로 발을 들였다. 백발의 노부부가 지키는 가게였다. 진열 품목 중에서 캔 음료 두 개, 용량이 가장 작은 우유 두 팩, 포장초콜릿 두 개, 찐 달

걀 세 개가 담긴 한 줄, 낱개 사과 두 개를 각각 집어 들고 현금으로 계산을 마쳤다.

전화를 미리 받은 행숙은 시골풍 네 아낙이 연초록빛 색상이 부드럽게 순결한 풀둔덕을 등진 공터 가에 쭈그리고 앉아서, 각자 가져온 바구니 산나물을 파는 주차장에 내려와 있었다. 그중에 한 아낙은, 턱에서 끈을 맨 중고품 보닛 모자를 쓰고 있었다.

이리저리 기웃거리는 몸짓으로 운전석의 인물을 확인한 그녀는, 방긋 웃으며 정차를 위해 후진하는 차량 편으로 깡충 발로 쫓아왔다. 성일이 세운 차에서 내리며 호탕하게 반겼다.

"영기靈氣 충전 충분히 받았나."

행숙이 다가서자마자 남자의 허리춤에 오른손을 살짝 얹었다. 성일은 여자의 양 팔을 가볍게 잡았다. 유형력 거리 간격이 일 센티미터에 불과하여, 숨결이 내쉬어지는 양편의 코끝이 거의 닿았다 해도 과언이 아닐 정도의 밀접이 다정다감하다.

행숙의 안색이 생경 맞다. 돋보이는 청순한 웃음빛이 눈이 부실 정도로 아름답다. 신선한 청초를 한가득 머금고 있는, 푸르게 맑은 영혼이 사랑스럽게 순결하다. 한주 사이에 마치 동화 속 전설 이야기와도 같이 신비에 둘러싸인 선녀처럼 변신한 체모가 놀랍다. 매혹적인 유리 빛 투영에 홀딱 반해 버린 안색은, 그대로 몽롱의 유혹에 말려들었다. 현실 아닌 꿈속을 거니는 눈빛이었다. 입술에 입술을 맞춘 상상의 키스를 넘어 신비스러운 미지의 몸속을 마구 파고드는 뜨거운 욕정에 몸 둘 바를 잃고 말았다.

신체가 오그라지도록 비비 꼬아지는 남성의 본능은 인력의 힘으로는 도저히 물리칠 수가 없었다. 이를 악문 인고는 방종의 고통을 수반했다. 뒤틀린 표정관리도 쉽지 않게 되었다. 이 때 행숙이 남자의 코끝에 검지를 살짝 얹었다. 잠결 정신에서 번뜩 깨인 성일은, 답례로 여자의 귓불을 만지작거린다. 엄지와 검지지문을 통해 돌고 돌며 혈관으로 스며드는 찬기운의 촉감은 부드럽게 여리며 고왔다. 몸 뒤로 돌린 왼손은 허리춤에 얹어진 행숙의 손등을 포겠다.

몇 개월째 비가 내리지 않은 탓에 대기는 건조하다. 중천에 다다른 햇살이 기온을 쑥쑥 끌어올리며 있다. 연초록빛으로 온통 뒤덮은 온갖 들풀들 속에 냉이의 흰 꽃과 보라색 제비꽃 등이 보였다. 특히 개체 수가 가장 많은 노랑꽃 민들레가 유독 눈을 즐겁게 했다.

"산문숙정절비우山門肅靜絶悲憂(산문은 고요하여 슬픈 근심 끊어지고.)"언제 듣고 기억에 남겨 둔건 지는 알지 못하나, 법문 그대로를 외는 암기력이 대단하다. 식지 않고 들끓는 천국사랑에 푹 젖은 상태인 성일은, 맑은 음색을 달콤한 감미로 받아들였다. 새삼 눈여겨보게 된 싱글벙글 낯빛에서는 막힌 호흡을 뚫는 공중의 산소를 맡았다.

"정절비우라……?"성일은 겨우 입을 떼었다. 속으로는 탄성 깊은 사랑을 부르짖고 있었다. "정말로 슬픈 근심 다 잊은 거야?"

"네, 유통기한이 지난 세속두부에 더는 신경을 쓰지 않기로 했어요."

앞의 법문 인용과 방금 내뱉은 말에는 간격을 둔 단차가 엿보였다. 성스러운 성향의 느낌을 희석하는 나중 말이 세속에서 흔히 쓰이는 적나라한 어투라 상반 비교가 충분했다.

"그 말의 의미는……?"성한은 상당히 억제된 억양의 입소리를 냈다. "차에 타! 가면서 얘기하지."두 사람은 좌석에 앉으면서 각자 몸에 안전띠를 둘렀다. "사찰음식 먹을 만해? 지난주에 먹어본 한 끼니 식사 괜찮던데……."

"맛도 맛이지만, 단순 소박하게 청결해서 건강에 미치는 영향의 유익함을 알게 됐어요."행숙이 자랑을 늘어놓았다. 생기가 감격하게 청량하다.

"그럼 심불心佛해졌기에 가공한 먹을거리는 안 먹겠네."성일은 장난기로 놀렸다. "행숙이 좋아할 초콜릿, 우유 따위 사왔는데 버릴까?"

"안요."행숙이 운전대를 잡고 앞만을 주시하는 성일 편으로 상체를 돌리면서 분위기를 가로챘다. 그러면서 붙들 듯이 졸라대었다. 그녀는 한 손을 남자의 팔목에 걸쳐두고 있었다.

"얼른 주세요. 맛있게 먹을게요."

"내 그럴 줄 알았어."성일은 멀리 내다보는 시선 고정체로 싱긋 웃었다. "비닐봉지 안에서 먹고 싶은 거 골라 먹어."

행숙이 검은 비닐을 부스럭 열고 내용물들을 살핀다. 먼저 캔 음료를 꺼내 들었다. 손잡이 뚜껑을 따 성일의 오른손에 쥐어 줬다. 그리고 자신은 한 모금으로 입안을 적신 우유팩을 다리 사이에 끼어두고, 초콜릿 은박포장을 뜯어 정갈하게 고른 위아래 앞니로 한 입 깨물었다. 그 안에 들어있는 땅콩냄새가 차 안에 맴돌았다.

"당분은 탄수화물이라 살이 찐다던데……."성일은 별 의미 없이 목청을 열었다.

"정제된 당인지 정제되지 않은 당인지에 따라 신체에 미치는 인슐린 영향이 다르므로 정제된 당만 아니면 살찔 염려는 떨어진 데요."

이해 못할 알량한 일에는 억지 설명을 붙이지 않기. 수수께끼는 수수께끼로 남겨두고, 다른 측면에서 이해를 도모하려는 현상을 바라보자. 이런 이론을 문득 회상한 성일은 전면 시선을 행숙에게로 잠깐 돌렸다.

"뭘 깨닫고 유통기한이 지난 세속두부란 용어를 쓴 거야?"

"지금의 파릇한 봄철 새순, 가을이면 메말라 낙송 하는 낙

엽처럼 세상은 참 무망하구나. 새것이 없는 이 땅의 부질없
는……이치가 통하지 않는 사회가 과연 바라는 소망의 행복을
안겨줄까? 의문을 내내 떨칠 수 없었어요."

"기도 직후에 내뱉어진 신선한 회의심 뼛속 깊이 간직하고
있어."

"왜요?"

"사람은 환경에 따라 말이 바뀌니까. 기분 보존은 한결 같지
않다는 뜻이지. 모르긴 해도 아마 행숙이도 세속생활 며칠이
면 일상에서 겪는 보통의 언어 소리를 낼걸."

"충분히 이해해요. 솔직히 제 언어의 패턴이 고요한 산중이
라는 환경 때문에 잠시 잠복됐었을 뿐이지, 뿌리 깊게 밴 주관
성격은 전혀 바뀌지 않았거든요."

"윤리의 주체 나이가 열일곱 살 무렵부터라는데, 급격한 환
경변화가 아닌 이상 감각적 주체는 그대로 이어진다. 그 뜻이
겠지. 더구나 갓들은 설법을 외는 행숙의 설익은 어투로 미뤄
부처님과는 일련탁생一連托生(행동과 운명을 같이한다는 뜻)은 하
지 않을 것 같고……."

"애매해요."행숙은 엄살을 피웠다. 그녀는 상체를 과하게
움직이며 벌린 비닐봉지 안에다 휴지를 버렸다. 그러면서 콧
물 한 줄기를 흘렸다. 그녀는 산중 찬 기운에 알레르기 비염이
달라붙었다고 의심하며, 뒷좌석에 던져둔 어깨가방에서 손수

건을 꺼냈다.

"뭐가?"성일은 깨인 정도의 긴장을 세우면서, 행숙의 다음 말에 귀를 기울인다.

"산에 있는 동안 전 제 신랑 양문일 씨를 여자의 따뜻한 마음으로 받아들이지 않았다는 죄책을 안고, 불교의 주요 법문 중 하나인 참회진언懺悔眞言(그동안 자신이 쌓은 죄업을 참회하며 외우는 진언)을 했어요."

"그래서 평안해졌나?"

"그런 거 같지 않아요. 되레 진짜 사랑하는 사람에게 죄송할 뿐이었어요. 내 그림자는 그분에 의해 비친다, 염원만 피웠지 뭐예요."

"난 행숙의 이상주의 사랑에는 현실성이 약하다고 봐. 지나친 상상의 그림에는 자신만의 고고한 세계를 고집하는 경향이 있기 마련이야. 더구나 활자중독에 빠진 나는 행숙이 높여보는 그런 우의 화 사람이 아니라는 걸 명심했으면 해. 보통사람으로 봐 줬으면 해."

"전 아직 문단에서 무명이신 교수님이 잘되시길 바랄 뿐이에요. 죄송해요."

무명이란 불쑥 단어에 성일은 심기가 편치 않았다. 신분 위상의 자존심이 상하여 미간을 살짝 찌푸렸다. 이해가 전혀 안 되었다. 대체 무슨 재주로 나를 최고의 지성인 반열에 올려놓겠다는 건진-? 문인협회에 등록된 문필가도 쉽지 않은 높은 봉우리인데-더군다나 문단세계 바깥사람이지 않은가. 그 방면의 인맥도 전혀 없을 터이고-대체 무슨 재능으로 그따위 말을 함부로 내뱉는지-나무 잘 타는 날랜 다람쥐라도 된단 말인가? 아무리 앞뒤를 재 봐도 수용이 쉽지 않다.

성일은 연골이 쑤시는 속내 감정을 조용히 삭였다. 그가 잠자코 아무 말이 없자, 행숙도 입을 꾹 다물고 조수석 차창 밖을 내다본다.

"앞으로 시간의 희망을 어떻게 쌓기로 했어?"

행숙이 고개를 돌렸다. 안색에 보려고 하는 것을 보려는 낭인의 흥미가 담아있다. "선생님처럼 인문학 공부를 하려고요."

"누구를 의존하지 않고 제 일을 하는 여성의 아름다움이 뭔지 알아?"

"네……?"행숙은 말뜻을 이해 못했다는 난색 빛을 띄웠다. "주체라 잘 모르겠어요."

"떳떳한 자존감!"

성산동 문행숙 아파트 도착은 오후 일곱 시경이었다. 현관문을 따고 거실에 들어선 행숙은, 냄새를 쿵쿵 맡으면서 눈살을 파르르 떨었다. 일주일 동안 청록 하게 맑은 깨끗한 산중공기를 맡았던 후라, 무언가에 기분이 상해지는-들큼한 썩은 냄새 비슷한 고약이 비워뒀던 집안 전체에 떠돌고 있다는 예민

한 후각에 상을 찌푸린 것이었다. 그녀는 실내화 끄는 소리를
내면서 베란다 편 유리문과 주방의 일자 모양의 작은 창문까
지 활짝 열어젖혔다.

"저 씻을게요."

행숙은 욕실 문 앞에 멈춰 서서 제 맨발 위로 눈길을 내리깔
았다. 아직은 첫 키스를 갓 넘긴 연인관계가 무릇 익지 않아
서먹하게 낯설고-운신을 바싹 메말리는-바깥 외부와는 절대
차단된-한 공간의 부자유한 환경으로-옥죄여지는 고도의 의
식불편-남자의 두 눈이 빤히 지켜보는 앞에서 몸을 씻겠다는
말을 감히 입정 밖으로 낸 자책의 부끄러움으로 안색을 붉히
기까지 하였다. 한 손에는 방에서 챙겨 나온-최대한 작게 둘둘
말고, 숨기듯이 꼭 쥐고 있는 속옷가지들이 들려있었다.

양손을 뭉그적거리며 쓱쓱 맞비빈 성일은, 문득 베란다를
떠올렸다. 과연 바이올렛 잎줄기는 정도껏 말라 있었다. 그는
수돗물을 받은 그릇을 들고 화분흙을 적셨다.

욕실에서 막 나오는 행숙의 젖은 머리에는 흰 수건이 감싸
져 있었으며, 신체에는 허리춤을 끈의 매듭으로 동여맨 천 두
꺼운 연분홍 목욕가운을 걸치고 있었다. 개운하게 풀린 낯빛
이 돋보였다.

그녀는 소파에 다리를 꼬고 앉아서 손수 물을 끓여 우린 티
백홍차를 마시고 있는 성일의 시선을 상당한 긴장으로 발그레

달아오른 민낯을 감추듯 떨구었다. 존경하는 교수님이면서 깊은 사랑을 품고 있는 사람이라 왠지 떨리도록 수줍음이 앞서진다는 눈치 굴림이었다.

"안 씻으세요?"행숙은 끊어질 듯이 깊은 한숨과 같은 얼떨결의 기분을 이 말과 함께 털어냈다.

짧은 한마디 여운이 고운 향기처럼 심연의 꽃을 피우게 했다. 경색을 풀어주는 나긋함이 상큼했다. 풀잎줄기에 맺힌 수정의 이슬처럼 아릿한 감성에 젖어들었다.

거실 전체의 공기를 확 바꿔 놓은 비누향기부터 넋을 빼앗는 매료로 작용했다. 여체에서 내뿜어지는 자극성 짙은 향기를 취하도록 속 깊이 들이킨 성일은, 와락 안고 싶다는 충동을 타고 일주일 전 키스의 추억을 다시금 되살려냈다. 상상의 활력은 병통을 불러일으켰다. 심하게 일그러진 낯빛은 요동치는 속내의 곤혹 성을 그대로 드러냈다. 코를 벌름거리면서 동공을 크게 키웠다.

우거지상이 된 낯판 드는 것이 몹시 거북해진 남성의 불길이 곧추세워진 것이었다. 좁은 차 안에서부터, 아니 그 이전부터 교육자의 체면치레 때문에 어금니 으스러지도록 욱 물고 참아야만 했던 착란 중의 본능을 호소하는 강한 성욕의 흥분이었다.

"응, 씻어야지."

성일은 침통의 한숨을 무겁게 몰아 내쉬면서 마른 막대기처럼 응축된 몸을 주춤주춤 일으켜 세웠다. 뻣뻣하게 굳은 혀의 어조도 표 나도록 불안정하게 휘청거렸다.

행숙의 민낯이 미황사에서 본 동백꽃잎처럼 검붉게 달궈졌다. 그녀는 선을 넘지 않으려 자신과 싸우는 사지를 비비 꼬는 성일의 부자연스러운 불퉁한 몸태질에서 눈길을 얼른 거두고 방으로 들어갔다.

"물 받아뒀어요."행숙이 살짝 열어둔 문 사이로 알렸다. "갈아입을 실 남자 옷은 저의 집에는 없는데 어쩌죠?"

"내 몸의 옷인데 씻은 몸이라면 이상은 더러워지지 않겠지. 고마워, 거기까지 신경 써 줘서."

성일은 겨우 진정을 찾았다. 그는 행숙이 새로 받아둔 욕조 온수에 알몸을 담갔다. 기분이 야릇하다. 행숙이 남긴 체취 향에 다시금 근력의 성욕이 싸리발로 불태워졌다.

양문일과 극히 짧은 결혼생활을 했었던 행숙은, 나를 위해 정조를 지켜냈다는 사실을 숨김없이 용감하게 밝혔다. 고귀한 처신에 존중하는 경외를 보내야 마땅하나, 문일 군으로부터 행숙을 빼앗았다는 자책은 그 의미를 반감으로 퇴색시키고 있다. 그래서 남성본능의 촉각을 함부로 쓰지 않고 자제로 눌러왔다 해도 과언이 아니다. 필요 이상의 억제라 할 정도로 행숙의 처녀성에 무단 침범을 할 수 없다는 변명이 성립된 이유이다.

　남자고등학생 두 명에게 개별로 국어의 진도를 이끌었던 대학원재학 시절에 하숙집에서 실제로 겪은 일이다. 추운 어느 한 날 늦은 시각. 가로등 비추는 꼬불탕한 골목 면 유리창 문을 두들기는 인기척이 들려왔다. 쇠창살 방범창에서 일 미터가량 떨어져서 자그만 얼굴을 쳐들고 반응을 기다린 신색 인물은, 생판 모르는 낯선 여자였다. 묵은 때라 할지라도 그 자취를 충분히 은폐할 수 있는 두꺼운 검은색 외투를 입은 여자는, 하룻밤만 재워달라고 간청했다. 성일은 성별이 전혀 다른 이유로 일언지하에 거절했다. 거리를 떠도는 검불 터기 집시처럼 보잘것없는 남루한 자색이 영 미덥지 않았을 뿐만 아니라, 여자의 경각심 없는 뻔뻔함 역시도 불결하기 짝이 없어 보였기 때문이었다. 그런데도 누가 들을 새라 목소리를 퍽 낮춘 여자는 물러날 줄을 몰랐다.

　성일은 인정상 매정하게 차버릴 수가 없었다. 한속 추위에 마냥 떨게 할 수가 없었다. 그는 움직였다. 인간의 마지못한 심성을 안고 묵직한 한옥대문을 열고 방안으로 들였다. 시도 때도 없이 수시로 드나드는 하숙생들 눈에 띌세라, 여자신발도 안으로 들여놓았다. 씻지 않은 지가 오래라 숱 많은 머리카락이 떡처럼 뒤엉켜 있으면서, 더러운 손과 양말 발에서도 냄새가 피었다.

그녀는 누구냐 묻는 요구를 안 했는데도 자진 주민등록증을 꺼내 보였다. 성일은 고개를 가슴팍에 붙이고 신분을 확인했다. 주민등록증상에 기재된 주소는 구는 다르지만, 이곳에서 그리 멀지 않았다.

사십 중반쯤의 여자가 마침내 입을 열었다. 남편은 군 장교인데, 폭력이 하도 득세하여 집을 도망쳐 나왔다는 소개였다. 일주일째 노숙자나 다를 바 없는 떠돌이 생활을 하고 있다는 말도 은연히 덧붙였다.

그녀의 말을 곧이곧대로 받아들인 성일은, 몹시 피로해 보이는 그녀를 재우려 전등을 껐다. 여자는 벗은 두꺼운 외투를 둘둘 말아 머리를 베고 누웠다. 이내 기척이 사라졌다.

성일은 여자와 한 이불을 덮었으나 미묘한 기분과는 달리 욕정발동은 느끼지 않았다. 그는 자는 둥 마는 둥 거의 뜬눈으로 지새우다시피 한 오밤중을 흘려보냈다. 서너 시간 만에 곤히 자는 여자를 서둘러 깨웠다. 여자는 안색 살피는 눈치를 굴리다 금전을 요구했다. 성일은 얼마의 돈을 손안에 쥐여 주고, 여자가 문턱에 걸터앉아 단창구두를 신는 동안 육중한 대문의 빗장을 조심스럽게 벗겼다. 새벽 네 시 반이 조금 넘은 시간이라 밥하는 주인아줌마도 일어나지 않았다. 대문 밖 차가운 공기 속에 선 미지의 여자는 고개를 끄덕였다.

행숙의 집에서 목욕하는 현실은 그만큼 서로 믿는 사랑이 짙다는 뜻이다. 그러므로 서로 합의된 정상적인 관계가 공식적으로 확립되기 전까지는 몸가짐을 흩트려서는 안 된다. 그 이전까지는 오입질은 불륜이다. 더구나 따지고 보면 행숙을 나에게 양보하려 고귀한 생명을 내던진 문일 군의 명예문제도 배후로 둘러싸여 있다 해도 나절 기웃은 아닐 듯싶다.

요즘 시대의 성 문란은, 놀이 위주로 돌아간다는 비판을 받고 있다. 물론 남녀가 먼저의 동거생활로 사전점검의 결혼 준비를 하는 모양새가 두드러지게 나타나고 있는 게 현실이다. 자연주의를 외치며 나체수영을 즐기는 사람들은 논외로 하는 전제하에서, 눈들을 피해 남몰래 벌이는 남녀의 정사행각은 한껏 달궈진 몸을 식히는 재미에 지나지 않다. 사랑이 배제된 단순행위는 연속성이 짧을 수밖에 없다. 일방적 힘의 강간이나 성추행은 차오른 성욕의 분출이지, 합의 본 생명 대 생명의 사랑은 절대로 아니다. 서로 부딪치면 일어나는 생물의 화학과 같은 맥락이다.

사람은 모이면 자긍심이 높아진다. 매년 6월에서 9월 사이에 열리는 퀴어 문화축제는 성소수자들이 주축이 된 단체이다. 그들은 행사 개최 때마다 비용 마련을 위한 물품을 판다. 그 상품 중에 혐오감에 따른 실정법 위반 여부의 문제를 불러 일으키는 여성 성기를 노골적으로 그려낸 쿠키와 풀빵 등이 있다. 성 문란은 바야흐로 먹는 음식물에까지 미쳐있다. 어두운 비밀까지 까발리는 세상이 된 것이다.

인간은 본 현상에 맞추어 자각을 끌어올린다. 나는 하다못해 떠도는 유언비어의 낱장 광고일지라도 읽어야 쌓인 진성이 풀리는 활자중독자이다. 사실 바람을 타고 사방팔방 널리 퍼지는 그 낱장의 짧은 글귀에서 나는 내가 미처 몰랐던 사회 분위기를 감지하면서, 비활성인 간접경험으로 그 세상을 들여다보기도 한다. 개인의 사생활을 넘어 감성이 예민하면서 감상적인 낭만을 좇는 젊은 후학생도들에게 동양문학을 가르치는 점잖은 교수의 신분을 가진 인물이다. 배가 잔뜩 부른 먹성의 돼지보다, 배가 쪽쪽 고팠던 가운데서도 시의 정신을 놓지 않았다는 두보나 이태백 등에 표적을 맞혀두고 있는 그들은 예비적 비 사회인이다. 그러므로 지켜내기 힘든 신분을 기분대로 아무렇게나 내동댕이칠 수는 없는 노릇이다.

학자적 품위의 양심과 신념의 지식을 풀어 가르치는 선생은 두터운 신뢰가 첫 번째 덕목이다. 제아무리 논리를 조합하는 학식이 높고 깊은 교수일지라도, 신망이 무너지면 동력의 호소력은 떨어질 수밖에 없다. 높은 인기에 취해 제자여학생들을 성적으로 희롱거린 폭로가 터진 죄목으로 교수직을 잃고, 그 충격으로 극단적 선택을 내린 길봉한 교수의 사례처럼, 인생을 한 순간에 망치지 않으려면 몸가짐-마음가짐을 단단히 다져야 한다. 도랑 치고 가재 잡는 야인이 되지 않으려면 말이다.

남자의 성공가도를 주저앉히는 환경은 여자와 술이다. 기업가는 무분별한 사업 확장을 좇다 망한다. 참지 못하는 열불의 성질에는 반드시 응분의 대가가 밀어닥친다. 그래서 뒷짐 부족으로 지금의 실수를 훗날에 정당했었다는 거짓 변명으로 혼욕을 치르지 않으려면, 보는 눈이 없을수록 바른 마음-바른 정신-좌고우면 하지 않는 인격유지가 관건이다.

　급류와 폭풍을 겪어보지 못하여, 의식적으로 거친 행동을 극도로 경계하는 행숙의 정숙성에 오판을 끼쳐서는 안 된다. 반드시 오게 될 그 시간을 언제까지든 인내로 견디며 기다려야 한다. 가슴을 화花하게 깨우는 희망의 추억을 소중히 간직하자. 내일 다시 그 사람을 만나더라도 반갑게 손을 내밀어 악수할 사이로 남겨두자. 화분식물 하나도 제대로 키우지 못한다면 능력 밖 일이 아니라, 관심이 약해졌거나 아예 버렸기 때문임을 염두에 두자.

　일회성 운우지정雲雨之情이어서는 안 된다. 숙성의 정분을 동병상련으로 오래도록 나눠야 한다.

　흔히들 색념이 강한 낭창여자의 행실은 먼지보다 가볍다 한다. 그러니 천근의 추를 못 당한다고 한다. 혼을 빼앗는 살랑거리는 행습 없이 품위 있는 순종심이 강한 행숙에게도 그다지 심한 편은 아니나, 여느 여성들과 마찬가지로 예뻐지고 싶은 유행성 욕망은 있다. 값비싼 예쁜 목걸이나 멋이 돋보여 여성미의 가치를 한층 높여주는 의상을 보면, 갖고 싶다거나 입어보고 싶다는 유혹을 쉽사리 떨쳐내지 못하는 성미를 똑같이 가지고 있다. 그렇지만 사리분별이 뛰어나 괜한 욕심을 애써 외면하는 지양을 갖춘 행숙이다. 한도를 넘어서는 낭비를 하지 않는다. 과하지 않아 돈을 아껴 쓰는 타입이다. 자신을 잘 드러내지 않는 성향에 따른 생활방식이라 범접이 쉽지 않다. 보통의 여자이나 아무나와 가로 누워 곁을 내주는 문란한 인물이 아니다.

행숙은 크림로션만 대충 바른 얼굴로 식사를 준비하고 있었다. 체취가 청순하게 싱글하다. 꽃게가 가스 불에 얹어진 냄비 안에서 푹푹 삶아지고 있었다. 귀가 중 잠시 차를 세워둔 마트에서 급히 산 그 해산물이다. 왠지 조심스러워진 성일은, 무엇을 도울까 생각을 거두고 리모컨 번트를 눌러 벽면 텔레비전을 켰다. 어린이들이 좋아하는 동물의 세계가 방영되고 있었다. 그러면서 그는 행숙의 대접을 기대하는 것 같다는 생각을 문득 상기했다. 그는 일어나 주방에 들어가 행숙 곁에 섰다.

"뭘 도울까?"

"시장을 보지 못해 반찬이 이뿐이라 별로 할 일이 없는데요."행숙이 힐끔 돌아본 남자의 가슴을 밀치면서 말했다. 시간이 애틋함을 키운 탓일까. 입매가 친밀하게 조련하다. "식탁에 수저나 놓아 주세요."

전기밥솥에서 밥이 부글부글 끓고 있다. 성일은 숟가락과 젓가락만을 마주 놓은 식탁의자에 눌러앉았다.

"저 다음 주에 부모님을 찾아뵈려 해요."행숙이 꽃게국물을 국자로 떠 국그릇에 담으면서 말했다. 자신감이 묻어있다. 행숙의 부친은 정년을 이삼 년 앞둔 국가공무원이다.

"딸이니 당연히 찾아 봬야지."

성일은 행숙으로부터 국그릇을 받으려고 그 앞에 섰다.

"뜨거 워요. 제가 할게요."

행숙은 손 모아 장갑 손으로 양면을 맞잡은 국그릇을 받침 대 놓인 식탁 복판에다 조심스럽게 내려놓았다. 그동안 비켜 나 있는 게 돕는 거다 하면서 옆으로 물러나 있던 성일은, 뒤로 당긴 의자에 앉으면서 등을 붙였다. 행숙은 다음 순서로 밥을 떴다. 김이 모락모락 피는 새 밥그릇과 꽃게 국을 앞에 둔 성일은, 막중한 책임감을 짊어진 한 인물의 가장을 그렸다. 긍정과 부정이 양날로 상존해 있는 공간은, 식구들이 부대끼며 살아가는 가정이란 했다. 미경험의 그 세상 과연 어떻게 전개될 런지-?

음식솜씨가 제법 살아 있다. 입맛에 꼭 맞게 얼큰하며 담백했다. 행숙이 반나마 양만 채운 제 밥그릇을 놓고 마주 앉았다. 그녀는 먼저 손맛을 거친 요리솜씨를 맛보려 붉은 꽃게 국물을 뜬 수저를 입으로 가져갔다.

"맛있다."자신을 칭찬한 그녀는 성일의 밥그릇을 넘겨본다. 성일에게서 듣고 싶은 말을 대신 낸 것이라 해도 과언이 아니다. "말아 드실래요? 더 있어요."

"나중에⋯⋯모자란다 싶으며 그때 부탁할게. 요리는 언제 배웠어? 식당 차려도 괜찮겠어."

"요리 강사이셨던 엄마에게 서요."

"맛의 유전을 물려받은 셈이군."

"멋져요!"신이 오른 행숙이 맞장구를 쳤다. 자신과 엄마를 연계하며 띄워준 표현이 아름다웠던 것이다. "문학적 표현이 정말 감동이어요."

"부모님 뵙겠다는 날 잡은 거야?"

"다음 주라 말씀드렸잖아요."

"미안⋯⋯!"재빨리 기억을 되살려낸 성일은 사과했다. "용건은⋯⋯?"

"선생님과의 결혼문제를 상의하려 해요."행숙은 쌍방이 굳게 합의했다는 식의 결기를 내비쳤다.

"나와의 결혼 확실히 굳힌 거야?"성일의 안색은 그다지 호의 하지 않고 어느 정도 냉정한 무심에 가까웠다.

"네, 잘할게요."

행숙은 어금니로 꽃게다리를 씹느라 머리 가마 부위만 볼 수 있는 성일에게로 두 눈동자를 집중 모았다. 불확실한 가상적

표면의 사물을 캔버스를 마주한 그 어느 날부터 살아 숨 쉬는 선명성을 그려내겠다는 다짐을 굳힌 화가처럼 제법 진중하다.

지나칠 정도로 학문만을 열심히 파고들어 이 나이가 되도록까지 가정을 꾸리지 못한 성일이다. 대학입학과 동시에 부모는 물론이고, 한 핏줄을 나눠받은 형제들조차도 내팽개친 듯이 등지고 오로지 오늘의 성공만을 바라며 이를 악물고 독립정신을 키웠다. 거리에 널린 편의점 아르바이트부터 설날·추석 명절이면 유통업계에서 선물포장 정리를 돕는 별의별 일들로 학비 및 생활비를 벌어 공부에 매달렸다. 왜 그토록 쌍코피를 흘려야만 했을까?

자본주의를 앞세운 대한민국은 학벌 위주의 사회이다. 대학졸업 이하의 학력이면, 개인의 성장 없는 밑바닥 기는 비참을 뼈저리게 감수해야만 한다. 그 차별은 나 아닌 남의 생명 죽음쯤은 아무렇지 않다는 살벌을 불러들였다. 볼품없는 화물차는 못 들어오게 하고, 번쩍번쩍 광채 빛이 눈부시게 환한 배기량 큰 고급세단 출입은 언제든 환영한다는 호텔 측의 위장친절 같은 영업방식을 낳았다.

이 땅에서는 과연 다 이루었다는 완전한 성공은 있기는 한 걸까? 성공의 이면에는 피 터지게 싸우는 살생이 내재하고 있다. 서로 헐뜯는 난장판의 비열이 아니고서는 상대가 될 수 없는 구조이다. 예를 들어보자.

승어부勝於父(아버지능가)라는 말이 있다. 선친의 대를 이어 대기업의 회전의자에 앉게 된 그 자녀 중 누군가가 새로운 비상飛上의 욕망에 맞추어-새로운 미래는 과거의 연장선상에 있지 않다. 라는 철학을 앞세워-답습된 기존방식의 전철은 밟지 않겠다며 선친의 업적을 평가 절하한다면-그 자체로써 선친이 쌓아 올린 성공의 빛은 바래질 수밖에 없다. 이처럼 큰 꿈-큰 그림의 삶에는 부정父情까지 갈라 치는 갈등의 흑암이 있다. 그러므로 잠 꿈에서 출발한 성취는 한때 올랐던 산 정상에 지나지 않다.

진정한 행복은 체력소모가 그다지 높지 않은 소소한 일상에서 비롯된다고 생각한다. 대표적 사례가 혼례를 마친 두부부의 주도로 꾸며진 가정이다. 후회도 동시에 품고 있다는 결혼은 심리적 안정으로 알고 있다. 그러나 뿌리기도 전에 거두려는 심보는 손사래 사이로 흘리는 모래와도 같은 것이다.

여자는 남자에게 향기롭고, 남자는 여자에게 향기롭다. 부처님의 이 가르침대로 정착 그림이 빠르게 머리를 채웠다. 첫 번째 목록은 내 핏줄을 타고난 후세 안음이다.

"그럼 행숙에게 묶여 총각신세 끝내기 전에 나 혼자 어디든 싸돌아다녀도 괜찮겠지?"성일은 지목된 예비아내를 지그시 바라보며 말했다.

"숨겨둔 애인이라도 있나요?"

"아니, 운신의 자유는 이로써 마지막이라고 생각하고, 하루 일정으로 발길이 닿는 대로 아무 데나 다녀 보려고……."

"그러세요."행숙의 음정은 아내로써 보조한다는 분위기였다.

성일은 소액의 돈만 넣은 지갑을 등산복주머니에 넣고 집을 나섰다. 양어깨로 걸친 멜빵배낭 안에는 포장초콜릿 세 개와 속 비닐봉지에 싸인 생오이 두 개 외에 1·5리터 페트병이 들어 있다.

대지는 푸르고 어디서든 아카시아 꽃향기가 그윽하다. 양기陽氣가 강하여 피부가 까무잡잡하게 그을릴 정도로 태양열은 제법 높다.

시외버스 종점은 청평이었다. 그는 강원도 방향을 등지고 한강 하류줄기를 따라 풍광이 뛰어난 양수리 방향으로 발길을 잡았다. 자본이 밀려들어 저마다 모양새가 특색 있게 다른 고급건물들이 곳곳마다 세워진 언덕지대를 뒤로하고, 한적한 들판으로 접어들었다. 좁은 면적의 논밭이 나타났다. 쟁기갈이만 했을 뿐, 아직 물을 대지 않아 바싹 말라있다.

트럭 한 대만이 직진할 수 있는 일자 모양의 메마른 흙길 한 복판에 태생부터 목대가 없어 적은 양의 빗물에도 온몸이 쉬 잠기나, 생명력이 질긴 질경이 따위의 들풀들이 자라고 있다. 나무그늘 사이로 간간이 비추는 일록의 햇살을 반사하는 사파리 따위들이 꽂아져 있거나 박혀있는 그 가녘으로, 오래된 기와지붕 집 한 채가 있다. 돼지축사를 연상케 하는-곧 주저앉고 말 것 같은-그렇게 심하게 퇴락된 어둠침침한 건물을 등지고-검은 올에 비해 흰 올이 훨씬 많은 머리숱은 봉두난발로 흩어져 있고, 깡마른 체구를 가린 가벼운 남방셔츠 단추는 죄다 풀어헤쳤으며-덧씌워진 묵은 때로 지저분하기 짝이 없는 누런 색상의 바지하단을 아무렇게나 걷어붙이고-성치 못한 양 다리목을 그대로 드러낸 몰골의 노인이 초록색 비닐 천 곳곳이 트고 찢긴 등받이 소파에 삐딱하게 눌러앉아 있었다. 우측팔걸이 뒤로 기대둔 한쪽 목발도 함께 보였다. 혼자 중얼중얼 떠들던 그 노인이 행인에게 말을 걸면서 붙들어 세웠다.

"어디 가는 길이오?"

성일은 멈춰 서서 노인과 맞대면을 했다.

"이리로 가면 어디가 나옵니까?"행인이 눈길을 둔 우측 길을 바라보며 물었다.

"군부대인데 거긴 왜요?"

참으로 본데없는 졸망한 목청이다. 군부대 부근이라면 인적이 시끌벅적거려야 정상일 터인데 거짓말처럼 너무나도 조용하다. 노인의 낡은 집 좌측에서부터 이어진 끝머리 길 편, 낮은 봉우리 동산의 잡목림 겉모습이 훼손 없이 멀쩡하다. 대체 산림파괴 주범인 사람들이 드나든다는 흔적이 전혀 안 보인다. 행인은 성질 고약한 불통가지 늘어진 노인네가 할 일이 없는 기회를 만난 김에 심심풀이 장난을 친다는 불신으로 받아들였다. 그는 노인에게 싸늘한 시선을 데면데면 두고 속으로 꼴값 떤다는 밉쌀의 비난을 씹었다. 온풍을 탄 아카시아 향내가 뇌를 깨웠다.

"혼자 계십니까?"행인이 물었다.

"가락동 시장에서 채소가게를 하는 딸년이 일주일에 한 번씩 다녀간다오."노인의 덥수룩 수염입담은 추레한 모습과 달리 제법 활기가 명랑하다. 말동무가 생겨 입이 즐거워진 것이었다. "오면 밥도 해주고 옷도 갈아입히곤 하지."

반말이 습관화된 것 같다. 성일은 노인은 겉 자랑이 심한 인물이라는 평을 내렸다. 그 말에도 신뢰를 둘 수 없다며 빗장건 표정을 굳혔다. 일주일에 한 번씩 옷을 갈아입는다면, 이처럼 거지처럼 추하게 난잡하지는 않을 터이다. 일반적 상식에 따르면-

"내 곁을 일찍이도 떠난 마누라가 딸년 외에 아들 하나를 낳아줬는데, 일본에서 성공한 아들이 돌아와서 국회의원 후보로 출마할 모양이오."노인이 자랑을 잇는다. 억양의 마디마디는 언어사용 법을 배우지 못한 천방지축 천민이라 절제가 약하면서 매끄럽지 못하나, 표현력은 그런대로 풀잎처럼 소박하다. "칠 년 째보지 못한 아들이 매월 용돈을 보내주지."

"그럼 생활 걱정은 안 하시겠네요."

"물론이오. 이따 저녁에 동네친구가 와서 노래방에 데려다 줄 터인데, 그는 오토바이로 목적지까지 태워다 줄뿐 비용 모두는 내 주머니에서 나간다오."

"보기보다 아주 떳떳하게 사시네요."

소개에 따르면 노인은 막노동꾼이다. 주로 토목 일을 했다. 그날은 손궤損潰(무너져 내림) 우려가 높은 산비탈 연약지반에 축대 벽 쌓는 일을 했다. 다년간 쫓아다니면서 어깨너머로 배운 경력의 기능공이라 일당벌이는 꽤 좋았다. 노인은 처음 대면하면서 물어 알게 된 서너 살 아래인 용역인부를 데리고 보강토 블록을 한데 모아 쌓아둔 풀밭공터에 다다랐다. 그곳과 간격을 띄운 옆으로는 길이 일 미터는 족히 되는-수량이 30여 개 남짓인 직사각형 돌들이 널브러져 있었다. 축대 벽 중앙로 계단에 쓰일 자재물이다. 두 사람은 경륜의 힘을 굳게 믿고 돌 두 개를 겹쳐 얹기로 합의보고, 균형의 중심부위를 굵은 밧줄로 서너 번 동여매는 것을 끝으로 준비를 마쳤다. 그리고는 목덜미에 걸친 목도를 앞뒤에서 동시에 들어올렸다.

자재운반은 의례 장비가 도맡아 했다. 그렇지만 그때 마침 굴착기는 큰 무게의 바위를 이쪽에서 저편으로 옮기는 작업을 하고 있어서 부를 수가 없었다. 당장 써야 하였기에-도울 인력도 있고 해서 모처럼 목도를 둘러매는 과욕을 부린 것이다. 오

미터 거리였다.

그 거리를 이 미터 남짓 남겨두고 갑자기 몸에서 이상증세가 나타났다. 발가락을 마비시키는 쥐를 타고 장딴지에서도 근육통이 일었다. 때문에 몸의 균형을 잃으면서 두 무릎이 꺾였다. 동시에 힘의 균형이 한 축으로 급속하게 쏠린 탓에, 상대편 용역인부도 도리 없이 기웃기웃 휘청거렸다. 이끌리지 않으려는 안간힘도 소용없이 앞으로 넘어지면서 두 손을 땅에 짚으며 목도를 해체하고 말았다.

두 돌은 하필 털버덕 주저앉고만 노인의 다리목에 겹쳐서 떨어졌다. 큰 충격에 비해 비명은 내질러지지 않았다. 용역인부가 돌을 거둬낸 후 모두에게 사고를 알렸다. 거의 육 개월간 병원신세를 졌다. 퇴원 시에는 목발로 나왔다.

성일은 한길을 따라 걷다 좁다란 논둑길로 꺾어 들었다. 끝머리 수풀 언덕을 넘어서자, 기후 건조로 수량이 적어 잔 돌멩이들 깔린 바닥 면이 훤히 들여다보이는 깨끗한 하천이 나왔다. 하천 둑길, 보랏빛 꽃을 피워 올린 참오동나무 아래에서 택시를 세워둔 몇몇 기사들이 양반다리를 틀고 눌러앉은 돗자리 위에서 화투놀이를 즐기고 있었다. 그 부인네 몇은 따로 모여 간식을 먹으면서 잡담을 나누고 있었다.

하천을 가로지르는 다리를 찾다 경기도·강원도 시계점인 차도 변까지 나왔다. 물줄기를 건너 반대편 길을 거슬러 밟기 시작했다. 체온이 높아져 점퍼를 벗고 팔목에 걸쳤다. 백 미터를 걸었다. 풀길은 녹색 펜스가 둘러쳐진 개 훈련장에서 끊겼다. 성일은 때마침 펜스 밖에 나와 있는 상고머리 청년에게 산행길이 어디냐고 물었다 싱긋 웃어 보인 그는 그냥 등을 타고 오르라고 일렀다. 이곳은 정해진 길이 없다는 뜻이었다.

하천 저편 노인의 집 앞에서부터 오르기로 마음먹었던 산은 과연 희미한 샛길도 보이지 않았다. 무작정 타고 오른 산등선 비탈은, 쌓이고 쌓인 두꺼운 퇴적층으로 온통 뒤덮여 미끄러웠다. 매번 넘어졌으며, 그때마다 생나무 밑동줄기를 부여잡고 일어나면서 발질로 밀어 젖힌 낙엽 아래 흙이 드러났다. 때로는 네발로 기다시피 하면서 마침내 정상 길을 찾았다.

솟아오른 크고 작은 바윗길 지형 경사는 울퉁불퉁 가팔랐다. 등줄기 적시는 땀에 숨결이 거칠어졌다. 높은 바위에 앉아 쉬면서 더위를 식힌다. 준비해온 페트병 물은 이미 동이 났고, 오이와 초콜릿은 공복을 잊는데 큰 도움을 줬다. 수중 짐은 이젠 빈 등 가방뿐이다.

새순을 갓 띄워낸 수목들 사이사이로 기온을 한층 높인 햇볕이 충만하게 내리쬐는 은빛물결의 한강줄기가 내려다보였다. 그 방향으로 발길을 잡고 산을 내려오기 시작한다. 새순 틔운 일대 나무들이 성장 빠른 칡덩굴에 온통 뒤덮인 원시림 지대까지 내려왔다. 규모 작은 절집이 나타났다. 발을 들인 경내에서 바위 아래 샘터 물로 그동안 참았던 목을 축였다. 회색 복 차림의 여승이 혼자 밭일을 하고 있다.

지대가 높은 능선에서 절집을 굽어보는 또 다른 한 동의 세속건물이 눈에 들어왔다. 때마침 승복을 입은 남자스님이 방에서 나오고 있다. 성일은 20개는 족히 되는 돌계단을 하나하나씩 밟아 올랐다. 스님이 두 손 모은 합장으로 반겨 맞았다. 스님은 방 안까지 들어오게 했다. 담배냄새가 도배 벽마다 뭉실뭉실 배인 방 크기는, 13평(약 44제곱미터)남짓이었다. 앉은뱅이 나무책상 위 묵직한 무늬 유리재떨이에 눌러 끈 담배꽁초가 한가득 차 있다. 이외 서향창문 쪽 이불 얹은 서랍장과 몇 권의 불교서적과 소설집 및 기타 문학책들이 눈에 띄었다.

"아무것도 가르치지 않는 산타는 일은 시간 낭비일 뿐인데, 왜 헛걸음치고 다니세요?"

스님의 장난기 머금은 입담은 일견 느끼한 감을 안겨줬다. 적적함을 달래는 말투에 세상을 비관하는 암시가 배어 있었다. 수도하는 경건한 인상이 아니라 세속 성향이 강하게 읽히는 음색이었다.

"기도하시는 스님께서 산을 부정하는 말씀을 하시니 산이 알아들었다면 진노하지 않을까요."

"난 목탁 두드리는 스님이 아니오. 밤인지 낮인지 따분한 느릿느릿 환속은 내 성미에 맞지 않아요. 내 집 내 땅이기에 그

흉내를 낼 뿐이요. 나갑시다. 답답하네요."

방 앞에는 세 명이 함께 앉을 수 있는 나무의자 하나가 비치되어 있다.

"시인이라 하셨지요?"스님이 물었다. 일부러 찾아와서 말동무가 되어 준 것에 대한 답례인지 친근하다.

"네!"성일은 마른 목청으로 대답했다.

"대학후배가 시인등단을 마쳤다는 문예지를 보내왔는데, 그 책을 만남의 선물로 드리지요."

스님은 방에 들어갔다 나오면서 손에 든 월간문예지를 손님에게 선뜻 내줬다. 스님은 대화중에도 아래 지대에서 작은 몸집의 마른 상체를 구부리고 풀 뽑는 일만 계속하는 여승을 숨기지 않고 매번 염탐하곤 하였다. 탐욕을 물리치는 승랍僧臘 훈련과 무관한-울타리 구멍으로 드나드는 족제비 모양-색마에 주린 외입질만을 소망하는-부풀어 오른 속물근성의 성욕을 당장 풀고 싶어 안달 거리는 눈빛이었다. 범패梵唄와는 거리 먼, 퇴식밥으로 연명을 잇는 꼴이었다.

"난 한 중앙일간지 신춘문예에서 소설부분 당선작을 낸 이명훈이오."

십이 년 전쯤의 세월에 묻힌 기억이 새록새록 피어났다. 당시 새해맞이 구독신문 지면에 단편소설 당선작 소개와 그 주인공의 인물사진이 동시에 실렸었다는 기억이다. 겪어보지 않으면 인연을 끊는 특성상 스쳐본 그 이름은 곧 잊었다.

"나처럼 세상물정 몰라 속아 사는 바보가 생겨나지 않기를 바라는 심정에서 밝히는 바인데, 난 말이오, 당선작 금액에서 얼마를 얹은 돈으로 이 산을 덥석 샀소. 한데 이후에 알아보니 시세보다 비싼 값을 지급했다는 걸 확인했소. 얼마나 원통한지, 지금도 한이 맺힌 이를 부득부득 갈고 있소. 그 홧김에 본래부터 좋아했던 술 주량이 배로 늘어났지 뭐여. 저거 보시오. 나 혼자 다 마신 술병이라오."

소설가가 턱짓으로 가리킨 곳은, 우측 시멘트 벽면이었다. 그곳에는 서른 개는 족히 되는 소주병이 종이상자 안에 뒤죽박죽 담아져 있었다. 성일은 다음에 올 기회가 생기면 소주를 사 와야겠다는 생각을 굴렸다.

"내 꼴이 이 지경으로 박절하니 자식들도 마누라도 한 오 년쯤 됐나……? 한 번도 오지 않는구려."소설가는 가족의 그리움을 내비쳤다.

성일은 외로운 처지에서는 인간적인 측은한 연민을 품었으나, 정상적인 일상에서 벗어난 소설가의 한량한 기행에는 못마땅하다는 적의를 새겼다. 본분의 생기를 끌어올릴 수 있는 환경과 시간과 장소를 충분히 갖추고 있는데도 불구하고, 그보다 와실臥室에 나란히 누워 안줏감으로 뒹굴 여자만을 정탐하는 행태가 눈에 영 거슬렸다. 벗 삼은 술과만 세월을 보낸다는 타락상에 안색이 절로 찌뿌듯 흐려졌다.

그에게서는 창작에 바치는 지독한 작심은 보이지 않았다. 동료 화가이면서 이년 남짓 동거인이기도 했던 고갱과 싸움 끝에 면도날로 자신의 귀를 잘라버린 반 고흐 같은 예술의 혼이 살아 숨 쉬지 않았다. 그리스 철학자 플로티누스는 '참된 철학자는 몸이 아니라 오직 영혼에만 관심을 가진다.'라고 설파하지 않았던가.

성일은 위장 스님, 지나가 버린 세월에 묻힌 한 때의 명성만을 향수로 간직하고 있는 소설가와 작별인사를 나눴다.

'예술인들은 왜 저리 품위가 개차반일까? 돈 없이 가난해서……? 하긴 나의 경우는 시대 운이 좋았던 덕분에 물질적 궁핍 없이 호강을 누리는 대학교수인지라, 점잖지 못하면 불량하다 또는 불한당으로 보지 않는가.

그렇다면 과연 나는 대충만을 갖춘 머리만의 시인일까? '뼈 깎는 절규가 없는 시는 죽은 것이다.' 언제가 학생들에게 들려준 말이다. 그러나 실상 이 말은 곧 나 자신에게 던진 운이었다. 전문직 교수의 체면상 자신은 차마 가르칠 수 없으니, 책을 읽다 깨달은 내용을 빌려 학생들에게 전달했을 뿐이다. 일종에 자신을 숨기는 가식과도 같은 표절이었다.

'우리는/옛 달을 못 보았으되/저 달은/옛사람 비추었으리共看明月皆如此'의 시를 남긴 이백의 시가 일상을 벗어난 환상을 그렸다면, 그와 더불어 한 시대 인물이며 '아, 사람의 그림자/끊인 지 오래니/너의 소식/어디가 찾으라斷絶人捐久 東西消息稀'를 읊은 두보의 경우는 일상 속에서 새로운 감동을 찾은 시인이다.'

사위장례식 때 얼굴을 잠깐 비춘 이후로 처음 뵙는 아버지는, 흰 와이셔츠와 썩 어울리는 단색 은빛넥타이에 짙은 색상의 양복 차림새 그대로였다. 사전 연락을 받고 퇴근한 그 단정으로 딸을 기다린 것이다. 묵례만 가볍게 끄덕인 아버지는 별 말이 없는 가운데 표정이 다소 어둡다. 고립무원 속에서 혼자 지내는 딸이 가엾다는 안색이다.

쓰디쓴 입맛이 심경에서 좀처럼 쓸리지 않는다. 결혼 한 달여 만에 천생 과부가 되었다는 죄책감에 가슴이 에이는 우울증 증세였다. 이 건은 부모심장에 대못을 때려 박은 불효에 해당된다. 얼마나 그토록 행복의 축복을 앞에서 끌어주고 뒤에서 밀어주셨던가. 그런데 난 낳아주시고 길러주신 두 분 양친의 보답을 산산조각 깨트린-죄인 중에 죄인이 된 몸으로 부모를 찾았다. 이 행적자취는 살을 도려내도 용서가 되지 않을 뿐 아니라, 비누로 북북 씻어낼 수도 없는 중차대한 형벌감이다. 그래서 출가외인이 된 실감이 운신 어렵게 더욱 무겁다.

아버지 성품은 엄중한 만큼이나 매사가 분명하다. 동료직원들과의 회식자리는 어떻게 이끌어나가시는지는 알 도리 없으나, 집에 초대된 손님과 술을 곁들인 음식을 나누며 대화하는 방식은, 언제나 말을 많이 하는 편이다. 상대를 누르는 압도가 아닌 평등 차원의 친근감이다. 격식 없는 자유로움이 넘친다. 이 전례로 미뤄 누구와도 원만한 관계를 유지하고 있지 않나 싶다. 한마디로 언제든 대화를 열어둔 분이다.

그런데 오늘은 타관부이처럼 낯이 생경하다. 이토록 부녀간 되도록 눈길을 마주치지 않으려 하면서 말문이 막히는 어물쩍한 생면부지 분위기는 아마도 이번이 처음인 듯하다. 행숙은 시선을 어디로 둬야 할지 모르는 난감에 부딪혔다. 어떤 기술적 서두로 아버지 속을 풀어 줘야 하는지 얼른 대안이 서지 않아 입술만을 움찔거릴 뿐이다. 이유는 분명하다. 그녀는 안고 들어온 자신의 주관적 선입견이 틀릴 수 있다는 판단을 속히 버렸다. 그녀는 소파 앞에서 무릎을 꿇으면서 아버지의 오른손을 부여잡았다.

"건강 어떠세요?"

"좋다!"

내려다보는 딸과 눈을 맞춘 아버지의 짧은 음량은 나직하나 굵직했다. 그 속에서 딸을 외면하는 이면을 여리게 느낄 수 있었다. 미움의 피함이 아니라, 앞으로 어떻게 살아갈 거냐? 라고 묻는 의중의 외면이었다.

"안색이 안 좋아 보이시는데……."행숙은 아버지 무릎 위로 얼굴을 파묻었다. 그러면서 그녀는 앞에서 얼버무렸던 뒷말을 이었다. "죄송해요. 못난 꼴 보여드려서요."

"……"

퍽 익숙한 숨결의 손길이 등에 가만히 얹어졌다. 정분 담긴 부드러운 감촉이 가슴을 어루만진다. 무언의 위로에 눈물이 흘러내렸다. 흐느끼는 몸짓에 맞추어 두 어깨가 덩달아 들먹거렸다. 예전에도 아버지는 큰딸이 대학의 문턱을 넘지 못하고 낙망으로 헤매고 다녔을 때 이처럼 품어준 적이 있었다. 골육지친 자녀의 애틋함을 뛰어넘은 각별한 부정父情이었다.

"너도 독립한 어른이다."아버지는 주의를 환기시켰다. "그러니 어린아이처럼 질질 짜지 말고 어른답게 눈물을 감소하여라. 시련은 인내의 견고이다. 나이 먹는 만큼 자라는 성장은 사물 보는 눈을 높여 준다."

행숙은 아버지 앞에서 일어나 식탁의자로 자리를 옮겼다.

"저녁은……?"몸집이 크며 풍성한 머리숱이 돋보이는 엄마가 눈시울이 붉게 젖은 딸을 돌아보면서 물었다.

"아직……."어린애처럼 고개를 저은 행숙은 이참에 엄마가 음식을 만드는 주방 편 방향을 바라보려 자세를 돌려 잡았다. 행숙이 손등으로 눈시울을 훔칠 즈음에 동생 영숙이 제방에서 나오면서 모습을 드러냈다. 두 살 터울이다.

"언니 왔구나. 그동안 잘 지냈어?"반기는 청춘한 음색이 어째 생뚱맞다. 그러면서 언니의 목을 뒤에서 끌어안고 볼에 볼을 맞비빈다. "내가 보고 싶지 않았어?"

"많이 보고 싶었지."행숙은 턱 아래에서 깍지로 맞잡은 동생의 손등에 자신의 오른 손을 얹었다. "너도 별일 없는 거지?"

"한 가지만 빼고……"

"그게 뭔데?"

"취직이 안 되어 의기소침에 빠진 선배님들의 어려운 사정을 보고 문헌 전공과목을 경영학 쪽으로 방향을 틀어볼까 고민 중이야."영숙은 말처럼 매끈한 얼굴에 억지 주름을 과하게 몇 가닥 지어냈다.

"관광학과로 바꾸지 그러니."행숙의 억양은 평안했다. 아르바이트로 번 돈과 그 돈의 여유로 거리에서 흘려버린 시간이 서른세 살의 반 세월은 족히 되는, 동생의 취미 아닌 업에 가까운 발자취를 빗댄 것이다.

"가이드가 되는 것도 괜찮지. 그렇지만 이젠 나이도 먹었으니 시집도 생각해야 하지 않겠어."

"그래, 빨리 시집가서 엄마 속 그만 썩였으면 한다."엄마가 갑자기 두 딸 사이로 끼어들어 야단치듯 참견했다. 갈비찜 식탁에 한두 가지 반찬이 오르기 시작했다.

그만큼의 노력과 인맥으로 고위급 공무원직에 오른 남편을 둔 탓에-위장술을 쓴 언행일지라도-요리강사가 되겠다며 이리저리 설치고 다니면서 천박하게 헤퍼진 무교양 성질을 정중으로 다잡아 점잖아야 하고-이미지에 걸맞은 관리 차원에서 서예를 배우는 한편으로 용모단정에 남달리 신경 쓰는 유미정 여사의 막내딸 핀잔은, 귀찮으니 어서 말대로 실천하라는 차가운 일소였다.

그렇지만 큰딸 행숙의 모처럼 방문으로 일가족 모두가 모인 집 안에서만은 내면의 기력까지 동원하여, 생동감 자세로 표정 관리를 해야 하는 외부적 체면치레 따위는 찾아 볼 수 없이 그저 평범하다. 스스로 쌓아 올린 무거운 교양적 의무감을 벗어 던져버린 행실이 지극히 안정되어 보였다. 실내복으로 갈아입을 생각을 않는 무촌의 남편과 달리, 연한 루비 색 원피스 차림새로 굽힐 줄 모르고 꼿꼿했던 억양도 한층 풀고, 혼자 음식을 차리는 사례가 대표적이다.

유미정이 큰딸과 똑같이 1촌인 둘째 딸을 바라보는 시선은, 제 갈길 정하는 자리를 잡겠다는 안중보다 자기밖에 모르는-저 멋대로 들락날락 여행 가방이나 들고 다니는 방랑 기질의 불만이다. 주제에 삼 개월도 좋고 반년도 좋다면서 잊을 만한 시기에 불쑥 나타나는 딸은, 그때마다 더욱 성숙한 모습으로 돌아오곤 하였다. 그래서 늦깎이 학생신분을 벗는 시일이 한참이나 늦어지고 있는 형편이다.

"엄마의 과잉은 애틋한 사랑이 아니라 구속이야!"

보름 남짓 북유럽 이탈리아 여행에서 돌아온 둘째 딸에게서 들은 인사말이었다. 당시 엄마의 잔소리가 또 터져 나오면 이 말은 꼭 하리라 사전에 준비해둔 건지, 아니면 즉흥성 말이었는지, 그 속에 들어가 보질 않아 알 도리 없는 그 모진 한마디에 유미정은 무시당한 모멸감을 느꼈었다. 비위가 상해 속이 더부룩해진 유 여사는 얘는 이젠 품앗이 딸이 아니로구나, 라는 서운한 감정의 눈물까지 남몰래 찔끔 흘리기도 했었다. 다커 개성을 갖췄다는 이해보다는, 항상 어린 계집년이 엄마 품을 차버린다는 과민이 앞서졌다. 그래서 뼛속 깊이까지 얼어붙게 한 감정은, 남이나 다를 바 없다는-세대 먼 낯선 여자로 보게 되었다.

두세 번 부부동반으로 세계시장 중국여행을 해봤음에도, 남녀를 북남으로 갈라놓고, 남자는 힘의 골격이 크면서 기질이 억센 황하 이북남자를 첫손에 꼽지만, 남방여자는 양쯔강 이남여자의 미모를 최고로 인정한다는 딸의 여행담 설명을 어리둥절 먼 얘기로 들은 후에도 내 품에서 자란 아이가 아니라는 인식을 굳혔다.

갓 결혼한 새신랑의 돌연 투신으로 이른 과부로 전락한 큰딸의 경우는, 사무친 증오나 분노로도 지워버릴 수 없는 시간과 물질허비의 결과만을 낳고 말았다. 착하여 복 많은 딸이라

여겼는데, 무슨 잡귀신이 지랄 떨며 둘러붙은 건지-전도유망
한 사위를 죽음에까지 이르게 하였다. 사위를 맞은 행복을 잠
시만 만끽했을 뿐인 유미정은, 딸을 키운 자신의 전생의 삶을
돌아보면서 잘잘못이 무엇인지 자문으로 따져 들기도 했었
다. 결론에 다다른 나름의 해답은, 딸년이 남편을 사랑하지 않
았다는 것이었다. 어쨌거나 지난 일로 치부하기에는 뜨악하
면서 속이 영 편치 않았다.

빈 식기들이 치워진 식탁에 모과차가 올라왔다. 영숙이 준
비했다.

"생활이 답답하지 않니?"상석에 앉은 아버지가 눈길을 둔
큰딸에게 물었다. 신수가 환하다.

"잊는 게 쉽지 않을 뿐이에요."행숙은 속내를 숨기지 않았다.

아버지는 고개를 숙였고, 엄마 안색은 찌뿌듯 흐렸다. 두 인
상을 비견한다면, 아버지 편은 상황에 맞춰 살라는 뜻이고, 엄
마는 앞뒤 모를 태산의 걱정이었다.

"얘, 그러지 말고 우리랑 같이 살자!"엄마가 조급을 떨었다.

"아니! 아버지 말씀처럼 난 이미 가정을 따로 꾸려 독립한
출가외인인걸."자신의 의사를 분명하게 밝힌 행숙은 방긋 웃
었다. 소박데기가 아님을 강조하는 자존감이 짙다. 배후가 든
든하다는 자신감이 실린 어조였다.

"어머머, 너 우리와 연을 끊기로 한 거니?"

"그럴 리가……낳아 주시고 길러 주신 엄마아빠는 나의 영원한 부모님이신걸.

"그럼, 신랑이 곁에 붙어있어도 살아남긴 힘든 세상 어떻게 헤쳐 나갈 건데?"

"일이라도 다니지 그러니."아버지가 끼어들었다.

"안요. 이리 치이고 저리 치이는 직장생활은 하지 않겠어요."

"대책을 세워놓고 그런 소리 하는 거냐?"

"글을 쓰려고요."

"언니, 정말이야!"영숙이 손뼉으로 크게 반겼다.

"가만있어라. 아버지가 말씀하시잖니."

싸늘한 성깔을 내질러 말리는 엄마의 참견을 고깝게 받아들인 영숙이 한껏 늘린 입 꼬리를 비쭉거렸다.

"글……?"아버지는 단박에 어이없다는 반응을 드러냈다. 생활보장이 안 된다는 불만이었다. "언제 글을 써보기는 한 거냐?"

"불길 감을 떨쳐내는 데는 글 쓰는 일만큼 좋은 게 없다고 봐요. 그 도움을 주실 분도 계시고요."

"어떤 사람인데?"

"대학교수이면서 시인이셔요."행숙은 검은 두 눈썹을 끔뻑거렸다. 밝은 모습이 소곳하다. "결혼목적으로 사귀고 있기도 하고요."

행숙을 가운데 두고 침묵이 흐른다. 아버지 문재호는 무겁게 과묵해진 인상을 표출했고, 엄마 유미정은 호들갑에 가까운 들뜬 감정을 띄웠고, 영숙은 선망의 교수님을 형부로 두게 된다는 흥분이라 누구보다도 눈빛이 화사했다.

"결혼한 경험도 있어 책임감이 무엇인지 알 터이니 긴말이 필요 없겠구나."

"인사드리러 오시겠데요."

"아무렴 그래야지."

아버지 입가가 길게 늘어졌다. 흐뭇하다는 의미이다.

"하늘이 맺어준 인연이기를 바라마!"

제 4장

생명의 가치

　　　　　　　　　양기陽氣가 날로 뜨거워지는 초여
름의 농가 들판은, 온갖 식물들의 싱그러운 푸른 향기로 강한
생명이 감돌았다. 어디서든 웃자란 풀에 감기면서, 각양각색
의 꽃들은 벌과 나비를 불러들여 생성을 신날로 도움 받고 있
다. 수많은 재료가 뒤섞여 주체를 잃고 연결고리로 생산되며
버려지는 인구밀집의 도심-크고 작은 건물들이 온 땅을 뒤덮
고 있는 회색도심과는 비견할 수 없이 공기 질이 감회 넘치게
깨끗하면서, 시간무게도 올올하게 특별하다. 생활양식이 편
리하여 감수성이 둔해진 물질만능의 상업지대에서는 경험할
수 없는 자연의 영혼이 풍성하면서 덩달아 마음이 청결로 채
워진다.

　장소에 따라 느껴 보는 풍경은 달라지는 법이다. 농가주민
들은 잠깐 둘러보며 주변 풍경에 흠뻑 취하는 소풍객들이 풀
밭에 엎드려 사진을 찍으면서 색색의 들꽃을 꺾는 것처럼, 몸

이 그리 한가하지 못하다. 이슬이 햇살에 증발하기 이전인 새벽부터 일터에 매달리며 활기를 지핀다.

원예작물인 딸기는 하우스재배 식물이다. 수확이 한창일 때는 보다 큰 열매를 얻어내려 꽃의 개수를 제한하고, 익은 딸기 쉽게 따기 위해 곁줄기를 쳐내는 작업을 한다. 솎아내는 일의 자세는 선체이나, 잘 여문 빨간 딸기를 딸 시에는 허리를 깊숙이 숙여야 하므로 얼굴에 피가 몰리는 신체고통의 현상을 겪기도 한다.

25℃ 이하의 신선한 기후를 좋아하는 여러 햇살의 열매채소인 딸기는, 기온이 낮으면 성장이 더디다. 저 먼 몇 십 년 전까지만 해도 부직포를 깐 위로 난로에 열을 넣는다거나, 촛불 또는 전등을 밝혀 기온을 유지했었단 한다.

딸기는 토양에 대한 적응성이 넓어 토성을 가리지 않는다. 통기성과 보수성이 좋고 유기질이 풍부한 양토壤土나 질참흙에서 생육이 양호하다. 사질토에서는 초기생육이 좋으며 수확기도 빠르나, 초세가 빨리 쇠약해져서 수확 기간이 짧고 수확량도 적다.

산성토양에서 잘 자라는 성질을 가진 장미과薔薇科에 속하는 딸기의 일생은 런너(포복경 또는 포복지. 줄기의 일부)의 발생·포기의 발육·꽃눈의 형성·휴면·개화결실로 이어진다. 수명이 짧아 자주 갱신되며 관부에 생산 점이 있다.

딸기의 생육 적온은 주간17~20℃, 야간 10℃ 내외이며 내한성이 강하여 2~3℃ 정도의 저온에도 견디나 -7℃ 이하에서는 동해凍害를 맞는다.

1~5월이 제철인 딸기는 엄청난 노력을 쏟아 붓는다. 모종 정식은, 보통 8월 중순부터 9월 추석 전까지로 잡는다. 딸기의 성장기한은 보통 13개월에서 15개월로 잡는다. 수확 시기는 11월말부터 이듬해 6월까지 가능하다. 흰 꽃이 개화한 이후 생육성장은 환경조건에 맞춰 시차가 생기나, 여름온상재배는 냉방제습 관리가 중요하고, 겨울온상에서는 따뜻한 온도조절과 물 공급이 원활하면 실패확률이 낮은 편이다.

이와 같은 농업지식을 컴퓨터에 게재된 농수산물 백과사전을 들고 배운 성옥부부는 나라 밖 수출 목적으로 금년 초부터 실험 삼아 비닐하우스 세 동을 더 설치했다. 이전에 최신식 자동농법 시설을 알아봤다, 엄청난 경비지출에 잠정 접고 형편에 맞추어 흙 고랑 재래식 방법과 현대식을 반반씩 섞어 세웠다. 동생 성한이 양돈을 맡았기에 성옥부부는 마음 놓고 딸기재배에만 매달릴 수 있게 되었다.

성옥은 끊기는 것 같은 허리를 쭉 펴고 주먹손으로 허리 목을 두드린다. "막걸리 한 잔 들이켜려?"

"목이 컬컬하던 참인데 좋제."

남편 원세호는 윗몸까지 몽땅 드러낸 함박웃음으로 크게 반겼다. 햇볕과 바람에 검게 그을린 얼굴상, 뭉툭한 코끝에서부터 흘러나온 충청도 억양은 악의 없이 순박했다.

원세호는 민족상잔의 6·25전쟁 시 일등병계급장을 달고 전투병으로 활동했던 아버지의 세 자녀 중 장남이다. 장남이 농사꾼이 된 사연은, 맹호부대에 소속된 일원으로써 월남 전쟁에서 전사한 아버지를 대신하여 가족생계를 책임져야 했었기 때문이다. 한해 앞서 어머니가 먼저 돌아가셨다. 둘째는 상거가 먼 타지에서 전자회사에 다니고 있고, 결혼하여 두 아들을 둔 막내 여동생은, 수의대를 졸업한 남편의 동반자로 다쳤거나 병든 동물을 돌보는 일을 하고 있다.

아버지가 군에 공헌한 바가 있으면 그 자녀는 그 혜택을 직간접적으로 입기 마련이다. 세호는 아버지의 뒤를 따르겠다며 육군에 입대했다. 그러면서 그는 군 생활 삼 년이 지난 무렵부터 처음에 다진 용맹성이 날로 식어 내리는 자신을 발견하기에 이른다. 지루나 짜증스러운 권태가 아니었다. 애국심도 문제가 아니었다.

군인은 나라의 국토방위를 지키는 사명을 띠고 혹독한 체력훈련을 받으며 정신무장을 강화하는 가운데, 군 백서에 분명히 명시된 적국에 맞춘 실상의 무기를 다룬다. 집중은 자신의 생명보호와 더불어 언제 어디서 터질 줄 모르는 전쟁을 대비하는 차원이다. 그러므로 6·25전쟁 같은 참화의 그날이 이 땅에 다시금 밀어닥친다면, 적국 가슴을 겨냥하여 생존의 갈림인 방아쇠를 도리 없이 당겨야 한다. 나라를 지키며 내가 살기 위해 남의 생명을 빼앗는 행위이다. 그것이 군인에게 주어진 국가의 국토방위 의무이다. 그렇지만 언제부터 싹이 트였는지 알 수 없으나, 나는 나의 내가 되련다는 싸움을 벌이는 중이다. 내 몸속에서 흐르는 눈물부터 다스려야 한다.

모든 생명은 하나 같이 무게의 가치성을 지니고 있다. 경시되는 급의 생명체는 사실상 없다. 그러므로 나는 땅을 기는 땅 강아지부터 모든 생명을 아끼며 사랑한다. 태생부터 무신론자로 자랐기에 종교와는 무관하다. 그래서 군인정신에 반하는 아군이든 적군이든 똑같은 생명체인 사람은, 절대로 죽이고 싶지 않다는 평화주의 주창자이다. 그는 용단을 내려 자진 퇴역했다. 그리고는 모심는 일부터 농사를 배웠다.

6·25전쟁 휴전협정 7년 후에 태어난 세호는, 어른들의 말귀를 알아들을 만한 아홉 살에 군인정신이 강한 아버지께서 집에 계시는 어느 한 날에, 세 자녀를 불러 모아 비밀을 뱉어내며 들려준 전쟁이야기를 아직도 가슴 깊이 새겨두고 있다.

6·25전쟁 발발 해인 1950년 6·28일 한강이북의 서울이 불과 3일 만에 북한군에게 함락되었다. 국군은 한강 이남으로 철수를 시작했다. 밀고 들어오는 북한군의 기세로 미뤄 곧 수원까지 내놓아야 할 궁지에 몰렸다. 마침내 7월 4일 수원도 북한군

에게 점령당했다. 와중에 마포와 하중리 및 행주로 건넌 병력은, 대부분 경기도 시흥리로 집결하고 있었다. 수원농업시험장에 새로운 지휘소를 개설한 육군본부는, 김홍일소장을 전투사령부로 세워 일대 지휘를 맡겼다. 철수병력의 일원이었던 원세기는, 상부 명령에 따라 인민군과 맞서는 시흥전투에 참여했다. 훗날 부상자 속출로 임시 야전병원으로 탈바꿈되는 99칸 집 인근 읍내·탑동 그리고 순흥 안 씨 일가 묘역까지가 주 방어 전선이었다.

"너희들도 잘 알고 있는 것처럼 아버지는 본래 말주변이 미천하지 않니. 그러니 조금은 이해하고 그때 상황이 엇대었는지 지금부터 이야기를 시작할 터이니 귀담아 들어줬으며 고맙겠다."

"우리도 궁금해요. 어서 들려주세요."일곱 살 둘째인 세제가 아버지 다리를 흔들어대면서 보챘다.

"그래, 간단히 말해서 전쟁은 누가 더 많이 차지하느냐 경쟁을 벌이는 땅뺏기 싸움이지. 그 이야기는 너희들이 좀 더 큰 뒤에 들려주기로 하고 본 주제로 넘어갈까."

아버지는 잠시 입을 다물고 조용한 미소로 모처럼 단란하게 마주 앉은 세 자녀를 차례로 둘러봤다. 그러면서 혼자 노는 귀염둥이 다섯 살 딸아이를 안아 무릎에 앉혔다. 그때 단발머리에 흰 저고리 아래로 긴 검은색 치마를 입은 엄마가 밀가루부

침개 몇 장을 소쿠리에 담아 가져왔다. 아까부터 군침을 돌게 했던 참기름 냄새의 근원이 비로소 밝혀진 셈이다. 일가족이 둘러앉아 작은 종지 안 메주간장을 찍은 부침개를 저마다 찢어 입에 넣어 씹었다.

"아부지, 얘기 다 끝난 거 아니죠?"장남 세호가 입을 헤벌쭉 벌렸다.

"오 그래!"아버지는 입안의 부침개 조각을 마저 삼켰다. "전쟁은 말이다. 상대 사람을 반드시 죽여야만 하는 살생이기 때문에 참혹함을 보는 건 일상이란다. 우리 민족이 천년만년 영원토록 보존하며 살아가야 할 영토는, 우리의 용맹……우리의 목숨을 걸고서라도 반드시 지켜내야 한다면서 방어의 총을 든 사람이 아군이라면, 남의 땅을 넘어온 침략자는 적군이라 부르지. 세호, 너 총소리 들어봤지?"

"사격장에서 군인 아저씨들이 총 쏘는 연습할 때 들어봤어요. 탕탕탕 소리가 하도 커서 귀가 먹먹했어요."세호는 들어본 총소리를 꽤나 자랑스럽게 여겼다.

"그때는 말이다. 한 명의 적이라도 빨리 줄여야 했었기에 짧으면 이틀, 좀 길면 사나흘 연습 마치고 곧바로 총알이 피융피융 날아다니는 전투장에 배치됐거든. 총알장착이나 방아쇠 당기는 요령이 서툴러 잠깐의 재준비 사이 적군에 목숨을 내주고 만 동료병사들을 생각하면 눈물이 앞을 가린단다."

"아부진 사격연습 며칠이나 받으셨는데요?"

"아부지는 해방 삼년 해에 자원입대했기에 연습을 많이 한 편이지. 왜놈들이 우리나라 전 강토를 36년 동안 얼마나 황토로 망쳐났는지 대체 먹을 게 있어야지. 그래서 일찌감치 군대밥을 먹기로 한 거란다."

"그때 몇 살이셨는데요?"

"열다섯 살 소년병이었지. 그때는 나이와 상관없이 자원만 하면 누구든 군인이 될 수 있었거든."

"제가 그 나이 되려면 6년 밥 더 먹어야 하는데……"세호는 손가락을 하나둘 꼽아가면서 천진한 웃음을 절절 흘렸다. 어른의 눈으로는 소년의 짓궂은 장난기였다.

"자식, 그렇게 빨리 크고 싶니."

"네, 빨리 빨갱이 인민군들과 싸우고 싶어요."

"다음 이야기로 넘어갈까?"

"네!"

"…음…"아버지는 줄거리를 추리는지 생각에 잠긴 표정을 지어냈다.

"아까 얘기처럼 전쟁터 광경은 참혹 그 자체라 총상을 입은 병사들의 사방 곳곳의 신음으로 귀청이 조용한 날이 없을 뿐 아니라, 거리마다 팔과 다리상해를 입고 사지를 비틀 거나 절룩거리는 사람들로 북적거렸지. 두 눈 상실로 방향을 잃고 길

복판에서 의사에게로 안내해 줄 구원의 손길을 찾는 백발노파. 어디로인지 모르는 진격 중에 헤매는 생명을 목격한 즉시 기관총을 난사해 사살하는 인민군장교. 분노를 불러일으킨 금수禽獸(날짐승과 들짐승)만도 못한 야만 짓이 아닐 수 없어, 당장 모가지를 비틀어 죽이지 못한 게 지금도 쌍심지 한으로 남아있단다.

그밖에 총상부위를 치료받고 머리·팔 등에 흰 붕대를 칭칭 동여맨 비무장 민간인들. 한 곳에 쌓인 무더기 시신 더미들. 그 시신들을 장례절차 없이 우마차나 손수레에 짐짝처럼 마구 던져 싣고, 털썩털썩 제멋대로 뛰는 요동침을 장송곡葬送曲으로 들으며, 백산 공동묘지나 독산골 공동묘지로 향해 가는 장면. 피난길에 부모의 손길을 놓쳤거나, 그 부모와 핏줄 형제들을 한눈을 판 어느 순간에 감쪽같이 잃고만 빡빡머리 기생충 고아들이 생리적 배고픔을 견디지 못하고, 아무에게나 손 벌려 양식 따위를 구걸하는 참혹한 비참, 다리 밑 풀밭에 누여진 홀로의 갓난아기 기아棄兒, 산속이나 개천 변 여기저기에다 허름한 움막을 짓고 명아주나 나무껍질로 조 몇 줌 넣은 묽은 죽을 마른 가지 쏘시개 불길로 끓이는 몇몇 가족들, 망령귀신이 들어 알아듣지 못할 헛소리를 지르며 거리를 마냥 헤매는 사람들."

아버지는 여기서 북받친 가슴으로부터 우러러 치민 눈물로

양 눈가를 적셨다. 찢기고 갈린 주먹 쥔 손등으로 눈의 물기를
단번에 쓱 훔친 아버지는, 숙였던 구릿빛 얼굴을 쳐들고 딸을
품에 안고 있는 아내부터 세 자녀를 찬찬히 둘러봤다.

"재밌니?"말문을 다시 연 세기의 목청은 다소 침울 감에 잠
겨 있었다. 추억의 아림이었다.

"네, 더해 주세요."장남 세호의 야무진 답변에 엄마얼굴에
엷은 미소가 번졌다.

"오냐, 마저 들려주마."아버지는 마른 침을 목 속으로 삼켜
넘겼다. "그야말로 우리에게 봄이면 들판을 아름답게 수놓는
꽃을 피우고, 가을이면 우리 민족영혼의 혼불 인양 산하 전체
를 낙엽으로 붉게 태우는 우리의 삼천리강산에 다시는 같은
한 겨레의 동포가슴을 뻥 뚫는 비극의 피 전쟁은 일어나선 안
된다는 결의를 다지게 했지."

아버지는 시흥리 전투가 어느 정도 마무리되자, 전방부대로
소속을 옮겼다. 그러던 어느 날 휴가를 얻어 수많은 전우가 쓰
러져 숨진 시흥리를 근 8년 만에 다시 찾았다. 농촌사회 초가
풍경은 별다름 없이 옛 그대로인 가운데, 몇 가지 특이 변모가
확인됐다. 국가적으로 단기력이 서기력으로 전격 개력된데
이어 화폐개혁이 단행되었고, 지역적으로는 경기도 시흥리
동면에서 서울시로 편입되어 있었다. 옛 방직공장 자리였던
기차역 앞으로는 미군 도하부대가 들어앉아 있었으며, 거기

서 한참 먼 국도1호 해 뜨는 동편-생 개나리로 울타리를 두른 송동골 몇 채의 옛 대궐한옥은, 그새 전쟁고아들을 돌보는 보육원으로 바뀌어 있었다. 아버지는 며칠을 머물며 관심이 안 갈 수 없었던 보육원에 수시로 드나들면서, 원아들이 말할 적마다 많은 침방울을 내뱉는다 하여 물총 별명을 붙여준 제주도출신 총무로부터 소중한 비밀정보를 장시간 들었다. 그 이야기를 아버지는 월남파병 한 해 전에 자녀들에게 들려줬다.

  이름 없이 명숙이 엄마로만 불렸던 아줌마는, 작은 신장의 마른 체구는 가벼웠다. 함께 사는 둘째 딸의 이름이 수식되어서 흔히 불린 존재감이었다. 노파의 큰딸은 엄마와 떨어져서 객지생활을 하고 있었는데, 대학생 신분이었다. 교회 가는 일요일에 엄마와 친동생을 보려고, 이따금 코흘리개 6세 어린이부터 사회진출을 앞둔 17-18세까지 나이층이 다양한 전쟁고아들이 모여 사는 서울의 최 경계 발바닥 농촌마을 변두리에 소재해 있는 보육원을 찾곤 했다. 그때마다 느껴 본 인상은 학문을 닦는 후광의 학생이라, 교육수준이 아주 낮은 일반인들과는 달리 교양미가 돋보였다. 그 점이 실제적 미인은 아니나 미인으로 비친 한편으로 호감이 들었다. 단발파마에 동생 같은 원아들을 대할 적마다 편안한 웃음을 지어냈던 그녀의 이름은 유정숙이었다.

원아들과 일정한 거리를 두고 10개 시멘트 층계 중심 좌우의 양측 축대 위로 세워진 붉은 벽돌건물을 사무실강당 용도로 쓰는 좌측 한방에서 엄마와 함께 지내는 유명숙의 성격은, 쾌활한 만큼이나 개방성이 강한 성향의 열아홉 처녀였다. 사춘기로 접어들자 멋 부리는 외모치장 시간이 한결 길어진 가운데, 바람에 휘날리는 긴 머리카락은 활짝 펼친 부채꼴 모양처럼 상큼하게 부드러웠다.

그녀와 비교적 자주 어울리면서 몸 엉킨 장난을 곧잘 쳤던 원아는, 돌주먹에 성질이 까불까불한 김병호였다. 그렇지만 그보다 까까머리들에 아로새겨진 기억은, 유명숙의 양갈보 행각이었다. 건물 규모가 작은 시흥역 앞에 소재해 있는 58부대 미군장병들을 상대로 윤락행위를 벌였다는 추억이다.

당시 열아홉 살에 불과했던 유명숙의 주 외출시간은, 인물 식별이 불분명한 야간시간 대였다. 시흥동 내 어느 건물에서 한밤을 지새웠다, 통행금지 해제를 알리는 사이렌 직후에 개나리 울타리를 비집고 귀가하는 그녀의 몸에서는, 외제화장품 냄새가 신경을 자극했다. 양 눈썹이 검게 덧칠된 모습에 붉게 칠해진 입술 사이에서는 술 냄새가 내뿜어졌다.

그녀의 숨겨진 이중생활은 일 년여 간 지속되었다. 성姓팔이 장사를 눈치 챈 사내아이들은, 유명숙과 어울려 놀 때마다 철부지 특유의 언어로 양갈보라고 놀려댔다. 그러면 유명숙

은 동생들의 면면 성향에 맞추어서 굴밤 한 대로 머리를 쥐어
박거나, 좀 밉다 싶은 동생에게는 양비대담攘臂大談이라도 되
는 양 따귀를 붙이며 욕설놀림을 금지시켰다. 아이들의 급진
한 도발 행동은, 급기야 노랫말로 불리게 되었다. 누구의 작
사·작곡인지 지금까지도 수수께끼로 남아있는 노랫말 내용
은, 퇴폐성이 농후한 풍자였다. 이하 생략

두 딸의 엄마를 원아들은, 처음에는 까치라는 별명으로 불
렀다. 수많은 전쟁고아들의 여러 종별의 놀이를 어디선가에
서 은밀히 지켜본 후 김영자 원장에게 고자질해서 매 맞게 하
는 얄미운 원성에서 붙여진 별명이다. 잔소리도 꽤나 심했넌
만큼이나 간섭도 잦았다. 아이들의 나쁜 버릇들을 꾸짖는 어
른의 훈계가 아니라, 누구는 말을 안 들어 먹으니 쫓아내야 한
다는 극언도 서슴지 않을 정도로 아이들과의 관계는 원만하지
못하고 내내 불편했다. 실제로 명숙엄마의 상부 보고로 한 아
이는, 도둑 누명을 쓰고 종아리 열대와 하루를 굶는 벌을 받았
고, 선배 한 사람은 어느 날 갑자기 농부에게 팔려가는 사례가
발생하기도 했었다.

미군58부대로 출퇴근하는 한국인 노무자들을 관리하는 상
급 일을 보면서 국회의원 후보로 출마했다 낙선의 쓴맛 때문
인지, 삼십 대 젊은 나이에 초등생 삼학년인 외아들을 남겨놓
고, 꼭두새벽에 갑자기 피토를 쏟아내면서 요절한 남편의 위

치에 앉은 김영자 원장이 명숙엄마에게 전적으로 맡긴 일은 쌀 창고지기였다. 쌀 창고는 동향인 붉은 벽돌 강단 뒤편에 있었는데, 두 모녀의 방벽 면과 하나로 맞붙어 있었다. 그 기와지붕 건물 뒤편으로는 돌담 위로 한옥 기와가 길게 얹어진 뒷동산이다.

몸집이 드럼통처럼 뚱뚱한 전주아줌마가, 정신연령이 낮으면서 입술 한쪽이 비 정상하게 비뚤어진 데다, 코 막힌 목청의 발음이 부정확한 이정옥 계집에게 양은양동이-고무양동이두 개를 맡기고 마당우물을 거쳐 좌측은 잔디밭, 우측 가편으로 또 다른 축대와 이어진 7개의 돌계단을 오르자, 해마다 많은 열매를 맺는 감나무 몇 그루가 텃세를 부리며 군림하는 작은 마당에서 시간 맞춰 서성거리며 기다렸던 명숙엄마가 습관성 팔짱을 풀고 앞장을 선다. 손아귀에 꼭 움켜쥔 열쇠꾸러미에서 하나를 골라 몸통이 퉁퉁한, 일명 맹꽁이 자물통 밑구멍에 맞춰 끼면서 좌측으로 비틀었다. 쇳덩이 자물통이 거둬지고 파란페인트 색상의 목재 문이 바깥으로 활짝 열렸다.

하루 두 차례만 열리는 쌀 창고 안은, 바깥 햇살이 들면서 훤하게 드러났다. 공기를 순환하는 창문 하나 없이 꼭 갇혀 배인 매캐한 양곡냄새가 몰씬 맡아졌다. 흰 벽면으로 누여서 차곡차곡 쌓여있는 것은 보리와 쌀가마였다. 또한 강냉이 죽 재료인 옥수수가루 몇 포와 수제비용 밀가루 포대도 따로 보였다. 밀가루포대 한 면에 '미국국민이 기증한 것, 팔거나 바꾸지 말 것'라는 큰 문구가 선명하게 새겨져 있었다. 그 한복판 바닥 위로 새끼줄 벗겨 개봉한 두 가마가 각자로 따로 놓여있는데, 보리와 쌀가마였다.

명숙엄마의 혼자 중얼거림을 한 귀로 흘려들으면서 전주아줌마는, 먼저 그 안의 전용 양은그릇으로 보리를 퍼 고무양동이에 옮겨 담았다. 그다음으로 자세 방향을 돌린 상체를 거의 선체였던 앞전보다 깊이 낮춰 바닥 면 흰 쌀을 떠 양은양동이를 채웠다. 흰 쌀에 비해 보리 양이 7대3으로 많다.

명숙엄마는 때 아닌 한밤중에 쌀 창고 문을 여는 경우가 간혹 있다. 말을 극도로 아끼면서 어디선가에 숨어서 지켜보고 있을지 모를 복병의 염탐 눈총에 긴장을 높여 심신을 사리는 의문의 외부인이 찾아오는 날에 한해서이다. 작은 신장의 몸매가 호리호리하게 마른 남자의 눈매는 경계심이 높다. 전쟁에 능한 특수부대 요원처럼 치고 빠지는 동작이 매우 날렵할 뿐 아니라, 일 처리도 깔끔하다. 정체불명의 이방인은 대체로 한 달에 한 번꼴로 찾아왔다. 그 이방인이 오는 날이면 명숙엄마의 좌우 살피는 겹눈 질 거리는 한층 더 예민하게 분주해진다.

한밤 때인 어두운 색상과 맞춰 입은 검은 복장의 이방인은, 지켜보고 있던 노파가 손짓해 부르자 감나무 뒤편에서 얼른 뛰쳐나와 곧바로 쌀 창고 문턱을 한 걸음에 넘어 안으로 숨어

들었다. 작은 기척에도 깜짝 놀랄 정도로 의식고조를 한층 높여 세운 명숙엄마가 출입문을 조용히 닫았다.

위치를 확인하려 두세 차례 밝힌 성냥불에 순간 비친 이방인의 안색은 차갑게 창백했다. 이방인은 성냥불이 남긴 유황 냄새와 곡물 냄새가 뒤섞여서 공기로 떠도는 어둠 안에서 서둘러 밀가루자루 아귀를 최대한 크게 벌렸다. 자루 안으로 명숙엄마가 퍼 옮기는 쌀과 보리가 뒤섞여서 담아졌다. 아무것도 보이지 않는다. 문 틈새를 통해 바깥으로 불빛이 샐 것을 염려하여 성냥불은 더는 켤 수 없다. 이방인은 칠흑 속에서 자루를 들어 올리며 무게를 가늠한다.

"아내 동무, 힘이 감당할 수 있을 양이니 그만 합세다."

이윽고 침묵을 깬 이방인의 입매 억양은, 가늘면서 굵직했다. 또한 일변하게 단호했다. 그는 아귀를 바싹 비틀어 움켜쥔 자루를 등에 짊어졌다. 그 사이 명숙엄마는 열어둔 문짝을 잡고 옆으로 물러서 있었다. 이방인이 먼저 쌀 창고를 나섰다. 뒤를 따른 명숙엄마가 문을 닫고 자물통을 걸어 잠갔다.

명숙엄마는 짐 무게로 상체를 구부정히 숙인 이방인을 앞질러 닫아두기만 한 담장 쪽문을 살그머니 열었다. 그 바깥으로는 보육원에서 경작하는 호박밭이 있다. 그러므로 평소에는 자물통을 채워둔다. 출입문 높이는 낮기에 어른은 반드시 머리를 숙여야 한다. 이방인은 북한용 워커 발을 아래로 조심스럽게 내려디뎠다. 그리고는 뒤도 안 돌아보고 이슬기운이 촉촉한-상거가 아득히 먼 하늘 별빛들의 안내를 받으며, 호박밭 샛길을 한달음에 빠져나갔다. 백산 깊은 숲에서 은신하고 있는 몇몇 동료들을 그리면서…….

까치아줌마가 기와지붕 식당 앞 상급생 남자아이들의 방을 몰래 침입하는 때는, 아이들 모두가 학교에 간 한낮 무렵이다. 단체신발장을 벽면으로 붙인 현관에 의해 길이가 짧아진 작은 방과 반벽을 치고 나누어진 큰방에는, 긴 마루방이 하나 더 달려있다. 소위 비밀 방이라고 불리는 길쭉 모양의 마루방이다. 양방 아이들이 밤마다 덮고 자는 많은 양의 이부자리와 그들의 교과서든 손가방 외에 개인들의 소소한 물품들이 보관되어 있다.

외의 물건으로는 하꼬짝(나무상자)몇 개가 있다. 주먹의 힘으로 작게는 한 명, 많게는 네 명까지 소위 마실 물 떠와라-세숫물 준비하라 등의 하방으로 부리는 부하를 둔 몇몇 대장의 소유물이다. 그 안에는 대장의 일방적 폭력이 두려워 그의 지시에 따르는 부하들이 학교출석을 빼먹고 동네를 누비며 하루 적량으로 받친 구리 따위의 잡다한 고철과, 그렇게 돌아다니면서 부수입으로 몰래 챙겨 넣은 시계·반지 따위의 귀금속품들이 함께 들어있는데, 명숙엄마는 그 상자들을 뒤져 그 물건들을 훔쳐 가곤 하였다.

학교에서 막 돌아온 한 대장은, 누군가가 제 상자를 뒤진 흔적을 발견했다. 뚜껑이 반 정도 열려있었던 것이다. 그는 즉각 쌍심지 켠 핏대를 세우며, 한방 후배들과 옆방 후배들을 상자 앞으로 불러 모아 앉혀놓고 누구의 짓인지 자백하라는 윽박을 질렀다. 양 무릎을 꿇은 사지를 저마다 바싹 조아린 후배들은, 서로를 눈치거리며 대장의 돌 주먹질이 자신에게 날아들지 않기를 바랐다.

아무도 손을 들지 않자 대장은, 미리 준비해둔 나무곤봉을 집어 들었다. 체조용구로 쓰이는 둥근 곤봉의 일격은, 일 년 후배이며, 직속 부하인 이헌국의 삭발 정수리에 된통 떨어졌다. 의심 대상 1호였기에 무작정 가격부터 내린 것이었다. 터진 두피 사이로 붉은 피가 줄줄 흘렀다. 제법 많은 양이었다. 급히 이동한 강당에서 응급치료를 받았다.

나중에 명숙엄마의 소행이었음을 알게 된 대장은 대비를 서둘렀다. 방과 후에 들른 잡화상에서 제일 먼저 가격을 알아둔 자물쇠 부속물에 맞는 고리 하나와, 그 양편 작은 구멍에 박을 두 개의 못을 사서 자신 외에 아무도 열지 못하도록 완전히 봉쇄했다. 까치아줌마의 별칭은 그날로 간사한 도둑년이라는 뜻이 담긴 야지로 전격 바뀌었다.

두피가 훤히 들여다보이는 숱 적은 머리 뒤편으로 색상이 일부 벗겨진 그 양의 부위만큼 누리끼리 빛깔이 드러나 있는 은비녀를 항시 꽂고 다니는 야지아줌마는, 주변을 이리저리 염탐 하는 눈치를 습관처럼 굴렸다. 늘 무언가의 물증을 잡아 채려는 분주한 눈매는 생선이나 튀는 쥐를 노리는 고양이의 야광 눈빛과도 닮았다.

원아들은 둘러앉아 누구한테서 들기만 한 망우리 공동묘지 도깨비불 이야기를 멋대로 상상으로 지어냈거나 살을 붙이며 나누고 있었다. 몇몇 아이들은 한밤중에 무덤 사이를 누비고 다니는 요물은, 긴 머리카락 풀어헤친 처녀 귀신이다-소름 돋게 하는 말이 이야기꾼 입에서 내뱉어지자, 하얗게 죽은 백짓장 얼굴의 괴성을 지르며 그만하라고 머리부터 이불을 뒤집어 썼다. 공포의 소름에 운동장을 가로질러야 하는 저 먼 변소 가는 일은 엄두가 나질 않아 했다. 그렇지 않아도 촉수 낮은 붉은 전등 하나 만이 출입구 위편에 매달려있을 뿐인 변소환경 은 캄캄한 어둠에 둘러싸여 있다. 용변을 보다 떠다닐 도깨비불에 분명 잡아먹히겠다는 겁을 집어먹은 것이었다.

그중 한 아이가 더는 참을 수 없게 된 오줌을 싸고 오겠다며 방을 나갔다. 그렇지만 그 아이는 변소에 가다 말고 혼비백산 채로 헐레벌떡 되돌아왔다. 바지에 오줌을 지린 채로 동료들 속으로 급히 파고들었다. 놀란 가슴을 어느 정도 가라앉힌 아이가 뒤집어썼던 이불을 거두고 작은 얼굴을 내밀었다.

"흰옷을 입은 작은 사람이 등나무 뒤편에서 불쑥 나타났어.

거 왜 전에 우리 모두 열 꼬리 달린 여우이야기 들은 적 있었
잖아. 꼭 그 여우와 똑같아 어찌나 놀랬는지 바지에 오줌을 쌌
지 뭐야."

어린 원아들을 유혹하여 인민군 훈련받을 미지의 장소로 소
개한다는 명숙엄마의 말은 간접적으로 듣기 들었다. 그러나
우물 안 개구리도 우물 안 분수를 지키듯이, 평범한 거죽 일상
의 겉보기와는 딴판 하게 워낙에 조심스러운 정탐꾼 요물이라
결정적 물증을 잡지는 못하였다.

명숙엄마가 외곽에서 아이들의 동정을 눈여겨보는 의무를
수행했다면, 원아들의 옷을 갈아입히며 위생 상태를 점검했
던 김귀옥은, 아이들과 호흡을 직접 교환했던 보모였다. 신장
이 왜소하게 작으면서, 잘록한 허리에 늘 착용하고 있는 살죽
경(안경)안색 빛이 대체로 어두운 그녀는, 생각이 많은 고독한
인상을 지니고 있었다. 말수가 적은 가운데, 지적인 면이 정도
껏 서려 있었다. 그 힘의 작용 때문인지 내면 깊이로 항상 무
언가를 숨겨둔 인상을 풍겼다. 한옥 안방 툇마루에 길게 엎드
려 내리쬐는 햇볕 아래에서 학교숙제를 하고 있는 한 남자아
이에게 "눈 나빠진다."라는 주의를 환기했었다는 그녀는, 명
숙엄마와의 얘기 시에는 보육원 내부 일이 아닌 북한공산당의
극비정보를 알려주는 지령형식이었다. 말하자면 명숙엄마는
김귀옥을 통해 북한공산주의 간첩 노릇을 한 것이다.

김귀옥은 혼자 방 한 칸을 쓰고 있었다. 그녀는 제 방에서 이불을 푹 뒤집어쓴 채로 라디오 주파수를 맞춰둔 북한방송을 듣곤 했다. 어느 한 날 밤. 사복 차림의 여러 명이 보육원을 급습했다. 그리고는 불빛 없는 어두운 방 안에서 한 이불을 뒤집어쓰고 북한의 선전방송을 함께 듣고 있는 두 여자를 긴급히 체포해 머리채를 잡고 어디론 지로 끌고 갔다. 그들은 통금시간 이용이 언제든 가능한 군 정보원들이었다.

제 5장

두 교수

두
교
수

　　　　　　　모르는 일에는 짐작조차 가지 않는
게 당연하다. 게다가 개인 간의 친분이 없다면, 그에게 향해지
는 관심은 낮거나 없을 수도 있다. 전체 교수회의 시에만 먼발
치서 간혹 보는 김고환 교수를 두고 하는 말이다. 그가 한 달
전부터 정치계는 물론이고, 사회전반의 큰 인물로 부상되었
다. 처음엔 전후 사정을 잘 몰라 그런가 보다 했었다. 그렇지
만 수많은 국내 모든 언론매체에서 연일 경쟁을 벌이며 특종
으로 보도하는 내용의 강도가 날로 심상치 않자, 한 교직원으
로 근무하는 그 교수의 이름 석 자에 새삼 이목이 쏠리게 되었
다. 그 당사자는 알고 있는지 모르겠으나, 지나친 명성에는 자
멸하는 큰 위험을 안고 있는 법이다.

　내가 본 바와 별반 다르지 않게 동료교수들의 주고받는 속
삭임처럼 그는 법학교수로서 자질은 충분히 갖춘 초 절정 고
수에 가까운 법학자이다. 그렇지만 개인을 놓고 볼 때 인간적

　　　　　　삶의 숨결

호감이 식는 면은 없지 않아 있다. 대표적 사례가 가슴 온도를 나타내는-낙엽을 쓸어가는 가을바람의 차가운 인상이다. 예리한 두 눈매에서 내뿜는 광채는 섬뜩하고, 예민한 후각은 제 방권 구린내도 용납하지 않는 핏대의 신경질을 곧잘 부린다. 평등을 가장해 창의를 말살하는 북한사회주의에 기반 둔, 남한사회주의 노동자연맹에서 활동한 경력이 있는 그 인물이 과거 SNS에 올린-거의 보수층을 겨냥한 단편 글들은 물론이고, 최근에 띄운 몇 편의 짧막한 글까지도 낱낱이 집중조명을 받으며 상승도를 타고 있다. 그 글들대로 역공을 맞고 있기도 하다.

찬반논쟁의 반향이 예상 밖으로 길어지고 있다. 그 한편으로는 석사논문 표절 건도 동시에 뜨고 있고, 모든 국민이 지키는 기본적인 법조차 우습게 보는 안하무인의 일개 지식인이, 저 잘난 진골骨眞 배후의 힘을 과잉으로 너무 낭비한다는 우려의 목소리도 섞여 있다. 대체로 나라가 엉망진창으로 뒤집히는 것을 즐긴다는 부정론이다.

이 나라의 현 지배는 386운동권 사람들이 쥐고 있다. 민주건달인 그들은 자유민주주의를 브르주아 사상이라고 경원시하는 민중민주의의 추종자들이다. 이 좌파 파시즘(left fascism) 무리들의 깡패 같은 막무가내는 다원성을 인정하지 않고, 우리 편이 아니면 무조건 사냥감으로 물어뜯는 하이에나 패거리들이다. 한번 주입된 신념을 확고한 지위로 믿고, 진리로 포장하여 누가 더 과격한 성향으로 밀어붙이는가에 몰두되어 있는-국체國體를 움켜쥐고 있는 그들은 진영에 갇힌 무리들이다. 새로운 미래를 여는 답을 찾기보다, 의회·검찰·언론장악을 넘어 민심의 동향과 동떨어진 이념의 정正을 내세워 틀어쥔 권력의 연장만을 꿈꾸고 있다. 사자가 제 몸을 갉아 먹는 '사자신중충'이 아닐 수 없다.

그런데도 그는 기고만장의 정면 돌파로 수많은 대중들과 맞서고 있다. 배후에서 후원 성격으로 밀어 올리는 최상층 권력자가 있기 때문이다.

항간에서는 권력자의 부인이 담력이 약해 저로서의 국가운영에 대한 철학이 곤핍하기에 밥줄 이을 속셈으로 충성을 위장한 간신배들의 듣기 좋은 아첨 말에 놀아난다는 좌파 우두머리 남편에게 입김을 불어 넣어 조작을 부린다는 설도 나오고 있다. 근거가 전혀 없는 것이 아니다. 국민적 부정론(촛불행진)이 거세진 시류기에 운 좋게 호기를 정녕 잡은 그는 웃음이 헤픈 만큼 행실에도 위엄이 없을 뿐만 아니라, 본 치아가 아닌 끼어 맞춘 인공치아 사이로 내뱉는 말 역시도 새므로 발음이 정확하지 않아 때로는 맥락을 놓칠 때도 있다.

이에 촛불혁명의 정통성을 완강하게 부정하는 어떤 골수파 인물은 이러한 지론을 내놓고 있다.

'뼛골 마디마디까지 사회주의에 물들어 있고-민주주의로 국토방위를 굳건히 하여 공산주의-마르크스주의의 체계를 다진 북한의 공작으로부터 침략을 막아야한다고 외치는 보수진영의 어떤 말이든-반대에 반대-비판에 비판의 날만을 가는 좌파들은, 저희와는 전혀 연관이 없는-저희끼리 둘러앉아 조작으로 짜 맞춘 그럴싸한 입담으로 광화문 군중에 끼여 들어-미디어 적극 활용으로 국민적 흥분을 선동한 그 자화자찬을 한껏 띄우는 권력자들은-자국민 살림보다 대한민국의 또 한축-삼팔선 저편 국가-일인 독재로 인민들의 운명을 좌지우지로 통제하는-장차 국제법정에 서게 될-아들 뻘 그 젊은 권력자와만 만나기를 학수고대하는 좌파 우두머리는 정직함을 읽어낼 수 없는-평화를 위장한 파괴의 왕 사탄'이라고 대놓고 조롱거리기도 한다. 사탄은 마귀·귀신의 우두머리이다.

개성이 결핍된 사람의 본보기는, 남의 비위는 잘 맞춰준다는 면이다. 한마디 말도 대중의 뉴스거리가 되는 최상의 직위에 비해 얕아도 너무 얄팍한 국가운영 방향 제시를, 나랏돈 월급으로 앉힌 각 분야의 전문 경력자들에게서 듣고 고개를 끄떡거리는 타성 한 의존의 모습이다. 주관적 운영철학이 아닌 실무진들이 써준 원고 그대로를 나라 기념행사 때마다 읽는 이면으로 사회주의 국가와 손잡을 기회만을 노리는-이렇게 민주주의 기반이 모래성처럼 취약하게 흔들리는 처지이니, 국가장래가 걱정스러워지는 건 당연지사이다.

포장의 위장이든 위선이든, 시간이 흐르며 그 면면들은 자연 속속 드러나기 마련이다. 국민적 피로감이라 할까-? 그의 위상이 날로 쇠퇴해져 가는 모양새다. 이 도도한 흐름의 판세를 깨달은 그는, 거의 이년간 내외부경비가 이중삼중으로 철통 한 경내에서 한 분야 참모비서관으로 한솥밥을 먹여본 그가, 남달리 자신의 의중을 정확히 꿰뚫고 또한 적대자들을 대상으로 강도 높은 신랄한 비난을 퍼부었던 대가로 그 반박의 화살을 온몸으로 맞아가면서 정책을 발굴해 내는 탁월한 추진력에 감명을 받았다.

그는 정례적인 여름휴가를 반납하면서까지 국민에게 국내외를 넘나들며 일을 열심히 한다는 면모를 거의 날마다 각 미디어 매체로 내려 보낸다. 그렇지만 국민의 세금으로 그토록 발품을 팔아서 뿌린 씨앗의 열매는 도리어 싸늘한 무언의 경시로 돌아오고 있다. 몇 차례 만난 친분으로 가장 공들였던 북녘의 젊은 지도자로부터 '삶은 소대가리'라는 비웃음거리로 깔아뭉개지는 노골적 천시는-뚜렷한 전략도 없이 그편의 비위에만 굽실 맞추려는 졸부 근성에서 비롯됐다. 경제 대국인 대한민국의 굴욕적 망신이 아닐 수 없다. 이 때문에 강한 비판을 받고 있는 그는 비겁하게 숨어든 침묵 속에서-권좌의 운명은 바람 앞에 촛불임을 간을 졸이며 주시하며 있다.

온갖 날조의 부정으로 정권을 날치기한 그는 이미 정통성을 잃었다. 이 때문에 그는 선출직 임기날짜를 채우지 못하고 국회탄핵으로 권력을 빼앗긴 전임 정부의 윤회輪廻(환생)가 만일 자신에게 현실로 밀어닥치게 된다면, 현재 누리고 있는 모든 지휘권의 영달을 한꺼번에 잃게 된다는 것을 남몰래 숨죽이며 두려워하고 있다. 독침이 강한 말벌은 검은색을 무조건 천적으로 여기며 달려든다.

그 이후 이것저것의 죄목이 껌처럼 붙고 붙으면서, 교도소 내 독방에서 국민적 재판을 기다리며 여생을 보내야 하는 비운의 처지로 내몰릴 수도 있다. 그래서 그는 자신의 그 후환을 차후에 덮어주며 방패막이로 보호해 줄-그 복안의 잠정 후계자로-김고환 교수를 찍어 키우려 준비하고 있는 걸로 알고 있다. 진영 간에 극심한 이념논쟁으로 나라 전체의 분위기는 대체로 편치 않게 찌뿌듯하다. 간혹 사이사이로 희뿌연 햇살이 드러나곤 하는 일기이다.

하얗게 시든 겨울 잔디밭이 영상으로 흐른다. 사물의 양상이 조금씩 어긋나진다는 느낌의 시초는, 그 무렵이었다. 목소리 톤의 높낮이가 안전하지 않고, 뭔가 뒤틀린다는 안개 속 영감 같은 느낌이 좀체 털어지지 않는다.

신분에 맞지 않는 물욕투자(사모펀드)를 감추려 여우재주의 변죽과 일가족의 불공정한 일탈로 이미 만신창이가 된 김고환 교수를 계속 건사로 품고 있는 한, 그의 권력의 수명은 한층 더 빨라질 수 있다. 말하자면 땅이 꺼지는 큰 폭발음의 시일이 앞당겨서 터져 그 범위 내 모두가 산화의 산산조각으로 찢어지게 된다는 것이다. 프랑스혁명 때 단두대에 선 루이 16세는, 사형에 환호하는 군중들을 둘러보며 이렇게 말했다. '짐의 국민은 어디 있나?'

김 교수는 각종 특혜·탈법 등 죄과 수가 헤아릴 수 없이 많아 나열이 어려운 비 상식한 일을 저질렀다. 그 분노가 하늘을 찌르고 있다. 그는 비 정직으로 교육자 양심을 쑥대밭으로 망쳐놓은 장본인이다. 미꾸라지 한 마리가 개울을 흐리게 하듯이, 그는 교수 전체에게도 흙탕물을 끼얹었다. 겉모습과 전혀 다른 이런 파렴치한 야망을 키울 기회가 주어지면 그걸 놓치지 않으려는 몸부림이 필사적으로 거세다. 시국선언을 해야 할 판이다. 실상 그 분위기가 조성되며 있다.

그렇지만 돌아가는 현 시국정세로 눈을 돌려본다면 안타깝게도 보수 진영의 힘은 모래알갱이처럼 갈기갈기 흩어져 있다는 점이다. 도토리 키 재기식의 올망졸망한 단체나 반정부 투쟁본부는 존재하나, 대망을 펼칠 중심인물이 없다는 각자도생 처지이다. 뒷골목 싸움판만을 일삼는 저잣거리에 지나지 않다. 역량 강화로 체질을 바꿀 변화의 개혁을 내심 두려워하는 가운데, 반공과 보릿고개를 넘은 옛 산업화만을 그려보는 그 속성을 자세히 들여다보면 배부른 저희끼리, 그때는 우리 세상이었지-울타리를 두르고 외풍을 막는다는 속 좁은 소인배이다. 그러면서 날개를 치며 고기 냄새를 쫓아다니는 파리 떼들의 눈치는 왜 그리 바라보며 불러드리는지-꼭 로마황제 네로가 로마 시가 붉은 화마에 활활 타고 있는 광경을 자신의 졸작 시를 읊으며 구경하는 장면을 연상케 하는 영상이 아닐 수 없다.

그들에게서는 날로 판을 넓혀가는 빨갱이 세력들을 몰아낸 후 나라를 자유민주주의의 모든 기반인 안정으로 이끌겠다는 사명 적 의지가 희박하거나 안 보인다. 세계와 어깨를 겨루겠다는 거창은 입에 발린 정치적 수사일 뿐이고, 힘의 자립을 키워 국가 확장인 남북통일에 매진하겠다는 굳건한 자존감은 상실되어 있다.

철학과 교수 김형배는 이런 사색의 몰두로 오후 시간을 다 보냈다. 입맛이 씁쓸해진 그는 술을 떠올렸다. 그는 최근 가르치는 과목을 봄 학기 시작과 더불어 사회학과로 옮긴 우성일 교수에게 전화를 넣었다. 전화를 받은 우 교수도 때마침 퇴근 준비를 하고 있었다.

"술 마시자……?"성일은 입안의 혀를 우물쭈물 돌렸다. "축하연을 열라는 때라면 좋아, 어디서 만날까?"

"글쎄, 학교 인근을 벗어난 교외가 어떨까? 광릉수목원 가는 길목에 근사한 식당 있던데……."

"나는 모르니 주소나 상명을 알려주면 내비게이션 안내를 받을게."

"오케이, 거기서 보자고!"

성일은 선화로 아내 현숙에게 귀가가 늦을 수 있다는 것을 보고하고, 차량시동을 걸면서 안전띠를 몸에 둘렀다. 부부 합의로 이름을 우현일로 지은 아들의 첫돌이 여왕의 계절인 오월이었다. 젖먹이 아들을 품에서 잠시도 떼어놓지 못하는 아내가 보고 싶다. 그렇지만 날로 죽이 맞아가는 김형배 교수의 청을 거절할 수는 없었다. 집으로 초대할까 생각도 했었으나, 아내의 수고를 덜어주려 외식을 수락한 것이다.

아내는 신혼 초부터 아낌없는 희생을 썼다. 예정대로 국문학과 폐강 시일에 맞추어 기본적인 지식 위에서 새로운 도전을 건 공부에 헌신적인 뒷바라지로 남편사랑을 보였다. 그 덕분에 해당 시험에 무난히 합격할 수 있었고, 사회학과 배정도 받아 벌써 이 학기과정을 맞이했다. 그 기간에 아내는 첫 아이를 출산했고, 처가식구들도 축하 목적으로 방문을 했었다. 당일에 제집으로 돌아간 장인과 달리 장모와 처제는 일주일 동안 머물면서, 산모의 몸조리와 갓난아기를 돌봐줬다. 다행히 아내에게서는 여성에게서 가장 두려운 공포인 출산 전후의 부정출혈(하혈)같은 이상 증세는 없었다. 그 후 새로운 공부로 미뤘던 경첩의 축하연을 새 학기 전날에 처가식구들과 열었다.

주말을 앞둔 초가을 금요일 늦은 오후는, 희귀식물이라 각별한 보호를 받는 덕유산 요강 꽃 구경나왔을 리 만무한 상춘객들로 활력이 넘쳤다. 덩달아 광릉수목원 일대도, 수많은 차량과 인파들로 어지럽게 혼잡했다. 무질서가 판을 쳤다. 광릉수목원 입구를 벗어나기까지 상당한 시간이 소요됐다. 일 미터 간격의 한옥 처마마다 여러 개의 청사초롱을 매달아 놓은 중형 크기의 식당 역시도 나들이객들로 붐볐다. 그렇지만 10분가량 앞서 도착한 김형배 교수 덕분에 자리 걱정은 덜게 되었다.

"날아왔나? 왜 이리 빨리 왔어." 성일은 김 교수 맞은편 식탁의자에 앉으면서 인사조 어감을 썼다.

"혼잡을 예상하고 전철과 지하철을 바꿔 타면서 왔지." 형배는 앉은 자세로 팔을 쭉 뻗어 내밀면서 싱긋 웃었다. 염세한 철학자의 근엄성과는 거리 멀게 김 교수의 말투에는 풋기운이 뒤섞여 있었다.

"난 그런 줄도 모르고 내 차를 고집했으니 그 고생의 보람도 없이 늦었군."

"시간 잘 지키는 우 교수로서는 그 반성의 후회는 정당하지."

철학적 논리를 머릿속에 항상 겸비해두고 있는 형배는, 이번에도 뻣뻣한 뭉텅이 무장을 해제한 평범한 말로 우애가 깊어가는 동료교수를 달랬다.

"시장하구먼. 식사부터 할까. 어때? 등심구이에 곁들인 소주 한 잔!"

"술은 빼고 김 교수 맘대로 주문하서."

오 년 전부터 우정의 싹을 키워 지금까지 사적으로 만난 횟수가 아마 스무 번은 될 성싶은 김 교수의 안색은 야외 환경 탓인지 시종 밝다. 그 얼굴을 식탁 위로 세운 팔꿈치 두 손으로 턱을 받치고 건네 보는 성일은 이 친구 또 정치얘기 꺼내겠구나, 일단의 전제를 달고 생각정리를 마쳤다. 성일 역시도 안정감 때문에 신체기능을 푸석하게 풀어놓았다.

출입문 바깥에서 기다리는 젊은 쌍쌍의 손님들로 자리 점령은 짧을수록 좋을 성싶은 실내 분위기다. 뜨겁게 피는 파란 숯불 위로 철판이 얹어졌다. 한우 등심에서 뚝뚝 떨어지는 기름 줄기가 숯불의 자자란 불티를 일으켰다.

"개시 강의 재미 좋은가?"형배가 농담을 섞어 이분 여간 이어진 침묵을 깼다.

"직업군은 항상 그 발판을 딛고 있지 않은가."

"그래서 흰머리 수 느는 긴장 따위는 하지 않는다. 그 뜻이렷다."

"그 말이지."

"시 쓰는 것은 어쩌려고……?"형배는 음식 씹는 입으로 대화거리를 이었다. 사전준비가 아니라 즉흥적으로 꺼낸 것 같다. 본격적인 주제로 들어가기 전 단계의 말문을 트려는 의도로 풀이된다.

"내가 우 교수와 가까워진 이유도 찢고 깁고 잘라내며 창작해낸 지식을 작품으로 내놓는 지향 사고는 다르나, 글 쓰는 업무는 같기 때문이지 않은가."

"전공을 바꾼 이후로 글은 쓰지 않고 있네. 대신 집사람이 대를 이어받겠다며 시 공부를 시작했다네."

"그럼 앞으로 나의 대화 상대는 집사람이 되겠군."

"나의 동의하에서만."

"왜 그래야 하지?"형배는 이마주름이 새겨지도록 까지 윗눈썹을 바짝 세웠다. 성일은 철학자 특유의 직관성을 머금은 친구의 핏기 마른 얼굴을 어슷눈으로 바라본다. 그의 철학사상은 '이성이 세계를 분절시키며, 질적인 시간마저 양적으로 쪼개는 일을 한다.'라고 주창한 베르그송에게 닿아 있다. 그 통찰력 깊은 형배가 말을 잇는다. "내가 이 나이가 되도록 까지 아직 장가 못간 늙은 총각이라 미리 경계를 치는 건가."

일견 맞는 말이다. 이성을 그리는 것은 인간의 본능이나, 지식은 그 방면의 노력의 결과물이다. 아내를 둔 대부분의 기혼 남성도 미모의 타 여성을 보면 눈빛이 염료로 달라진다. 하물며 총각인데-. 그러나 성일은 그보다 출산 후유증이라 할 수 있는-신경이 극도로 과민해진 아내의 정신 상태를 염두에 두고 있다. 현재의 아내는 무엇보다 보신이 중요하다. 더구나 면역력이 가장 취약한 갓난아기를 돌봐야 하지 않는가.

"집사람은 안정을 취하고 있네. 방문하는 손님이야 기꺼이 맞아주겠지만 냉대를 받을 걸세."

"말뜻에 오해 소지가 가득한데, 내가 아무리 자유분방한 정신소유자라 할지라도 가정의 틀은 지킬 줄 안다고……."

형배는 기분 상했다는 안색을 노골적으로 피워냈다. 시비까지는 아니더라도 우중충 어두워진 턱을 쳐들고 천장을 바라보며 길게 내 쉬는 숨결이 다소 거칠었다. 불만의 표시였다.

"친구야말로 오해하는 게 아니고……?"성일이 단도직입적으로 나무랐다. 그러나 음색은 단순했다. "실은 김 교수의 전화를 받았을 때 내 집에 초대하려 했었지. 순간에 생각을 고쳐먹은 까닭은 신경성이 남아있는 아내의 배려 때문이었네. 이해 바라네."

"사정을 모르면 저돌해지는 법이지."안색을 순백으로 고친 형배는, 입가를 늘린 공허한 미소를 피워냈다. "난 말이야 가끔 장폴 에마르 사르트르(1905~1980《구토》1938작 저자. 실존주의자·철학자. 여성작가 시몬 드 보부와르와 오랜 동거)가 부러울 때가 있어. 대통령임기를 다 마친 몇 달 후에 본부인도 아닌 애인의 품에서 눈을 감았다는 미테랑(1916~1996=사회주의자·정치가 프랑스21~22대대통령)도 그중 한 명이지."

"언제 프랑스여행을 다녀왔나. 그리고 두 인물은 사회주의에 기울어져 있었지 않았나."

"사회주의 사상을 떠나서 내가 타관부이인 두 사람을 부러워하는 까닭은 여자 복이 많기 때문이야."

"호! 귀가 당기네."성일은 농담조로 짧게 응수했다. "입술말은 곧 그 사람의 속내 드러냄 아닌가. 내가 아는 김 교수는 북한공산주의에 시달림 받다 옥사하셨다는 증조부님의 원한 때문에 자유민주주의를 수호하자는 애국주의자인데……."

"물론이지. 자유민주주의 수호자이지. 그래서 빨리빨리 문화로 우리 할머니·할아버지들이 무치無齒로 옥수수 갈아 먹으며 허기를 달랬던 시대적 가난을 조기로 벗은 우리나라는, 정서상 또한 정치토양 상 사회주의는 맞지 않다고 봐."

형배는 열변을 쏟아냈다. 그 어감은 작금의 정치 흐름은 역사일 수 없는 가짜 뉴스가 판을 치는데, 그 배후에는 정권의 우위를 잡은 좌지우지 지휘권으로 좌파들의 활동무대를 넓혀준-북한체제를 옹호하는 불순분자들을 불나방처럼 극성맞도록 달려드는 우파들을 싹 쓸어버린 후 남북한 연방제 같은 나라를 건설하겠다는 의도 심에 절대적으로 반대한다는 비판성 일갈이 숨겨져 있었다. "이와 별개로 내가 두 인물을 이 자리에서 끄집어 올린 것은 내 처지 반영이야."

"호! 갈수록 궁금증 유발이 강해지네."성일은 고기 맛 냄새가 밴 입안을 한 모금의 물로 헹궜다. 그는 형배로부터 냉온탕 교감을 확연히 느꼈다.

"철학이 사람들의 잠재의식을 깨우는 현실론이듯이 과거의 두 인물이 반면교사로 나를 일깨워 준 것은, 독신생활은 여러 모로 불균형하다는 거야."

"그래서 이제라도 장가든 동거든 여자와 함께 살기를 바란다, 그 뜻인가?"

"그래!"형배는 의중을 숨기지 않았다. "우 교수가 가정을 꾸린 걸 보고 안정은 저 속에서 받쳐지는구나. 라는 현실감을 대척하게 느꼈거든."

"허, 듣던 중 반가운 소식을 다 듣고……"이렇게 장단을 맞춰준 성일의 표정에 웃음기가 가득 번졌다. "김 교수 사람 될 날 멀지 않았네."

"이 사람……? 그럼, 이제까지 날 인간 이하로 봤다는 얘기 아냐!"

"결혼생활을 해보니까 집안 살림의 주체인 아내는 주관적이고, 바깥 일로 가정의 안녕을 지키는 남편은 객관이 강하다는 거야. 그 주관과 객관이 잘 맞아떨어져야 부부 싸움 따위는 피할 수 있게 된다는 거지."

친구의 놀린다는 어감을 이렇게 무마하며, 자신의 실생활경험담으로 말머리를 슬쩍 돌린 성일은, 입을 다물고 상대방의 심중을 읽어내려 눈 속을 말똥히 들여다본다.

"나도 가정의 안전은 서로를 존중하는 신의와 예절에서 지켜진다는 것쯤은 알고 있지."하다 형배는 고개를 좌측으로 쳐들고 곁에 선 남자를 올려다봤다. "우린 부르지 않았는데 왜요?"

"죄송합니다."양 어깨를 약간 숙여 보이며 겸연쩍은 인상을 지은 사람은, 붉은 앞치마를 두른 중년남성이었다. 장사수완이 개성 하고 판단내리는 눈썰미가 빠르면서 손님들의 필요성을 적절히 안배하는 솜씨로 미뤄 사장인 듯하다. "기다리시는 손님들에게 자리를 양보해 주셨으면 해서요."

"어?"하며 형배는 식당 밖에서 줄을 선 대기자들에게로 눈길을 던졌다. "어이구 정말 죄송합니다. 우 교수, 셈해야지."

두 교수가 식탁의자를 뒤로 제치고 동시에 일어나자 사장이 다시금 허리를 깊이 숙였다.

"죄송합니다. 안녕히 가세요."

"나는 이렇다니까. 이야기에 한번 빠지면 시간을 까맣게 잊어요."형배는 공인의 체면을 살리려는 의기를 이 말로 슬쩍 덮어씌웠다. "말쟁이는 어디 가든 표가 나잖아."

"필요 이상으로 많은 말을 늘어놓는 말쟁이의 별명은 다언증多言症 환자이다. 다언多言은 실언失言으로 가는 지름길이지."이 말을 지나치는 농담조로 흘려낸 성일은 친구의 팔소매를 잡았다. "내 차에 타. 집까지 태워줄 테니……"

성일은 식당전용 주차장에 세워 둔 차 운전석 문을 열었다.

현숙은 모유를 먹인 아기를 네 바퀴 원목침대에 가만가만 누이고, 곁 등의자에 앉아 두 팔과 두 발을 동시에 꼼지락 움직이는 아기의 재롱 떠는 양을 조용히 지켜본다. 그러면서 귀여워 죽겠다는 미소를 머금은 자신의 눈을 아기의 눈과 맞춘다. 새 생명의 눈빛은 말똥말똥 순결하다.

현숙은 아기로부터 눈을 거두고 자리에서 일어나 수면을 유도하는 브람스의 자장가 음악을 아주 낮게 틀었다. 아기의 눈이 슬금슬금 감긴다. 새내기 엄마는 아기의 가슴을 토닥토닥 가볍게 두들긴다. 마침내 아기가 만세 자세로 잠결에 들었다. 현숙은 아기의 몸자세를 편하게 고쳐준 다음 침대를 벗어나, 주방에서 가스 불로 끓인 주전자 물을 녹차티백을 담은 머그잔에 붓고 손잡이가 달린 그 한 면을 입술에 붙인다.

아기침대 바로 뒤편에 둔 책상머리에 앉아 젖먹이로 중단할 수밖에 없었던 육필원고를 들여다본다. 남편이 직접 쓴 논문 형식의 내용이다. 일 년 반의 시간 동안 대입준비를 앞둔 수험생 못지않은 책과의 씨름을 치른 후 가르치는 대학과목을 사회학과로 옮기면서 아내에게 선뜻 내준 그 원고이다. 집안에서 시맥詩脈의 바통을 이어받겠다며 조른 덕에 얻은 수확이다.

남편의 말에 따르면 결혼 훨씬 전에 교재용 자료로 쓰려다

완성하지 못하고 서랍에 넣어둔 원고라 했다. 남편은 시문학의 체계를 더욱 깊게 다져야겠다며 이 글을 썼다 한다. A4용지 서너 장에 불과한 분량이다. 클립이 꽂혀 있었다. 시 쓰기 습작에 들어가기 전에 그 배후를 사전에 알아두면 도움이 될 성싶은 기초 본이라 공부한다는 마음으로 또는 참고삼아 읽는 중이다.

【순문학의 위치】

글쓴이 : 우성일교수

『서론』

공자는 일찍이 "그대들은 어찌 시詩를 배우지 않는가?"라는 질문을 냈다. 이 말의 본뜻은 수제자들이 내놓은 답변에 따르면 '선생님께서는 하나를 들으시면 열을 아셨습니다.'라는 이해이다.

그렇다. 시를 배우면 인성의 함축을 넘어 인문학, 즉 예술·철학·역사·과학 등의 공부에 지름이 된다. 시 한편의 세계는 한 칸의 골방처럼 매우 비좁다. 그러나 시가 수동적인 자세에만 머물러있지 않고 태양열에 눈이 부신 들판에 나선다면, 시상詩想은 생명들의 약동에 환호를 보낸다. 시는 이렇듯 문호를 활짝 열어젖힌다. 시는 정신문화의 사고師古를 살려낸다. 교류하는 사물들의 언어를 발굴하여 식물·바위·곤충 등의 존재를 세상에 알린다.

이에 반해 소크라테스의 제자 플라톤은 시를 통해 상상력이 자극받아야 한다는 공자와는 시에 대한 생각이 전혀 달랐다. 그 한 예로 플라톤은 스승 사후에 내놓은 《국가론》에서 시인은 이상 국가理想國家에서 추방되어야 한다는 주장을 펼쳤다. 상상력은 사람들을 부패시킨다는 이유를 들어 추방을 운운했다. 플라톤의 시에 대한 부정론의 배후에는 스승이 바랐던 민주주의 실패가 있었다.

문학예술은 실상과 동떨어진 사물을 예사로 그려낸다. 표현의 자유로 소재 기록은 얼마든지 가능하다. 사람의 정신세계에서 펜의 예술이 창작된다. 예술과 사람을 별개로 분리할 수 없는 이유이다.

생계거리에 급급 떠는 사람은 사명의 예술인이 될 수 없다. 목숨 부지에만 매달려있는 사람은 무신경하여 내다보는 안목이 고작 제 발등상뿐이다. 수다스러운 사람은 예민성이 약하여 사태의 심각성을 깨닫지 못한다. 그토록 지각이 바위처럼 무감각하니, 사회적 이바지 업적이 없거나 적어 살아 있어도 곧 잊히는 사람일 뿐이다. 이런 사람들은 짧은 글귀인 시조차도 읽지 않기에 시인들을 굶어 죽게 할 뿐만 아니라, 혈맥血脈 팽창도 없어 삶 자체가 무의미하다. 도대체 공생을 모른다. 위 내용과 온도 차는 있으나, 남의 눈치나 보는, 이해타산에 맞춘 아첨 시는 환영을 받지 못한다.

아른튼(E. M. Amclt)은 독일의 시인이다. 1806년 8월 나폴레옹은 프로이센군으로부터 항복을 받아냈다. 독일민족은 비록 전쟁에 패하는 굴욕을 당했지만, 옛날에 그 굳건했던 정신력까지는 잃지 않았다. 그 무렵에 아른트가 자신의 저서 《시대의 정신》(Geist der Zeit)의 책을 들고 나와 독립자유를 외쳤다. 예기치 않게 국민적 적개심을 불러일으키고 말았다.

그는 살기 위해 스위스로 달아났다. 1812년 나폴레옹은 모스크바의 혹한과 대화재로 인해 파리로 피신했다 되돌아왔다. 이듬해 프로이센 국왕 빌헬름 3세가 국민에게 자유·정의·조국이라는 세 가지 강령을 내걸고 전쟁을 선언했다. 학생·시인·예술가들도 적을 퇴치하는 싸움터로 달려갔다. 그 시인 중에 스위스에서 돌아온 아른트도 속해 있었다. 그는 「국민군이란 무엇인가」와 「라인은 독일의 강이지 국경이 아니다」두 편의 시를 지어 청년들의 의기를 한껏 고무시켰다. 독일국민은 나폴레옹을 물리치는 대승리를 거뒀다. 이럴 듯 시는 혈맥을 뛰게 한다.

【시의 위력】

문학은 예술의 일종이다. 모든 예술의 본질은 보고 듣는 사람들의 감정을 일깨우는데 있다. 비록 읽은 시의 의미가 당장 와 닿지 않아 맨송맨송 넘어간다고 할지라도, 수영으로 강을 건넌 사람의 몸과 마음에는 변화가 있기 마련이다.

문학에서는 모든 상상이 가능하다. 이 바탕에서 시에도 여러 장르의 성격이 있다. 종교시·참여시·찬양 시·잠언시·비평 시·악마 시 등 다양하다. 지구에는 사계절이 있다. 만일에 추운 겨울만이 있고 봄은 영영 오지 않는다면, 인체는 살아 숨쉰다고 할지라도 넋은 죽고 말 것이다. 시의 위력은 봄의 꽃처럼 신선한 생기를 불어넣어 준다.

【시의 성분】

시의 주요성분은 직시의 관념이다. 관념의 뒷받침은 진실이다. 시는 때로는 사회규범과 충돌한다. 조지 고든 바이런(영국시인=1788~1824)은 옛 규범에서 벗어난 시인이다. 그의 시 성향은, 강건·저항·파괴 등으로 요약할 수 있다. 그의 그 신랄한 비판성 시구에 두려움에 떨게 된 사람들은, 그를 사탄 또는 영혼이 고갈된 시인이라고 공격했다. 도덕에 반하여 사회적 손가락 욕을 감수하며 그 시를 써낸 시인이다.

묵시적 갱신으로 살아가는 시인의 경험은 시의 지평을 넓혀

삶의 숨결

준다. 인생의 사실 묘사는 두개골을 연구하는 자연과학의 영역이 아니라, 살아 숨 쉬는 심령들을 어루만져 주는 시의 영역이다. 시는 불변의 진리는 아니나, 원기와 체력은 북돋아 준다. 시는 우리의 정신을 수양시킬 뿐 아니라, 함양을 도모하기도 한다. 사물의 이면을 들여다볼 줄 아는 눈빛 자들은 따로 있는데, 바로 상상의 세계를 유랑으로 넘나드는 시인의 눈이 그렇다. 시는 자유의 정신에서 쓰인다.

【시의 본질】

다양한 형태로 쓰이는 시의 본질 대상은 사물이다. 자존심이 대단한 사람은 굽힐 줄 모른다. '가장 강한 사람이 가장 독립적인 사람이다.'라고 주창한 사람은, 노르웨이 국적을 가졌고 《민중의 적》 저자인 입센(H.Iben)이다. 그는 세상과 짝이 되기 힘든 고집불통 인물이었다. 그는 또한 "저속한 무리에게서는 진리는 빛을 잃는다"라는 말을 남긴 장본인이기도 하다.

펜의 힘은 강하다. 그러나 시는 권력을 부리는 도구가 아니다. 시를 권력으로 이용하는 자는 대중들에 널리 알려진 정치성향의 시인이다.

시의 생명은 시를 읽어주는 독자한테서 나온다.

주홍 같은 희열에 한껏 달궈진 현숙은 즉시 펜을 쥐어 들고 싹수의 생각을 끌어 모은다. 그러나 줄다리기가 잘될 성싶었는데, 어느 순간에 정신의 어떤 기능이 굳어버리기라도 했는지, 설피 떠올랐던 조금 전 첫 단어 문장조차 숱 많은 머리카락으로 뒤덮인 두뇌를 두들겨 깨워도 도대체 미망未亡하게 짚이지 않는다. 그 어떤 중상모략에 걸리기라도 하였는지, 꿍꿍 앓는 고통스러운 하소연만이 절로 새어 나올 뿐이다. 날개가 꺾여 꽃잎에 앉을 수 없게 된 나비처럼 나락의 시름으로 맴맴돌뿐이다. 기억력 한계인가? 필사의 배반인 주제를 잃고 뜬구름 잡기식이다. 미치겠다. 비 그친 후 빛을 뿌리는 태양의 향기 같은 선동의 감이 도대체 잡히질 않는다. 인체의 온기를 데우는 위안이 도무지 안 보인다. 노력하는 훈련의 다짐이 약한 걸까?'

"먼저 자신에게 성실한 인내를 가져야 해요."

시 쓰기를 고백했을 때 남편이 친절한 존중으로 조언해준 첫 마디였다. 그 상기에 닿고 싶다, 그렇지만 오락가락 정신은 좀처럼 풀리지 않고 계속 떠돈다. 기분 전환을 떠올린 그녀는 식어서 차가워진 녹차의 잔량을 마저 마시면서 의자에서 일어나 거실로 향한다.

"왜 이리 늦지!"현숙은 식탁 위에서 집어든 전화기폴더를 열었다. 10:20분의 시간표가 떴다. 신호음을 듣지 못해 알지 못했던 '15분 후 도착합니다.' 문자를 비로소 확인할 수 있었다. 현숙은 '저녁은요?' 문자를 이내 띄웠다. 기다린 답변은 오지 않았다.

시간을 늦춰 귀가하는 남편을 어떻게 맞아야 할지 어리둥절 아무것도 지피지 않는다. 완전히 백지상태다. 불안증이 아닌데도 안도가 안 잡힌다. 여느 날 같으면 귀가 시간에 맞추어 저녁식사 준비로 자연스럽게 대할 수 있었으나, 오늘따라 일상 감각이 저 멀게 뒤죽박죽 실마리가 도무지 안 떠오른다. 무엇이 잘못된 것이 아니다. 겁먹은 두려움도 아니다. 단지 이해심 깊은 교수님이며 자상하기 그지없는 남편을 잘 섬겨야 한다는 염원이 드높을 뿐이다. 그 긴장의 경색이 원인인가? 기분이 가볍지 않다.

초인종이 울렸다. 현숙이 현관으로 다가가자 전등이 감지기로 켜졌다. 문밖에 남편은 눈초리 선한 미소를 둥실 구름처럼 가볍게 머금고 있었다. 아내는 남편의 손잡이용 쇠가죽가방을 받아들고 벽면으로 물러섰다. 그 앞으로 남편이 현관으로 들어서면서 발뒤축으로 반대편 구두를 막 벗기 시작한다.

"김형배 교수님을 만나셨어요?"

"그래요. 좋은 시간이었어요."남편의 대답은 유순했다. "우리 현일은 자나요?"

"네."

"그럼 우리도 잡시다. 피곤하네요."

현숙은 결혼 이후 존대어를 쓰는 남편의 언행이 편치 않게 부담스러웠다. 거의 이년을 들어온 말인데도 익숙하지 않고 타관부이로 낯설었다. 거리감을 느끼게 하는 무언의 관계는 알게 모르게 하고 싶은 목구멍의 옹알거림도 눌러 삼키게 하였다.

사랑의 결핍이 아니다. 정리情理를 중요시하는 여자는 간혹 어리광을 부리고 싶어질 때가 있다. 기분이 유쾌할 때면 더욱 어린아이가 된다. 사랑의 꽃을 피우고 싶다는 소망이다. 남편이 이 점을 이해하고 있는지는 반반으로 나눠진다. 성품이 워낙 점잖다는 데서는 접근의 어려움이 경첩으로 움터지나, 하루에 1시간 정도 거실 벽면의 텔레비전뉴스를 시청할 때는, 남편의 다리를 베고 눕는 것은 조금도 거북감이 안 생긴다. 그참에 아내 편에서 "왜 예전처럼 반말을 쓰지 않으세요?"하고 물었던 적이 있었다. 이에 남편은 아내 이마에 입을 맞춘 후 "반말하는 심리는 겸양하지 못한 이기심이에요."라는 답변을 냈었다.

아내인 여자는 때때로 남편에게 어리광을 부리고 싶어 한다. 날마다 그 생활에 그 생활인 평범한 마주에서 별 불만 없이 지루해질 무렵이면, 그 타개책으로 장난을 걸어 관심을 유도해보려 한다. 일종에 남편으로부터 사랑한다는 말을 듣고 싶다는 심리작용이다. 그렇지만 학문적 인격으로 굳게 다져진 남편은 그 면의 점수는 빵점이다. 세상물정 모르고 연구라는 골방에서 많은 시간을 보내는 외곬 수들의 전형 적이 결핍 증세이다.

여자는 사소한 칭찬에서 정신적 힘이 솟구치는 경우가 잦다. 예를 들자면 살아도 사는 것 같지 않는 눅진한 권태에 빠진 기분을 바꿔보려 머리 모양을 새롭게 꾸민다거나, 새 옷으로 단장한 전향에 '그 머리 어디서 했어? 좋아 보이네.' 또는 '그 옷 당신에게 참 잘 어울리네.' 한마디 덕담에 날아다니는 웃음을 터트리는 게 여자의 속성이다. 남편은 이런 찰진 면이 한참 부족하다.

남편과의 부부결함은 천생의 행운이었다. 남편은 가족을 사랑한다. 그래서 신뢰를 넘은 의지가 든든하다.

두 부부는 토요일 오후에는 아기를 안고 공원산책을 다녀왔고, 그다음 날 일요일에는 교회에 갔다 왔다. 월요일 아침. 남편의 출근을 배웅한 현숙은 보채는 아기를 품에 안고 어르면서 《푸른 영혼의 지혜》의 시집을 펼쳤다. 전체 시가 4행으로 꾸며진 내용이라 쉽게 읽히는 시집이다. 그러면서 그녀는 결혼 후 남편 따라 어쩔 수 없이 다니게 된 교회와 별개로 나는 신을 믿지 않는다는 양심고백을 자신에게 거듭 강조했다. 믿음이 서질 않고 동화가 멀어 겉도는 자리에서는 마음은 닫치기 마련이다. 모임장소에 들지 않는 게 기분 상해질 예비시험에서 벗어남이다. 그렇지만 불순종 태도나 다를 바 없는 교회거부 건 문제는 남편의 심기를 불편케 하는 요인이 될 수 있다. 불화의 소동이 벌어질 빌미가 될까 봐 속이 편치 않다. 딸내미 밥은 서서 먹고 아들네 밥은 앉아서 먹는다는데-.

남편은 세 아이까지 낳자고 한다. 그러나 긴 다리에 엉덩이 면적이 좁은 나의 체력은 그다지 튼튼하지 못하다. 딱히 아픈 부위는 없으나, 이따금 돌발성 난청을 들을 때가 있다. 시도 때도 없이 울음을 터트리며 보채는 아기에 대한 긴장으로 잠을 제대로 이루지 못한 날 아침에 주로 겪는다.

성별이 각각 다른 남녀의 육체는 자연의 조화이다. 나는 그 자연은 믿는다. 남자 정자의 씨를 체내로 받아 임신부터 만삭의 몸을 풀기까지에는 자연의 섭리에 따라 순응한다. 의학발달로 체내수정은 물론이고, 자연 순산이 여의치 않은 경우 인공수정으로 아기를 출생하는 건 더는 문제가 되지 않게 되었다. 그것은 인술이다. 그러므로 남자들이 '여자는 아이 낳는 기계이다.' 비아냥거리는 여자의 출산은, 마음대로인 것 같아도 속내는 자연 순리의 질서이다. 그래서 자연에게 명령할 수 없다는 얘기가 만들어진 줄로 안다.

제 6장

혼전에 낳은
큰딸

일제강점기 시대 인물인 우난영은
살기 위한 수단으로 너도나도 일본식 성명 강요로 면사무소
로 달려가는 민중들과는 달리, 산중으로 도망가 그곳에서 움
막을 짓고 세월을 보냈다. 참으로 힘든 시기였다. 댕기머리 소
년시절에 서당에서 한학·논어 등을 익혀둔 학문을 써먹지 못
하고, 수석침류漱石浸沈 속에 산나물과 나무열매 등으로 허기
를 달래는 은둔생활은 그야말로 혹독했다. 특히, 공부를 시켰
으면 조선시대 중기 문인이자 유학자·화가·작가·시인이었던
신사임당 못지않은 인물이 됐었을 아내의 손 망가진 고생은,
차마 눈 뜨고 볼 수가 없었다. 내다보는 식견이 한때기 땅에
불과한 무식한 농민이 되느니, 그럴 바에야 신분 낮은 면서기
라도 괜찮다며 틈틈이 하늘 천 따지를 가르치는 세 자녀의 장
래 문제도 그에 못지않게 심금을 계차로 갈기갈기 찢었다.

우난영의 장남 남기는, 14세가 된 당해 초가을에 아비 집을

무단가출했다. 한창 성장기에 악 영양인 궁핍한 굶주림으로 부터의 탈출이었다. 알곡이 누렇게 여문 높푸른 하늘 아래 세상은 황금 들판이었다. 소년은 제법 큰집으로 무단 들어가 천애고아를 받아달라고 다짜고짜 매달렸다. 흰 수염의 농부는 그날로 헛간 옆방을 내주고 숫돌에 낫을 가는 요령부터 가르쳤다. 곧 시작될 벼 베기 준비였다.

머슴살이 오 년째를 맞은 남기는, 주인 내외 세 딸 중 평소 연모해온 댕기머리 차녀와 뜨겁게 달아오른 젊음의 욕정을 식혔다. 많은 양의 생명의 씨앗은 그대로 여자의 몸속 깊이로 섞여들었다. 거주 방 옆 헛간 짚더미 속에서 돌이킬 수 없는 큰일을 저지르고 만 것이었다. 대로한 노인은 반년 남짓의 시차를 두고 지켜본 딸년의 배 불어 오른 임신을 알아차렸다. 여편네의 눈썰미 덕분이었다. 노인은 어느 날 한 지붕 아래에서 떨어져 지내게 한 17세 딸과 남기를 앞에 불러 앉혔다. 그는 시집을 보낼 수 없게 된 딸년을 책임지겠느냐는 다짐을 묻고 남기의 당돌한 용기 대답에 딸을 내줬다.

처가사리는 순조로웠다. 남기는 장인의 농사면적을 애초에 2마지기를 5마지기 두락斗落으로 크게 확대했다. 쌀농사 외에 감자·옥수수 등의 작물을 팔아 가격에 맞추어 사들인 소·염소·닭 등의 축사 장도 지어 올렸다. 장인은, 대만족의 빛을 늘 입가에 피우고 다녔다.

우남기는 슬하에 이남삼녀의 자녀를 뒀다. 그는 소유가 날로 늘자 감당이 힘들었다. 그 와중에 기력이 쇠해져 운명의 날만을 손꼽아 기다려 왔던 장인의 장례를 마침내 치렀다. 거동이 남아있는 늙은 장모는 오랫동안 한집 생활을 해온 든든한 사위에게, 사별한 남편의 유지를 받들어 집안의 모든 처리를 거듭 일임했다. 그리고 자신은 가끔 나들이 삼아 시장동향을 살폈다. 그 시세정보를 사위에게 귀띔하여 양곡 가격 책정에 적잖은 도움을 줬다.

남기는 기분 상태가 정숙하지 않게 들쑥날쑥 바뀌는 장녀 성옥이 잘할 일이 무얼까? 생각을 딸의 고삼 때부터 줄곧 해왔었다. 전공학과도 딱히 정해 놓지 않고, 대학입학과 동시에 정든 집을 떠날 수밖에 없게 된다는 걱정부터 앞세운 성옥이었다. 딸의 각별한 애정은 이성의 사랑이 뜨거웠던 혼사 전에 임신한 아이이기 때문이었다. 그래서 그토록 하늘의 뜨거운 태양을 그대로 반사하는 여름지열에 피부가 쉬 타는 밭일에 끌어들이지 않는다는 방침을 세웠었다.

그러나 딸년은 아버지의 속뜻과 달리 장남 성한의 힘을 빌려 텃밭을 만들어 재배가 비교적 쉬운 상추나 배추 따위 등을 심고 가꾸는 일에만 재미를 붙이고 있었다. 자녀들에게 너희들이 하고 싶은 대로 하라면서 직업선택 강요를 않았던 남기는, 뾰족한 대안이 떠오르지 않자 속을 부글부글 끓어야 했다.

결국에는 딸에게 두 손을 들고 만 아버지 남기는, 별도 땅에다 비닐 온상 두 동을 신설하고 딸에게 선물했다.

딸은 기둥선인장·부채선인장 외 가시투성인 로비비아 같은 선인장부터 길렀다. 다육식물이며 석주목의 선인장과 통칭인 선인장은, 무엇보다 수분을 저장하는 진화의 조직이 내장되어 있어 건조한 환경을 잘 견딘다는 장점이 있었다. 딸은 그 일에 파묻혀서 대학입학을 결국 포기했다. 자치적으로 안정기에 접어든 무렵에 군 출신의 아들 원세호와 결혼을 하면서 아비 집을 출가하여 별도의 가정을 꾸렸다.

남기는 애초부터 장남 성한을 후계자로 찍고 농업학교에 입학시키려 했었다. 그렇지만 우유부단한 성격의 이면으로 사안 별로 독립심을 주창한 아들은, 만일에 대학공부를 하게 된다면 모든 학비는 어떻게든 스스로 마련하겠다며, 고등학교를 졸업하자마자 박스제작 공장에 취직했다. 머리가 그다지 좋지 않아 공부에 곧잘 싫증을 드러낸 전례에 따른 결정이었다.

아들은 7년 여간 박스제작 기술을 몸소 익혔다. 다진 경험을 살려 개인 사업을 열었다. 또래 세대보다 한발 앞서가는 놀라운 발돋움이었다.

책을 좋아하여 은둔 형 생활을 즐겼던 둘째 아들 성일은 형의 객지생활 두 해에 대학에 입학했다. 이후 어찌된 영문인지 식구들과 모든 연락을 끊고 잠적해버렸다. 성옥과 일곱 살 터울의 여동생이며 형제 수로 네 번째인 성희는 배를 건조하는 조선소 용접공과 결혼하여 통영에 살고 있고, 성한과 여섯 살 터울이며 막내딸인 성순은, 완성 자동차회사에 엔지-변속기 등의 조립품인 모듈을 납품하는 협력업체 중공업 직원과 결혼하여 첫 아이를 뱄다는 소식을 근래에 전해왔다.

성옥은 먼저 대형냉장고에서 꺼낸 플라스틱 통 안의 한 포기 배추김치를 박달나무 도마 위에 놓고, 칼로 잘게 썰어 사기그릇에 담아 미리 준비한 쟁반에 얹은 다음, 장독그물망 덮개를 걷어 끓는 물에 삶아 재질이 단단해진 박 바가지로 뜬 막걸리를 양은 주전자에 옮겨 담고 양은그릇 세 개, 젓가락 세 개를 각각 챙겼다. 뒤늦게 생각해낸 마른 명태는 북북 찢어 한 쟁반에 섞어 얹었다.

비닐 온상 안이 더워 그 밖 버드나무 그늘 마당에다 자리를 마련하고 조루로 딸기밭 물을 주고 있는 남편을 불렀다. 그리고는 오십 미터 남짓 거리인 양돈장을 향해 내달렸다.

동생 성한은 개암과 쑥을 섞은 돼지죽을 지붕 없는 한데 부엌 가마솥에서 끓이고 있었다. 하늘색 벙거지모자에 색감 짙은 티셔츠 아래로 청색 멜빵바지를 입은 동생이 장작불열기 땀을 목수건으로 훔치면서 돌아봤다. 턱을 들어봐야 하는 큰 신장의 얼굴이 해살에 적당히 그을려 보기가 좋다. 그렇지만 첫 단계인 오물처리 곤욕을 아직도 벗지 못한 고운 인상은 여전히 남아있다. 성옥은 오물환경이 더럽고 일도 거칠어 도심 얼굴이 흉해지지 않을까 걱정을 은연중에 되새김했다.

"통풍이 안 되는 장화가 더우면 운동화를 신지 그러니."성옥이 뜨거운 화열로 그 이상 접근하지 않고 멈춘 일 미터 남짓 거리에서 동생을 지켜보면서 말을 건넸다.

"그려야겠어요. 그렇지 않아도 땀이 많은 편인데……."성한은 한 번 더 목덜미를 훔친 수건을 어깨에 걸쳤다. "그런데 누님께서 어인 행차십니까?"

격의 없는 농담으로 환대하며 빙그레 웃음을 머금은 성한의 목청은 안전감 있게 편안했다. 적응 기간을 넘긴 터라 비로소 일이 손에 잡힌다는 안도였다.

"목마르지?"

한 부모를 둔 형제와 다시금 얼굴을 맞대며 한솥밥을 먹는다는 건 기쁜 일이다. 성옥은 삼 개월 전 얼싸안고 반겨 맞았던 새파란 영혼의 추억이 표면적으로는 다소 가라앉아 있기는 하였으나, 형제 우애를 소중하게 아끼는 기본은 한결같다. 단, 날이 긴 여름철의 시골생활이 암암리에 조금씩 지루해진다는 흐림이다.

성한은 머리에 쓴 벙거지모자와 손 보호용인 목장갑을 벗는 중이다. 형제 믿음의 안목으로 바라봐서 그런가. 구릿빛 얼굴에 생기가 넘쳐흐른다. 반소매 티셔츠 양팔 전체는, 어렸을 때

즐겨 불렀던 '세수하나 마나~' 노랫말 구절처럼 아프리카 깜둥이처럼 검다. 성옥은 토시를 사줘야겠다는 생각을 굴렸다.

"막걸리 준비하셨어요?"

누나를 조심성 있게 대하는 시간을 끌며 반김을 낸 성한의 언행에는 자형의 흉내를 본뜬 성향도 일말 없지 않았다. 일종에 명확한 의식 없이 그저 따라 하는-물 빠지는 모래처럼 내밀성과는 원체 거리가 먼 농부 유형의 연극이었다. 성한은 그러면서 한편으로 영영 돌아갈 수 없게 된-시간 저편으로 아득히 멀어진 사춘기 때의 시절을 나름 재구성하며 아련히 그렸다.

여름방학 그 어느 한날이었다. 누나 성옥은 고등학교 2학년, 성한은 중학교 3학년, 성일은 초등학교 6학년이었다. 그 아래 두 여동생은 당시 2학기 개학 이후 등교 때 입을 새 옷을 사 주겠다는 엄마 따라 도심시장에 가고 없었다.

온 사방에서 울어대는 매미소리는 귀청이 어지러울 정도로 시끄럽게 들었던 시절이었다. 성인이 된 지금은 어림잡아 12년은 주의 깊게 듣지 못했을 매미소리 언제나 다시금 들을 수 있을는지-싱그러운 일록일청一祿一靑(한번은 녹색, 한번은 청색) 춤추는 순정의 풀 어음 공상 감으로 내심 기다리는 중이다.

그날 자유로 풀린 방학 직후 맞은 중복 더위의 태양열은 이글이글 뜨거웠다. 대지에서 피어오르는 뜨거운 열기는 한길에 널린 돌멩이들조차도 한껏 달궈 함부로 주워들지 못하게 하였다. 곤충들은 나약한 몸을 숨길 그늘을 찾느라 길을 헤매었다. 둥글게 뭉친 소똥을 물구나무 자세로 굴리며 제집으로 가져가는 쇠똥구리만이 한길을 가로지를 뿐이었다.

　삼 형제는 화살나무 울타리 집에서 그리 멀지 않는 냇가로 내달렸다. 이틀 전에 내린 비로 수량이 한층 불어난 물길은 제법 거세었다. 붉은 황토 빛 탁류가 그사이에 말끔히 씻긴 물속은 투명했다. 잔 돌멩이들이 온통 차지한 바닥까지 훤히 들여다보였다. 수심이 좀 깊어진 수면 위를 자유자재로 돌아다니는 소금쟁이 몇 마리 발밑에서 고요히 유영하는 작은 송사리들 외에 검은 물체 물방개도 쉽사리 볼 수 있었다. 우포에서는 자전거포 털보아저씨가 양손잡이 그물로 고기를 잡고 있었다.

　성일은 유독 소심하여 나무 그늘로 피해있었다. 팬티차림의 성한을 따라 등 트인 원피스 수영복 차림의 성옥도 긴 다리부터 물을 적셨다. 두 형제는 다리목 깊이에 불과한 물가에 비해 반길 정도 깊은 한복판까지 첨벙첨벙 걸어 들어와서, 수심이 허벅지 수준인 지점에서부터 수영하며 안으로 들어갔다. 성옥 편에서 막 몸을 세우는 동생에게 물질을 해대었다. 물싸움놀이가 시작되었다. 아무래도 남자인 성한의 기세가 월등했다. 무차별로 퍼 대는 물살을 맨 등판으로 맞는 성옥은 밀려나면서 물속 돌멩이를 잘못 밟아 넘어지는 실수를 보였다. 그러면서 왼발목이 꺾였다. 위치 잡은 자리에 주저앉아 아픈 부위를 매만지며 오만상을 찌푸린 성옥의 신체 좌우로 물돌이가 연시 감겼다 풀리곤 하였다. 성한은 별거 아니겠지 방심을 하다 시간이 걸리자 누나에게로 다가갔다.

"왜? 아파?"동생이 놀리는 엷은 웃음을 머금고 물었다.

"겹질렸나 봐. 나 좀 일으켜 줘!"성옥이 오른팔을 쳐들었다. 신체곡선에 맞추어진 물줄기가 주룩주룩 흘러내렸다. 머리에서 입술을 타고 흐르는 물줄기를 푸푸 내쉬는 숨결로 물리치기도 하였다.

성한이 악 쥔 누나의 깍지 손을 힘껏 끌어당겼다. 동생의 힘을 빌려 외다리로 겨우 일어난 성옥은, 중심을 잃고 기웃기웃 흔들리는 발육의 신체를 동생에게 덥석 안기면서 안정을 잡았다.

"물 밖으로 나가자."성옥이 앞질러 말했다.

성한은 한 팔목을 잡고 남은 손으로 누나의 여린 어깨를 감싸고 걸음을 떼었다. 성옥은 다리를 절룩거렸다.

"안 되겠다. 누나, 업어!"성한은 물길 복판에서 등을 돌려 반무릎 자세를 취했다. 누나가 올라타면서 동생의 양어깨에 같은 편 양팔을 걸쳤다. 동시에 동생의 허리둘레를 크게 벌린 두 다리로 바싹 조여 감았다. 성한은 부드럽게 연한 누나의 양 엉덩이를 두 손으로 나눠 받쳤다. 장난기 발동으로 누나의 항문 부위를 중지 끝으로 쿡쿡 찔려대기도 하였다. 누나는 까불지 말라 타일렀을 뿐 제지는 안 했다.

신체구조가 생판 다른 두 몸의 틈새 없는 완전한 밀착. 성한은 예전에 느끼지 못했던-기분이 붕 뜨며 야릇해지는-이상스럽게 생감한 성분 변화를 누나로부터 화들짝 체득했다.

초등상급반 무렵에 속옷을 갈아입는 누나의 가슴에서 젖멍울을 본 적이 있었다. 남자의 몸매와 별반 다르지 않은 상체 알몸을 동생에게 들켜버린 누나는, 부끄러워하지 않고 태연했다. 그 몇 년 사이 누나의 가슴에 봉분이 솟아올라 있었다. 어느덧 청순가련하게 자란 누나의 말랑말랑한 유방이었다. 성한은 누나 아닌 여자의 특이 체질에 새삼 마른 침을 삼키며 긴장감을 세웠다. 성별 다른 이성에 처음으로 눈이 떠지는 순간이었다. 너무나 낯설게 민감하여 주체를 잃은 정신이 어리둥절 혼란스러웠다. 변경 구분이 무너진 동구마니 혼미는, 바싹 죽였던 숨결을 다시금 가쁘게 살려내곤 했었다. 그다음으로 불분명한 형체가 불규칙하게 다가왔다 멀어졌다 했었다. 도무지 주체를 가다듬을 수가 없었다. 잊지 못할 그 인상 깊은-몸 둘 바 모르게 열락이 뜨겁게 달궈졌던-거친 숨결이 귀에 울리도록 컸었던-낯빛이 화끈 달아올라 어찌할 바 모르게 된 의식을 사려야 했었던 환속의 한눈파리로 하마터면 누나를 업은 채로 넘어질 뻔도 했었다.

아무튼 일찍부터 책벌레 별명을 얻은 동생 성일쯤은 충분히 그 뜻을 이해하고 표현할 산문적散文的 같은 선전 성 기분은 오랫동안 유지되어 누나를 빙글빙글 다시 보게 하는 계기가 됐음은 틀림없었다.

물 밖으로 나오자 나무 그늘에서 진즉부터 벗어나온 동생 성일이 뙤약볕 아래에서 기다리고 있었다. 다행히 뼈에 이상이 없었던 탓에 누나의 발목 아픔 증세는 사흘 만에 완치되었다.

"술 마시는 거 한 번도 못 봤는데 너도 당연히 술 배웠겠지?" 성옥은 몇 발 내딛고 불 곁을 뒤로 하고 다가오는 동생의 손목을 잡아끌었다. "목이 컬컬할 때는 막걸리가 최고지."

속옷이 비치는 삼베옷 차림새인 원세호는 두 잔째 잔을 비우고 북어조각을 억센 이빨로 잘근잘근 씹고 있었다. 성한은 깜박 놓쳐버릴 만큼의 미세한 몸짓으로 고개를 살짝 끄덕였다. 생활에 퍽 익어 긴 인사는 생략해도 괜찮다는 의례였다.

"우리도 앉자."성옥이 오른편 다리는 펴고 왼편다리를 접고 앉으면서 동생에게 말했다. 그리고는 집어든 주전자를 흔들어 양을 가늠한다. 반나마 양이라 출렁거리는 소리가 제법 크다. "네 매형은 말이다. 동네잔치 아니면 술을 입에 대지도 않는데, 어지간히 목이 말랐던 모양이다. 자, 한 잔 받고 쭉 들이켜라."

성한은 양은그릇 잔을 두 손으로 받쳐 내밀었다. 술 따르는 누나의 손길은 손님 대접이 많은 편이라 제법 익숙하다. 무슨 일이든 사리지 않는 손등은 거칠고, 왼뺨에는 선인장 가시에 긁힌 실 줄기 굵기의 상흔이 오 센티미터 가량 새겨져있다. 누나는 한 번 더 출렁출렁 흔든 주전자 주둥이를 기우려 남편 잔을 채우고, 조금 남은 양의 처분 문제로 동생을 돌아봤다. 성한은 그 뜻을 어림 알아차리고, 입술에 잔을 붙여 단숨에 위로 흘려보냈다. 빈 잔에 반양이 채 안 되는 막걸리가 다시금 채워졌다.

성한은 문득 동생 성일과 함께 쓸 방 한 칸을 늘리는 집 증축 공사 시, 치아 상태가 썩 좋지 않아 말이 새는 벽돌공이 시험 삼은 농담으로 권했을 쌀뜨물 같은 희멀건 색깔의 바로 이 막걸리를 마셨던 기억을 되살려냈다. 손등으로 입술을 훔친 성한은 북어 한 조각을 집어 초장을 찍었다.

"막걸리가 술이니? 음료지. 당신 더 하시려……?"

성옥이 남편에게 물었다. 한데 기후와 어울려 지내는 긴 시간에 비해 집안에서 보내는 시간은 고작 밤 때뿐이라, 그 탓에 나이에 비해 확연하게 겉늙은 원세호는 말없이 턱만을 놀렸다. 반긴다는 눈치였다. 성옥이 자리에서 일어나 빈 주전자를 낚아챘다.

두 부부는 누구나 들고 다니는 무선전화기를 사용하지 않고 있다. 별로 쓸 일이 없는 데다, 그렇지 않아도 눈앞의 이익으로 떼돈을 버는 하마 기업, 우리 참여로 왜 더 배 불려줘야 하느냐가 표면적 이유이나, 실상은 날로 진화하는 기계류 기능

속도를 죽었다 깨어나도 도대체 따라잡을 수 없다는 피로감 반영이다. 사돈 팔촌쯤 되는 인척 중 한 명이 신사업 발전 기념으로 하도 조르기에 한번 썼다, 그 많은 내장기능을 아무리 반복석으로 익히려 해도 나이로 굳은 머리로는 영 풀 수 없자 포기에 이른 것이었다. 손에 잡히지 않는 복잡한 괴물 기기를 반납한 이후 지금까지 쓰지 않고 있다. 집에서는 유선전화기를 쓰고, 요금이 싸면서 전자파가 거의 감자되지 않는 인터넷 연결 전화기는 일터까지 들고 나와 사용하고 있다.

이 벽창호는 연락을 주고받을 사람이 딱히 없는 성한도 마찬가지였다. 사업을 접은 이후부터 병적으로 심화 된 의기소침에 눌려 자연 통신두절로 이어졌다. 그 연장선상에서 외로움을 몹시 타는 계기가 되었다.

사업실패 후 물밥에 쪼그린 새우잠을 잘 수밖에 없었던 성한의 면모는 확연히 바뀌었다. 우선 복잡한 인간관계를 정리했다. 그 배후에는 주민등록 말소로 백정이 되도록 까지 돈도 집도 몽땅 잃자, 찾거나 찾아주는 사람이 없다는 배신감이 자리 잡고 있었다.

다시 일어설 재기에 용기를 불어넣어 줄 누군가의 따뜻한 격려가 못내 그리웠다. 그러나 동배들이 대학공부를 할 시기에 비록 밑바닥 일이지만, 직장을 잡아 그 7년 동안 구두쇠 정신으로 끌어 모은 자금을 기반 삼아 사업을 시작하자, 그 소문을 듣고 입에 발린 호방을 앞세운 초·중·고 동창들이 무시로 찾아와 근무시간 마칠 때까지 기다렸다 돌아가곤 했었다. 그토록 밥과 술을 얻어먹었던 초·중·고 동창들은 별 볼일 없는 애옥처지로 전락하자, 너나없이 도망치듯이 곁을 떠나버렸다. 진정한 우의를 나누는 친구들이 아니었다. 듣기 좋은 칭호만 갖다 붙인-믿음에 반하는 콩가루일 뿐이었다. 그들은 불빛만 보이면 우르르 몰려드는 불나방에 불과했다.

쓸쓸한 무인도 고립은 수시로 불안증에 시달리게 했었다. 전면에 나서기를 의식적으로 꺼리면서 이름 석 자가 누구의 입에서든 가급 적 오르내리지 않도록 매사에 유념을 기울였다. 그렇게 스스로를 꼭꼭 가둔 대인기피증 현상의 대처 방법은, 누구에게도 기대거나 희망을 걸지 않는 한편으로 존재감을 낮추는 맞춤형 처세였다. 신세라는 단어는 기개의 남아를 접고 굽실굽실 기어서 들어간다는 굴욕의 의미를 담고 있다. 눈물을 보여서는 안 된다는 사내대장부로서는 이보다 생피 삼키는 처절한 참패는 없다.

성장과정은 물론 둘러싸인 생활환경도 개성적으로 저마다 달라 입 밖으로 내는 주장이 같을 수 없는데도 불구하고, 그 보편을 인정하지 않고 우리와는 얘기 주제가 맞지 않는다며, 핏발 세운 적대적 눈살부터 들이대면 우위를 접하려는 사람들이 싫었다. 그 비관은 급기야 누구든 미워죽겠다는 마음의 살인으로까지 자리매김하게 되었다.

사람들의 철저한 외면은 인과 관계가 먼 낯선 타인들과는 그런대로 단편대화는 나누기는 하나, 외출에 나설 때마다 어쩔 수 없이 보게 되는 이웃들과는 아는 체를 않고 아예 마음을 닫아두고 지냈다. 그들에게 행적의 자취를 알리지 않으려 사글세 집과 가까운 가게를 고의로 외면하고, 일부러 먼 곳까지 나가서 사온 식료품 및 세제 품등으로 육체를 먹이고 몸을 씻는 생활을 지탱했다. 이를테면 누구와도 친해지고 싶지 않다는 꼴값 창피에 격리를 둔 자신과 사회에 대한 항의성 불만이었다. 대표적 사례로 일 년 여간 단골로 다녔던 이발소주인이, 이젠 제법 낯이 익었을 법한 손님에게 '뭐 하십니까?' 묻는 기색을 흘리자 즉시 발길을 끊은 것이다. 그래서 안다고 할 수 있는 이웃은 아무도 없었다.

그 속에서도 현실감은 수반되어 있었다. 지각을 일깨우는 감촉이 있었고, 생물들의 얕고 깊은 무게와 그들의 각종 삶의 냄새가 코를 자극했었다. 어떤 시간은 지루하게 늘어지면서 때때로 전후를 뒤죽박죽으로 바꿔 놓고 옳고 그름의 판단을 흐리게 하는 혼미의 영향에 놀아나기도 했었다. 어떤 날에는 있을 리 만무한 황당무계한 망상이 덧씌워져 그것을 털어버리는 데 무진한 애를 먹기도 했었다.

덕분에 속 깊이 혼자 살아가는 요령을 충분히 터득할 수 있었다. 누구와도 의사교환 없이 무슨 일이든 스스로 정리하며 존재감을 키웠다. 불편을 감수하는 차원에서 빌리지도 빌려 주지도 않는 나름의 생활방식을 보수적으로 다졌다. 웬만한 인간적 고통은, 될 대로 되라며 그냥 넘기거나 고집스러운 오기로 버텼다. 상식 밖의 이상한 짓이라 할지라도 숨소리를 죽이며 혼자만의 담을 쌓아 올렸다. 바보는 끌려 다니기만 하다 인생의 종말을 맞는다. 제 삶일 수가 없다. 한계에 다다랐다. 지독한 생계고립이 생기를 사장死藏시켰다.

마음먹은 대로 어디든 쏘다닐 수 있는 멋대로 자유는, 예전에 길들여 놓은 관습생활을 무너트렸다. 책무가 동반되는 어떤 일도 짊어지고 싶지 않다는 철저한 개인주의 성향은, 국가사회나 공공시설 내 단체에서-이용자 전체질서 차원에서 정한 조례대로 따라야 한다는 규칙에 얽매이는 것을 극도로 거북해 했다. 책상머리에 눌러앉아 주어진 눈앞의 일만 하고-말발이 세지 못해 논란거리는 피하기부터 서두르는-그 외의 건에는 상상력 결핍으로 다양한 편의를 창조해 내지 못하는-틀에 갇힌 기관 내 조직은 영 적성에 맞지 않다는 반항성을 보행 중 급해진 화장실 이용 기피로 나타냈다. 아예 발을 들이고 싶지 않다는 망령부리였다.

쓰디썼던 모든 과거는 소멸로 사라졌으나, 그 가운데서 잊지 못할-아직도 생생한 기억으로 뇌관에 아로새겨져 있는 고아 소녀와의 만남이 있다. 시설보호를 받는 아홉 살 계집애였다. 여성 새 상의 옷에 작고 연약한 몸이 둘러싸인-엄마 젖을 갓 뗀 아기가 제집 앞에 버려져 있는 것을 발견한 누군가가 인근 파출소에 신고했고, 경찰로부터 아기를 건네받은 구청복지부 소속직원이 길에서 핀 꽃이라는 뜻이 담긴 도설화道說花란 이름을 짓고 말겼단다.

소액의 후원금으로 연을 맺게 된 소녀의 안색은 항상 우중충 어두웠다. 햇살 밝은 오월의 화단 곁 계단에서 세운 무릎 위로 턱을 괸 그 자그마한 손을 움직여 눈꺼풀을 문지르는 동그마니 자세로 먼 누군가를 기다리는 듯이 슬픈 안색을 띄웠던 그 쓸쓸한 외톨이-부모 역할을 맡고 싶었다. 그렇지만 기본 생활 취약이 가로막았다.

해로가 긴 부부는 타고난 유전혈액형은 달라도 성향은 음양으로 닮기 마련이다. 대체로 아내 편에서 남편 성향에 맞춰 조화를 다진다. 소유욕이 강하여 의견일치가 쉽지 않아 싸움이 잦은 회색도심 부부에게서는 찾아볼 수 없는 녹색 짙은 화합성 여로이다. 우선순위를 짜지 않고 당면의 일만을 그때그때 처리하기에 다부진 뭉침이 없어-단정 갖춰 주의를 기울일 이유가 그다지 필요치 않아-물렁물렁 헤퍼 보이는 성향이 대표적 사례이다.

누구에게든 해악을 끼치지 않으려는 착한 본성도 닮았다.

얼굴에 표정이라는 게 없는 것도 특이한 본질이다. 삶의 여정을 밟아오는 동안 쌓아둔 이력이 있을 법도 한데, 그것과도 단절의 담장을 세우기라도 한 건지, 그 뒷받침이 될 만한 한마디 언질도 없이-옛 군인정신의 절도 품행은 온데간데없이-시간 감각조차 잃은-마른 나뭇가지 모양의 무뚝뚝한 인상의 침묵만이 돋보일 뿐이다. 그렇다고 제 자리가 영원한 바위처럼 무게감이 실려 있는 것도 아니다. 오히려 그 반대로 갱신의 정신과는 거리가 먼-의지력 없는 약한 인물로 비친다. 이 때문에 원세호는 말귀를 못 알아 듣는 귀머거리가 아닌지 오해를 곧 잘 받곤 한다.

남편의 대가 없어 항상 지면地面과 맞붙어 닿아 있는 질경이 같은 내성적과 대조하게 아내 성옥은, 말주변이 천진난만하여 아무에게나 쾌활한 애교를 잘 부린다. 그래서 집안 내외 일들을 주도적으로 맡는 편이다. 남편의 보조를 받으며 전날 저녁에 모든 준비를 마친 생산물을 규정된 경로를 밟아 아침마다 시장에 내보내 그 가격을 받아 집안 살림을 이끄는 것은 물론이고, 나라로부터 내려온 공문서나 공공요금 건 등도 도맡아 처리한다. 덕분에 머리를 굴리지 않아도 된 남편이 아내에게 붙여준 농담 별명은 집 대변인이다.

성옥은 잘 웃는 만큼 귀가 엷다. 소위 경계심 없는 무방비 웃음이 잦다. 자신이 옳은 일을 하고 있다는 확신을 지닌 사람들의 특징이다. 남 참견이 적당을 넘어 좀 심한 편이고-그 교제 가운데서 터득한 기질은 문제를 꼭 끌어안고 쩔쩔매는 이웃에게 대수롭지 않은 일상의 가벼운 한마디로 해결책을 제시하는 예도 간혹 있다. 한 예로 오며가며 이따금 접하는 젊은 과부에게 성옥은 이렇게 희망을 실어준 적이 있었다. 장사보다 취미 삼아 기르는 선인장온실 안에서 있었던 일이다.

미취학 두 아들의 엄마인 젊은 과부는, 자신 명의로 봉고 형 화물용달 한대를 소유하고 있었다. 그녀는 그 차량으로 도심 도매가게에서 물품을 받아 주소지별로 배달해 주는 일로 생계를 꾸리고 있었다. 어느 한 날에 그녀의 차량은 엔지 부 작동으로 정비소에 들어가 있었다. 어쩔 수 없이 도매가게 주인 차량을 이용할 수밖에 없게 된 딱한 입장으로 내몰리게 되었다. 쥐포·땅콩·과자 등의 물품을 적재함에 실은 일 톤 차량운전은, 담배가 심하여 온몸에 그 냄새가 절절 밴 곱슬머리 남자 주인이 맡았다.

그는 컴퓨터 인쇄물로 뽑아 든 주소지 순서에 맞추어 길을 떠났다. 사차선 교차로를 지나 목적지 초 입구에 다다랐다. 30미터 높이 경사 꼭대기에 오랜 거래처인 구멍가게가 있다. 그는 일과 상관없는 집적의 눈치로 정신 흐트러진 산만성을 수시로 드러냈다. 젊은 과부의 직감은 불안했다. 아니나 다를까. 그는 폭 좁은 골목길을 줄넘기를 하면서 건너는 초등생 여자아이의 작은 몸체를 기어이 들이박고 말았다. 10킬로미터 이하로 속도를 낮추었던 탓에 다행히 여자아이는 크게 다치지는 않은 듯하다. 사고 충격에 놀란 인상을 찌푸리며 손길을 댄 부위로 미뤄 옆구리와 무릎이 아픈 것 같다.

그는 양심을 저버리지 않았다. 차량에서 재빨리 내린 그는 당한 사고로 길바닥에 쓰러져 있는 아이를 끌어안고, 몇 가지 물품을 아무렇게나 내던져 치운 차량 뒷좌석에 누였다. 그 과정을 도운 젊은 과부가 계집 곁에 앉아 안전을 돌봤다.

계집아이를 의사 처방에 맡긴 주인은 준 종합병원 내 복도 의자에 나란히 앉은 과부에게 귓속말로 속삭였다. 그 요점은 반드시 사고조사차 나올 경찰에게 운전대를 잡은 장본인임을 진술해 달라는 내용이었다. 사고 낸 책임을 전가하려는 음흉한 압력이었다.

"안요. 사장님의 부주의 실수를 왜 제가 짊어져야 합니까?" 젊은 과부는 고개를 완강하게 저으면서 엮임을 경계했다.

"쉬, 목소리가 너무 커!"사장은 일자로 세운 엄지가락을 제 입술에 대며 주변을 두리번거렸다. 차가운 냉혈이 뜬 낯짝은 간사하기 짝이 없었다. "실은 말이야 내 정신이 미영 씨에게 흠모로 홀딱 치우쳐져 있었거든."사장의 느닷없는 이 자백은 거짓이 아니었다. 그는 개망나니 짓거리로 생활력 강한 아내로부터 내쫓김 당한 남편과 사실상 이혼 상태인 생과부와의 외도를 남몰래 꿈꿔 왔었다. 그 절호의 기회를 맞아 눈치껏 생과부의 허벅지에 음욕 담은 손을 대려다 불의의 사고를 낸 것이었다. 여자는 분위기에 약하다 했다. 잘해 주는 과도한 선심에 남편이었으년 하는 이성의 의지를 기울였던 것은 진심이다. 그 방심에 입술도둑을 찰나에 맞기도 했었다. "그래 준다면 그동안의 보상 충분히 해줄게."

사장이 전지전능한 돈으로 매수하려는 유혹은 실로 달콤했다. 형량 기간은 얼마나 될는지 따져보지 않고, 철천지원수와도 같은 위대한 돈다발 자체에 마음이 갈대처럼 흔들렸다. 그러나 두 아들이 눈에 밟혔다. 고아 아닌 고아로 누구의 손길에 맡길 수 없다는 모성이 격동을 불러일으켰다.

"사장님, 죄송합니다. 돈 몇 푼 때문에 애들을 팔수는 없습니다."

"내가 매정하지 않은 성미라는 거 미영 씨도 잘 알 텐데……"사장은 표 여리게 눈알을 부라렸다. "애들은 우리가 돌볼 테니 제발 어디서 쉬고 온다는 생각으로 그렇게 자백해 줘."

이렇게 교활하다면 정한모는 더욱 믿을 수 없는, 숨을 구멍만을 찾으며 흙탕물을 일으키는 미꾸라지이다. 자신이 저지른 사고범죄를 극구 부인하거나, 자신보다 약하다 싶은 동승자에게 책임을 떠넘기는 수법자의 성질은 절대로 정직하지 못하다. 영혼이 비틀려있을 뿐이니 저만 살겠다는 욕망이 뜨겁다. 이렇게 약아빠지게 빠져나갈 궁리만을 좇는 사람은 지금 내뱉은 말을 차후에 오리발로 내밀게 자명하다. 위협이 살벌한 이곳에서 우선 한시바삐 벗어나야 한다.

"알았어요. 경찰에서 소환장 보내는 날까지 생각을 정리해 둘게요. 우리만 아는 동승자 입장에서 조사는 불가피하니까요."미영은 마주 잡고 꼼지락거리는 제 손을 내려다보고 있던 눈을 쳐들어, 턱을 가슴팍에 붙이고 제 구둣발 끝을 물끄러미 눈여기며 있는 정한모의 살집 붙은 옆얼굴을 지켜봤다. "어떻게 할까요? 이렇게 된 마당이라 배달은 어렵지 않겠어요."

"경찰이 곧 도착할 거야. 사고 낸 자는 기다려야 해. 자리를 뜨면 도망자란 혐의가 붙어 불리가 더 커져."

정말 운수 사나운 날이었다. 운신이 꽁꽁 묶인 침통이 참으로 풀기 힘든 숙제로 몰렸다. 까닥 잘못하면 피골상접의 생활을 말끔히 잊게 하는 애들을 볼 수 없게 되는지도 모른다.

제복차림의 경찰이 왔다. 두 경찰은 먼저 안내실을 찾아 뭔가를 물었다. 흰 가운의 간호사가 발랄한 성격으로 두 경찰관을 아동 진료실로 이끌었다. 문을 조심스럽게 열고 안으로 들어갔다, 잠시 만에 나타난 간호사 뒤를 따라 의료용 마스크를 쓴 의사 모습도 함께 보였다. 소아과 문 앞에서 조금 떨어져 나온 의사와 경찰관은 마주 서서 무슨 얘기를 나누다, 의사 편에서 복도의자에 앉아 있는 두 사람을 손끝으로 가리켰다. 경찰서 조사에서 미영은 망설이지 않고 자신은 동승자일 뿐이라고 진술했다. 정한모 손목에 수갑이 채워졌다.

반신반의로 예상했던 바대로 그 몇 시간 만에 난리소동이 벌어졌다. 정한모 아내가 미영의 집을 불쑥 찾아와서 "네가 운전대를 잡지 않았느냐? 그런데 사고 책임을 왜 우리 신랑에게 뒤집어 씌웠냐!"욕설을 고래고래 퍼질러댄 것이었다. 마구 뱉어지는 입의 비말이 젊은 과부의 얼굴을 무차별 때려대었다.

과부는 어처구니가 없었다. 그 삼일 후 성옥은 풀죽은 한 동네 미영과 딱 마주쳤다. 물끄러미 바라보는 눈빛은 시름에 잠겨 있으면서, 금방이라도 울음통을 쏟아낼 것 같은 입술에서는 무슨 말을 하고 싶은지 연시 실룩거렸다. 성옥은 일자리를 알아보려 외출에 오른 미영에게 차 한 잔하고 가라며 선인장 실로 안내했다.

사연을 다 들은 성옥은 일반적 상식선에서 그들과 더는 엮이지 말고 단호하게 정리하라는 말을 들려줬다. 덧붙여 일자리 마련 때까지 두 아이를 돌봐 주겠다는 약속을 걸었다. 미영이 안심하고 맡긴 두 아이를 보호하며 데리고 있었던 기간은 나흘에 불과했다. 미영이 식품배달 아닌 사대보험이 확실한 무역회사에 취직했기 때문이었다.

심신이 미약한 사람은 상대방으로부터 어떠한 피해도 입히거나 입지 않겠다는 경계 적 조심성향이 높다. 상처기억을 오랫동안 잊지 못하기 때문이다. 그래서 될 수 있으며 뭐든 주는 것으로 상대방으로 하여금 물러나게 만든다. 또 한 면은 성질이 독하지 못하여 속임 당하는 횟수가 잦다는 것이다. 맞대면 전에 의심스럽다는 경계를 세웠다 할지라도, 상대방의 눈물 어린 애절한 하소연에서는 속수무책으로 무너지고 만다. 그러면서 뜯긴 돈도 상당하고, 그 선행을 악용한 사람으로부터 사기꾼으로 고발되어 경찰조사를 받기도 했었다. 성옥은 그 소감을 이렇게 표현했다.

"모질게 굴 수 없이 착한 게 죄다."

원세호는 취기 정신은 아니나, 눈빛은 한층 풀려있었다. 그 눈빛으로 변 양편이 웃자란 풀 더미로 온통 뒤덮인 한길을 지나는 낯선 사람을 보았다. 마구 헝클어진 장발에 수염을 덥수룩 기른 보통 체형의 남자였다. 신장은 그리 크지 않고 삼십 대 문턱 직전인 듯싶은 청년은, 좌우를 두리번거리다 십 미터 남짓 거리 전방을 구시렁거리는 실눈으로 잠시 지켜본다. 아마도 내리쬐는 밝은 일광에 해묵은 버드나무 잎가지가 땅을 향해 축 늘어트린 어스름 속이 잘 보이지 않는 모양이다. 실눈에서 애써 키운 눈총으로 유심히 살피며 들여다본다.

그러면서 그는 마주 앉아 평화롭게 쉬고 있는 두 농민을 알아봤다. 그는 별안간 놀란 토끼 모양 누리끼리 안색을 획 돌려 피하는 태도부터 보였다. 아무리 봐도 부자연스러운 짓거리가 수상쩍다. 낯선 자는 자신을 본 두 농민이 못내 걸리는지, 도망치는 걸음걸이로 경운기 다니는 한길 변 풀 고랑을 껑충 뛰어넘고, 바로 곁인 대나무 숲 뒤로 자취를 감췄다. 돌변한 행동에서는 두 사람을 보지 못했다는 강한 부인 성이 실려 있었다.

그가 잠복한 대나무 숲 위 야트막한 언덕 지대는, 이 동네 유지로 불리는 광훈 네 면적 넓은 파밭이고, 그 고개 너머로는 이십여 가옥들과 별개로 두 동의 건물이 있다. 그 한 동은 5인의 종업원을 둔 소규모 가구공장이고, 그보다 규모가 좀 큰 블록 벽 건물에는 21명의 근로자 중 한국인 공장장 외 7인을 빼고, 모두 동남아국가 출신의 근로자들이 근무하고 있다. 그 21명 중 14명이 열일곱 살 애송이 소녀부터 사십 대를 넘긴 여성 근로자들인데, 가방 만드는 봉제 일을 한다.

그들은 점심식사를 마친 후 산책 삼아 이따금 이곳까지 건너오곤 한다. 원세호는 별생각 없이 두 공장 중 한 사람일거라는 이해로만 받아들였다. 단, 외국인 아닌 한국인이라는 식별은 별개로 뇌리에 새겨두었다. 그리고는 맞춰 붙인 엄지검지로 배추김치 조각을 집어 입에 넣고 우물우물 씹었다.

"저이 누구래?"

집안 대변인 성옥이다. 막걸리를 채운 주전자 외에 재배 참외 몇 개를 담은 비닐봉지도 들고 있었다. 그녀는 대나무 숲

편을 멀거니 바라보고 있다. 민가 수가 적은 만큼 거주민들 수도 70-80명 수준에 불과하여 알 만한 사람들은 다 아는 편인데, 오면서 얼핏 스쳐본 낯선 저이는 대체 누구인지 궁금하다는 안색이었다.

"외국인 근로자는 아니던데……"남편은 아내 손에서 주전자를 넘겨받으면서 설명조로 말했다.

"새로 들어온 사람인가?"

성옥은 샌들 신은 검은색 양말의 두 발은 자리 밖에다 두고, 앞서 잡아뒀던 제자리에 살이 빠져 빈약이 도드라진 엉덩이를 걸쳤다.

"누가 지나갔어요?"

한길 편을 등지고 있던 성한이 매형에게 묻고, 그 턱찌끼에서 돌린 눈길을 뒤편으로 던졌다. 흰 나비 한 쌍이 파란 하늘 아래 창공에서 날갯짓하고 있을 뿐이다.

그때 개울 편 방향 초지 입구에서 제복차림의 세 경찰관이 동시에 모습을 드러냈다. 제복이 아니라면 산책 나온 사람이라 하겠으나, 현경들의 순찰근무인 것 같다.

성옥이 자리에서 벌떡 일어났다. 그리고는 놓쳐서는 안 된다는 결의를 앞세운 빠른 동작으로 성한이 뒤편을 한 바퀴 돌아 멈춰선 그늘 밖에서 한길 편을 바라본다.

"이보시오!"거리에 맞춘 성옥의 손짓 외침은 함성에 가까웠

다. "경찰나리들. 이리 와서 막걸리 한잔하며 다리를 풀지 않
으려오?"

부름에 머리를 돌린 선두경찰은 주저하지 않고 한길을 벗어
나 한달음에 풀 고랑을 건너뛰었다. 두 경관도 차례로 뒤를 따
라붙었다. 그들은 몇 골로 나뉜 무밭과 목화밭 샛길을 거쳐 버
드나무 그늘 안으로 구둣발을 디밀었다.

"이글이글 태우는 태양에 목숨이라도 내놓으신 겝니까."성
옥이 대뜸 호들갑부터 떨었다. "내 경찰나리들 사정 알지 못하
고 멋대로 떠드는 말이지만, 이따 해 떨어지는 저녁 무렵에 다
닌다면 새가 도망갑니까, 개구리가 도망칩니까. 제 자리에 있
을 것들은 다 있을 터인데, 와 이리 부지런을 떠는 겝니까."

"겁 많은 새와 개구리는 작은 인기척에도 줄행랑을 치기에
그놈들 숨은 장소 사전에 찾아내려 이렇게 순찰 나온 게 아닙
니까."

선임경찰은 아낙네 조잘거림이 시끄러워 귀막이 울리기는
하나, 재미는 있는 말꼬리를 잡고 빙그레 농담으로 받아쳤다.
자연스레 인사치레도 된 셈이었다. 두 사람이 주고받는 친숙
한 대화를 뒤편에 선 두 경관과 지름 눈빛으로 맞은 두 농민도
덩달아 웃음을 지어냈다.

"에구머니나 내 주둥이. 어째 주워 담은 동물 이름들이 하필
겁쟁이 도망꾼들이래. 암튼 수고가 많으신데 이왕 자리이니,

퍼뜩 아무 데나 앉으소.”

순찰팀장 격인 선임경찰은 아직 장난기가 배인 두 젊은 경관에 비해 사십 초반의 나이다운 의젓 품이 돋보였다. 속 쓰리게 하는 위장병이 있는지, 약간 거무스름한 안색은 그다지 건강해 보이지 않았다. 그가 성옥의 자리에 양반다리를 틀고 앉았다. 선 채인 성옥이 집어든 그릇 잔을 앞으로 내밀었다.

“마침 목이 컬컬했던 참이었는데……”선임경찰은 받쳐 든 잔에 막걸리가 채워지는 양을 지켜본다. “허 참! 인심 넘치는 이 대접 윗선에서 알면 목이 달아날 텐데……”선임경찰은 너스레를 떨면서 쳐든 턱을 뒤로 돌렸다. 상사를 호위하듯이 나란히 서서 요깃거리 상을 굽어보던 두 젊은 경찰의 눈빛이 할 말을 실은 그 시선을 맞받았다. “이봐! 지 순경, 최 순경. 이런 거 순찰일지에 넣지 않는 거 잘 알지?”

“저희는 명령만 따르겠습니다.”서류철로 부채질을 하던 인상 훤한 경찰의 대답이다.

몸이 부지런한 성옥이 재빨리 움직여 두 경찰에게도 그릇 잔을 각각 들려주고 막걸리를 따랐다. 주전자가 딱 맞춤으로 비었다.

두 젊은 경관은 어른들로부터 두보 가량 물러난 뒤편에서 잔을 들이켰다. 선선한 미풍이 스쳐 지나면서 조금만 더 길면 땅바닥에 닿을 것 같은 버드나무 가지를 가볍게 흔들었다.

"요즘 동네가 조용하죠?"식도로 참외껍질을 깎는 중인 성옥이 화제를 돌렸다.

선임경찰의 표정이 뜨악해졌다. 윗눈썹도 동시에 치켜떴기에 이맛살 주름이 몇 가닥 새겨졌다. 그 위로 앞 머리카락 몇 올이 흘러내려져 있었다. 그 몇 가락에 눈이 찔리는지 왼손으로 쓸어 올렸다.

"……? 모르셨습니까?"

"무슨 사고 생겼나요?"성옥이 평소의 음색으로 되물었다. 그녀의 손질에서 잘린 참외 조각 하나가 선임경찰 손에 들려졌다. 이어 두 젊은 경관도 입을 열어 단맛을 씹었다. 언제 날아들었는지 등검정쌍살벌 몇 마리가 참외껍질 위에서 배회하고 있었다. "손바닥만 한 이 동네일은 모조리 제 귀에 들어오는데, 나리의 말투로 미뤄 어떤 사건이 연상되어 떠오르네요."

남편 원세호와 성한도 경찰의 다음 말에 관심을 기울였다.

"그렇게 발이 넓으신 분께서 이 동네에서 일어난 사건에 대해 이토록 캄캄하시다니……정말 모르고 계셨습니까?"

"등잔 밑은 어둡다 하잖아요. 대체 무슨 일인데 궁금증을 자극하시나요?"성옥은 영문을 통 모르겠다는 안색을 노골적으로 띄웠다.

"정말 금시초문이시군요."선임경찰은 눈동자를 한 곳으로 모으고 생각에 잠겼다. 그러면서 세상 돌아가는 정보 접함이 환경적으로 부족한 농민이 알아듣기 쉬운 설명을 추려냈다. "112에 다리 아래 둔치에 시신이 있다는 신고가 접수된 시간은 조금 전 오후 한 시경이어요."

"그 다리라면 개울 창 한복판을 가로지른 까치교 아닙니까?"놀라움을 감추지 못하게 된 성옥이 오므린 입매를 주저 없이 열었다. 그만큼 동네에서 일어난 시신발견 사건이 몸서리치게 무서웠던 것이다.

"네, 맞습니다."선임경찰의 짤막한 답변은 견지를 담고 있어 무거우면서 냉철했다.

"어머나! 세상에……."성옥은 크게 뜬 동공을 동생에 이어 남편에게도 돌렸다. "그 시신 당연히 수습하셨겠네요?"

"우리 직원들 입회하에 본서에서 내려온 사건 수사 담당 형사들이 수습한 시신 상태는 죽은 지 보름 남짓이 지난 후라 머리, 배, 가슴 일부는 부패해 있었습니다. 높은 기후와 물가 인근인데도 불구하고 부패속도가 비교적 그토록 더디었던 까닭은, 해가 들지 않는 다리 그늘 때문이라는 견해가 우세합니다." 선임경찰은 잠시 말을 끊고 호흡을 가다듬었다. "모난 둔기로 얼마나 두들겨 맞고 찔렸는지 처참하기 짝이 없었습니다. 특히 머리에만 17곳의 상흔이 남아있었으니까요. 전후 상황을 미뤄 처음의 일격에 방어할 힘을 잃은 게 아닌가 싶어요."

민간인에게 너무 쉽게 흉측한 사체 건 이야기를 들려줬구나 싶은 생각을 언뜻 짚어낸 선임경찰은, 아직 심층 확인 중인 중대한 몇 가지는 암묵으로 남겨뒀다. 즉, 지두혼(손끝으로 누른 흔적), 조흔(손톱으로 긁힌 흔적), 비구폐색 질식사(코와 입이 함께 막히는 현상) 행위도 동반적으로 가해졌는지에 관한 대목은 혀 밑에 감춰두고 입 밖으로는 내지를 않았다.

"살해당한 사람의 신원은 확인되었습니까?"

"탐문 결과 자동차부품을 만들어 본사로 보내는 중소기업 직원으로 밝혀졌습니다. 그래서 후방 수사 보강 차원에서 혹시나 순찰을 나온 겁니다."

"이름은요?"

"윤……뭐였는데……?"선임경찰은 생각이 잘 안 떠오르는지 기억 속에서 헤매며 가려움을 긁듯이 뒤통수를 매만져댔다. 그리고는 좌편으로 돌린 고개를 쳐들고 "이봐, 최 순경! 건망증이 내 기억을 고장 낸 모양인데, 죽은 자의 이름이 뭐였지?"

"윤창호 씨로 알고 있습니다."

"맞아!"선임경찰은 동료 후배로부터 거둔 눈길을 성옥과 다시 맞추었다. "창호 씨라네요. 아세요?"

"아니요!"성옥은 과할 정도로 단발을 수차례 저었다. 사람들이 모여 사는 지역에는 크고 작은 소음들이 뒤섞이기 마련이다. "그 부품회사 낸들 어디에 붙어있는지는 모르겠고, 타지인이 우리 동네에서 살해됐다는 것은 정말 나쁜 징조이어요."

성옥은 남편 편으로 시선을 돌렸다. "여보, 아까 전에 이 앞을 지났다는 사람 혹시 그 범인이지 않을까? 그 직감이 떨궈지지 않고 맴 도네."

성옥은 매일 인터넷을 열어 그날의 시장시세 현황을 점검한다. 시장에 내보낼 상품원가를 사전에 맞추려는 시도이다. 그러면서 가끔 씩 이탈하여 국내 외 뉴스를 살펴본다. 범인은 자신이 저지른 범행 장소는 한 번쯤은 반드시 찾아 그 과정을 되짚는다는 정보도 그래서 알게 된 지식이었다. 그 바탕에서 불확실한 가령이긴 하나, 여자로서의 직감이 그러하자 암시를 피운 것이었다.

입가 주름을 보통 이상으로 길게 늘인 경찰관의 눈빛이 휘둥그레 커졌다. 두 젊은 경찰도 오리무중인 힌트가 잡힐 수 있겠다는 상승기류의 반응을 동시에 띄워 올렸다. 주워들은 얼핏 말에 불과하므로 성급한 단정은 내리지 않고, 내부적으로 잠정의 범인일 수 있다는 어름의 풍향계 회전이었다.

"그 사람 어느 방향으로 갔습니까?" 선임경찰은 자리에서 서둘러 일어나면서 물었다. 공을 세울 수 있는 실마리라 지체할 수 없다는 조급이었다.

"저그 대나무 숲 뒤로 사라졌는데요."

세 경찰의 추적이 시작되었다. 그들은 한담 풀이 삼아 풀어놓았던 정신력을 번뜩 깨우고, 왔던 길을 되돌아 다시금 밟은 한길에서 벗어나 대나무 숲 뒤로 자취를 감췄다. 앞장선 선임 경찰은 뙤약볕이 내리쬐는 언덕지대 파밭 샛길을 거슬러 오르면서 범인으로 짐작되는 용의자를 쫓고 있다는 보고를 무선기로 알렸다.

숱한 범죄를 다뤄본 경찰관의 눈빛은 상대를 꿰뚫는 매의 눈매를 갖고 있다. 예리하게 매서운 눈매로 술집 분위기를 익혀가면서 하룻밤 흥청망청 즐길 성매매 여성을 찾는 눈치발로, 유부남인지 미혼남성인지를 간파한다. 또한 담보로 맡긴 물품 하나로 정말 사정이 매우 곤궁하여 내놓게 된 건지 아님, 훔친 장물인지 가려보는 전당포업자 같은 눈썰미도 갖추고 있다.

범죄수사에 임한 경찰의 인상은 정황에 맞춘 여러 가지 가령 속에서 내려진 판단은 어금니를 악물고 돌진한다는 것이다. 그렇지만 지역 내 소소한 사건만을 주로 단속하는 파출소 순경들에게서는 그런 긴장감이 그다지 높지 않은 편이다. 전투적 집요성이 강인하지 못하다. 그렇지만 그들도 경찰로써의 임무를 수행하기 위한 기본적 소양은 갖추고 있다.

제 7장

살인범

　　　　　　　서른 나이 문턱 밟는 시간을 반해 남
겨둔 윤창호는, 심신 안정 속에 미래를 열어가는 데 배후에서
적극적으로 밀어줄 사랑하는 여자와의 결혼 꿈은 뜻대로 실천
에 옮길 수가 없었다. 어머니를 일찍 여의 데다 건강이 안 좋
으신 아버지마저 치매요양원에 입원해 있는 것이 가장 큰 원
인이다. 창호의 개인적 환경은, 혼자 자취하며 자동차 엔진부
품을 완성차회사에 납품하는 중소기업에서 야간 조로 근무하
는 조립원 직원이다. 그의 착실한 업무 수행으로는 한 달 전체
지출비용 감당은 벅찰 수밖에 없다. 저축할 여력 없이 늘 돈에
쫓기는 형편이다.

　한밤 어둠이 물러나기 직전인 새벽 5시. 정규 퇴근시간은 6
시지만, 치매환자 아버지를 모시고 대전 작은아버지 생일잔
치에 다녀와야 한다는 사유로 조 반장에게 조퇴의사를 진즉에
올린 창호는 거리낌이 없었다. 단, 아버지 핑계를 댄 거짓 사

유가 양심에 걸릴 뿐이었다.

공장 앞에서는 새벽 2시경 택시로 날아온 중학교동창 박성근이 기다리고 있었다. 비 내리는 궂은 날씨 탓인지, 모자 달린 후드 티 차림새인 박성근은, 의형제처럼 절친한 창호를 활짝 연 두 팔로 얼싸안으며 조기 퇴근을 반겼다.

두 친구는 어깨동무로 우정을 과시하며 사물 분별이 가능한-날이 밝아오기에 이젠 존재 의미가 퇴색해져 가는 가로등 불빛 속의 한길을 걸었다. 윤창호는 친구와 더 깊은 우정을 나눌 수 있게 된 것에 한량을 떨며, 박성근의 안내를 무작정 따랐다.

박성근은 두세 차례 물놀이 왔었던 까치교로 친구를 이끌었다. 좌우 변으로 웃자란 풀잎 녹색이 짙은 제방 길 따라 늘어서 있는 키 높은 미루나무 가지마다 까치들이 대대로 둥지를 틀고 살아가기에 붙여진 이름이다. 두 사람이 자리 잡고 나란히 앉은 앞으로는, 장마 절기인 데도 열흘 넘도록 까지 잠잠했다, 하필 날 잡은 오늘 새벽부터 뿌려대기 시작하면서 줄곧 따라붙는 세찬 비로 수량이 점차 늘어나는 추세인 하천이다. 다리 아래는 비를 피할 수 있는 안성맞춤의 장소였다.

박성근과 윤창호는 중학교 단짝을 넘어 서로의 부모님과도 잘 지냈다. 각자의 삼촌·사촌까지도 잦은 연락으로 가까웠다. 어른이 되어서는 술잔을 주고받는 자리에서 속내 고민을 털어놓으며 서로를 격려하기도 했었다. 일하며 번 수입의 일부를 떼어 모은 돈으로 동반여행을 다녀오기도 했으며, 사업동업자가 되자는 의기투합으로 인터넷 옷 파는 장터를 열기도 했었다 삼 개월 만에 접기는 하였으나, 두 친구는 젊은 나이인데 하며 재창업의 꿈을 버리지 않고 다져 두었다.

이렇게 두터운 우정의 배후에는, 창호가 마음으로 점찍어 놓은 여자가 있었기 때문이었다. 아무나 끌어안으려는 개방 성향으로 미뤄 남자 경험이 분명 여러 번은 있을 법한 박성근의 동생 박정자가 그의 연인의 대상이었다.

어느 한 날 술자리에 마주 앉은 박성근이 창호 앞으로 용지 한 장을 내밀었다. 보험 계약서였다.

"우린 동고동락을 같이할 영원한 친구 사이 맞지?"성근은 고의로 꾸며 변성한 근육의 목청으로 친근미를 과시했다.

창호는 눈치가 없는 숙맥 청년이다. 사려가 깊지 못하여 주의를 살피는 술수도 까막눈이다. 상대방에 맞춰 때로는 아니하며 고개는 젖곤 한다. 그러나 자주 만나 가까워진 오랜 친구에 한해서는 천성적인 외압의 순치 병인지, 앞뒤 가림 없이 덤벙대며 무작정 매달린다. 면전에 둔 성근이 안팎으로 꾸미는 편력의 가색假色이 짙은 데도 전혀 눈치 차리지 못하는 까닭도 이 때문이다. 그는 환한 표정을 띄운 그대로 턱 끝이 가슴팍에 닿도록 연시 끄덕이며 우정의 화답만을 보였다.

성근은 확신을 굳혔다. 창호의 대답을 듣기 전까지 거절하면 어쩌나 속 근심을 말끔히 털어냈다.

"응 그래, 정말 고맙다."성근은 털갈이 식인 쌍심지를 켠 하정의 힘으로 아첨을 떨었다. "이 계약서가 우리 우정의 증표로 남게 될 거야. 너 이름 옆에다 사인만 해!"

박성근의 어근의 기저에는 덧씌운 달관 기운이 짙었다. 우정의 부양을 한껏 띄운 말투와는 달리 동기가 순수하지 못한 비대칭 음순 성이 다분히 깔려있었다. 꼬드겨 짝패로 끌어들이려는 속심이 강했다. 중학생 시절부터 한 반생들에게 갚지 않을 속셈을 미리 계산해두고, 돈 좀 꿔줘라 조른 추비한 기질 그대로였다.

그러나 창호는 바람에 뜨는 풍선처럼 해해거리는 면모만을 유지하며 있었다. 허파바람으로 채운 몸태질은 친구의 입담 좋은 말속에서 변치 않는 우정을 확인했기 때문이었다. "우리 둘 중 누가 먼저 죽으면 남은 사람이 보험금의 상속인이 되어 너의 보모 또는 나의 부모를 모신다."라는 멋진 조건이 썩 마음에 들었다. 친구의 생각이 나보다 앞서있다는 감격이 몸 둘 바 모르는 주체를 잃게 한 것이었다.

창호는 계약서 내용 글을 한 줄도 읽어보지 않고 무조건 친구 이름과 나란히 붙은 제 이름 옆 네모 꼴 칸에다 사인을 휘갈겼다. 그 필체조차도 어떤 모양새로 쓰였는지 전혀 모르고

구름 탄 우정만을 듬뿍 실었다.

대략 계산으로 20년 만기 일반상해 사망보상금으로 4억 원이라면, 일인당 얼추 한 달에 28만 5000원씩의 지출이 따른다. 중소업체 말단 직원으로서는 허리를 더욱 졸라매야 하는 버거운 금액이 아닐 수 없다. 그동안 성근은, 창호의 가마 부위를 집중 노려봤다. 그 눈빛은 몰아의 비웃음이었다.

까치교 바깥에서는 추적비가 여전히 내리고 있다. 지루하게 내릴 기세다. 의복은 묵기해졌으며, 기분 역시도 젖어있었다. 두 친구는 함께 즐기며 시간을 보낸 옛 시절을 떠올린 즉시 혀에 담아 마음껏 지껄였다. 주접잡기를 곁들인 여러 종류의 이야기를 열정적으로 나누었다. 여동생의 안부를 빠트리지 않고 물은 창호의 음량은 시종 밝았으나, 때때로 동문서답으로 응대하는 성근의 감추는 듯이 꼬리를 내리는 편력의 음색은, 간혹 떨리면서 음습 기운이 물씬 배어있었다. 요리조리 둘러대는 말로 본질을 적당히 피해 가는 선회가 솔직하지 못하였다.

박성근의 부모는 작은 식당을 운영한다. 그러나 그 아들은 벌써 이년 넘도록 일정한 직업이 없다. 그의 생활수단은 오래 갈 수 없이 하루하루가 위태로운 낭인의 처지였다. 두 여자 친구에게서 각각 빌린 6,300만 원과 800만 원 빚 외에 교통사고를 내 물어야 할 원금비용과 구상금 3,000만 원이 걸려있는 빚쟁이다. 게다가 얼마 되지 않는 인터넷 요금도 미납 중인 초비 신세에 내몰려 있기도 하다. 말하자면 음식물 쓰레기를 뒤져 먹는 떠돌이 개처럼, 이리저리 발길 차이는 골목 거리 인물이다.

모든 생명은 배의 힘이 든든해야 선한을 둘러보는 여유가 생겨난다. 서로 간 흉금을 털어놓고 지내는 15년 죽마고우 박성근의 이러한 환경 형편을 누구보다 잘 알고 있었던 윤창호는, 다달이 봉급에서 얼마를 떼어 용돈으로 쥐여 주곤 했었다. 이 목적의 기대로 박성근은 창호와의 만남을 더욱 원했다 해도 과언이 아니다. 이를테면 우정을 위장한 아첨부리였다.

창호는 아무것도 깨닫지 못하는 바보 이상으로 순진했다. 그는 성근에 대해서 추호의 의심도 하지를 않았다. 이 세상 다하는 그 언제까지나 우정의 친구로 남겨두는 판무식 꿈만을 오롯이 새겼다. 바위처럼 흔들리지 않을 굳건한 담보를 머릿속에 담아두고 신뢰를 부여하는 선의 성 양보를 자랑으로 선택했다. 그래서 성근에게서 우정에 반하는 벼룩·파리·모기·이·빈대 등 소위 인체 피를 빨아먹고 사는 인신오적의 해충들 같은 현혹의 언행을 번번이 들었거나 몸소 체험했었음에도 불구하고 잘못된 이해겠지-고개 저음으로 자신 밖으로 극구 미뤄냈다. 친구를 나쁘게 보는 모양의 그림이라면 뇌리에서 아예 지워 저 멀리 쫓아냈다. 영역이 아니라는 충실한 우직으로 친구로서의 우정만을 철장 없이 되새김했다.

보험금 상속인의 면면은 거의 모두 남편-아내와 연관된 형제나 가까운 친인척들 간의 수평에서 이뤄진다. 갓 입사한 보험설계사들이 제일 먼저 부모 또는 형제·친인척들부터 찾아가는 이유이다. 자산가가 선행으로 추천한 제삼자를 대신하여 납부하는 경우도 흔하게 볼 수 있다. 그러나 어느 한편이 먼저 죽으면 남은 사람이 수익자가 된다는 친구 간의 계약 건 선례는 전무후무하다.

보험설계사인 박칠성은 사촌 동생인 성근이 제안한 위 사례에 대해 한참 고민을 했었다. 실적을 쌓기에 앞서 경험이 다양하게 풍부한 선배에게 묻는 한편으로 과거 사례를 뒤지는 수고도 병행했다. 그러면서 보험료 납부에 위험이 발생하지 않는다면 무난하다는 결론을 내렸다. 직업이 없어 생계권이 불안정한 비렁뱅이 동생이 미심쩍기는 하였으나, 안면 익은 그의 든든한 동반자 친구 윤창호를 믿고 계약서를 내주었다.

실종 며칠 째로 접어든 동생을 안타깝게 그리워하는 윤창호의 삼촌과 마주 앉은 성근은, 그 너머로 평소의 대면과 다를 바 없는 창호의 얼굴 윤곽이 더욱 선명한 상기로 떠오르자, 심호흡이 정지되는 현상을 일시로 겪었다. 가빠진 심경이 격렬하게 흔들리면서 그만 차분 성을 잃고 말았다. 신경세포를 과다하게 흥분시키는 발작은, 휘둥그레 커진 두 동공의 눈빛 속에 깊이 감추고 있는 목젖까지 드러내게 했다. 그 발아래로 남몰래 흘려버리는-비밀스러운 말을 애써 삼키려 드는 행태 전반은 편치 않게 불안정해 보였다.

"왜 그리 놀란 빛이냐?"

맵짠 질문을 던진 삼촌의 안색에는 오종종 숨기려고만 드는 의문을 캐려는 의중이 실려 있었다. 앞머리 부위와 정수리 머리카락 수가 감소 추세이면서-모발 소형화라 불리는 솜털처럼 가늘게 얇아지면서 힘을 잃어가는 탈모현상이 두드러지게 나타나고 있는 삼촌이다.

성근은 삼촌의 느닷없는 가시 채찍 질문에 사지를 부들 떨었다. 특히, 검게 염색된 눈살의 경혈이 격심했다. 좁쌀만 한 크기의 점점 물 사마귀 몇 개를 얹고 있는 목덜미 역시도 그에 못지않게 세차게 들먹거렸다. 귀싸대기 한대 맞은 이상으로 귀가 먹먹했다. 정중이 무너지고만 심금이 찔리면서 아리게 저렸다. 큰 신음이 한숨 조로 절로 내쉬어졌다. 일종에 지능장애로 보기도 하는 신경계질환인 난독증 현상이었다.

보통 때라면 예사로 흘려들었을 말이다. 성근은 자신을 꽁꽁 가둬둔 축대 벽이 무너질세라 내심 긴장의 경비를 세웠다. 자신이 판 구덩이 함정에 자신은 빠져들지 않겠다는 결의를 다졌다. 그렇지만 과도하게 높아진 초긴장으로 안절부절 떠는 사지를 진정시키기에는 심적 체력이 받쳐주지 않아 역부족이었다. 사분오열로 찢기고 갈린 조바심으로는 표정 관리도 쉽지 않았다.

"아, 아닙니다."성근의 들릴 듯 말듯 기어든 음량은 쩔쩔매는 진땀의 공포심을 깔고 있었기에 심하게 흔들렸다. 얼떨결 정신 상태라 마디마디 어투가 언죽번죽 불분명했다. 그는 어물쩍거리는 기색을 줄줄 새어 내는 눈꺼풀을 내리깔았다.

무엇보다 아무도 모르게 꼭꼭 숨겨야만 하는 살인 죄목의 들통이 조마조마 두려웠다. 고무줄을 끝까지 당긴 것처럼 팽창해진 경색 탓에, 의도와는 정반대로 머리 셈 굴리는 회전이 뒤죽박죽 어지러웠다. 어느 쪽이 진짜 자신의 모습인지 통 판단이 서질 않았다. 다만, 유도 심리인 미끼를 물지 않으려면 주의로 경계해야 한다는 부각은 가능했다.

절충은 한층 멀어졌다. 핏기 마른 입술은 물을 요구했다. 그는 된장찌개로 식사를 마친 빈 식기들이 널린 식탁의 물 컵을 왼손으로 집어 들고 목을 축였다. 그러면서 맞은편 등받이의 자에 다리를 꼰 비스듬한 자세로 앉아 있는 삼촌을 어섯 눈질로 요리조리 살폈다. 운신이 꾀죄죄하게 조여지는 이런 거북한 자리는 피하고 보는 게 상책이다.

"뭘 알고 싶은 건데요?"성근이 주체를 잃은 겁을 애써 누르며 단도직입적으로 물었다. "죄송한 데요. 삼촌보다 더 자주 만나는 창호의 소재 현재로서는 저도 알지 못해 몸 둘 바를 모르겠습니다."

"너라면 창호가 갈만한 장소쯤은 알고 있을 게 아니냐?"삼촌의 사무적인 인상은 매끄럽게 밝다. 다만, 경계를 따지려 드는 눈빛은 여전히 표독하다.

"그 점이 참 이상해요. 걔는 어디 간다고 하면 꼭 보고식으로 제게 알려주곤 했었는데, 이번에는 전혀 귀띔이 없었거든요."침 삼키는 소리는 심장을 뛰게 했다. 옷깃 위로 드러난 목덜미 살피가 다시금 부들부들 요란을 떨었다. 그는 턱뼈가 새겨지도록 이를 악문 의지와 별개로 여기서 무너져서는 안 된다는 의식을 모질게 끌어올리며 고개를 쳐들었다. "삼촌, 그렇게 걱정만 하지 마시고요, 경찰에 실종 신고를 내세요."자갈위를 밟는 불안정한 신경자극에 떠밀려 내뱉은 혀 밖의 말은 속만 울렁거리게 했다. 비위 따위나 맞추는-수작에 불과한-동정의 연민으로 위장한 음색은 맛이 없어 내뱉고 싶은 수구레(돼지껍질)에 지나지 않았다.

성근은 움찔 놀라는 자신을 새롭게 감지했다. 만약 자신이 선제적으로 제시한 말대로 삼촌의 실종신고 접수를 받은 경찰측에서 수사에 돌입한다면-? 거창한 망상이 부른 친구 살해건에 결국에는 자신이 수사선상에 영순위로 오르게 된다는-정처 없이 쫓기다-운수 없는 그 어느 날에 올무에 걸려들 수 있다는-그다음 두 손목을 옥죄는 수갑이 채워진 후 정해진 절차 따라 기나긴 옥살이에 들어가게 된다? 오감이 으스스 떨렸다. 머릿속이 하얗게 맹해졌다.

"너 참 불안해 보인다. 말해봐. 너 뭔가 숨기는 거 있지?"

삼촌의 톤 높아진 목청에는 몰아붙이는 기습이 있었다. 그냥 시험 삼아 던져봤을 리가 만무한-속부터 단단한 볼링공에 생각의 근원인 뇌리를 한 번 더 세게 얻어맞은 성근의 안색에 차갑게 얼어붙는 혈류 정지 현상이 떴다. 그와 비슷한 무게 과정이 몇 초간 이어졌다. 주리 튼 아픔의 혼선은 필요 이상으로 새우 눈에서 황소 눈으로 키워졌다. 목 기도는 막히고-만일 하대 무방한 상대라면 주먹 한대로 눌러버릴 수 있을 터인데-성근은 물어뜯는 맞장을 뜰 수 없는 서러움의 속내를 컵의 물로 또 달랬다.

"삼촌, 저 이만 일어나겠습니다."성근은 뒷다리로 물린 의자에서 살집 여윈 엉덩이를 어정쩡 떼었다. 단정치 못한 땟국 청바지가 커 보였다. "창호 아버지를 찾아뵈려고요."

"기억상실증에 걸린 노인네가 뭘 알겠니?……"삼촌은 시큰둥한 반응을 노골적으로 내비쳤다. 기분부터 뒤틀린다는 상념의 눈초리를 좀처럼 거두지를 않았다. "알았다. 창호 만나면 꼭 내게 알려줘야 한다."

"네, 연락드리겠습니다."

삼촌은 뜸 들이는 듯이 망설이다 마지못해 손을 내밀었다. 아마 시차를 두고 일어날 속심인 것 같다. 험하게 일그러진 안

색은 멱살을 와락 움켜잡고 때려죽이고 말겠다는 화기 성분이
었다.

피부로 인지되는 흐린 공기는 습기를 머금고 있어 묵묵하
다. 자아가 변용 없는 고집으로 밀어붙인다면, 기분을 가라앉
히는 우울증을 유발하는 원인일 수 있다. 덩치 큰 누렁개를 보
고 냅다 도망부터 치는 몸집 작은 삽살개 목도에 소스라치게
놀란 성근의 신경에 분열이 일었다. 차량이 드문 이차선 도로
를 순식간에 가로질러 쫓는 개마저도 1층 상가건물 모퉁이 뒤
로 사라지자, 보행로를 오가는 평범한 몇몇 사람들의 인기척
이 현실을 깨웠다. 정신을 야금야금 갉아먹으며 나태에 빠져
들게 하는 만성적 무력감에서 샛눈이 뜨이는 수준이었다.

알게 모르게 한 공기 안에서 주고받는 공동체 생활을 덧없
이 누렸고, 또 어울리며 지내고 있기에 거기서 거기인 일상인
줄은 뻔히 안다. 그런데 오늘따라 이 세상을 처음 본다는 듯
낯짝이 흐리멍덩하다. 모든 시작은 어둠에서 시작된다는 말
처럼, 그 한밤을 보낸 아침에 일어나 세수하고, 밥 먹고, 동녘
햇살로 젖은 머리 말리며 일터로 쫓기듯 달리는 평범한 사람
들의 반복적 일상이 도대체 생경하여 이해로 와 닿지 않는 것
이다.

물론 없어서가 아니다. 찾아 나서는 발품만 팔면 문이 열리
는데도-물결 헤쳐 앞으로 나갈 의지 없이-무지렁이 무직자로

지내면서-신수 좋게 잘나가 살판난 어느 놈의 등에나 업혀서 어디든 날아보려는-인간되기는 영 글러 먹은-송충이만도 못한 버러지 한량인이라, 그들의 일상과는 아무런 관련이 없다. 혼이 메마른 눈빛으로 구경하듯이 그저 스쳐 지날 뿐이라 그럴 수는 있다. 그렇지만 지금의 기분 상태는 저기압에 꾹 눌려 있는 우거지상이다. 그 연장선상에서 머릿속은 둔중하여 추측 가늠은 저 멀고, 느글느글 속내는 지각 결핍증을 불러일으켜 망연한 상실감에 잠기게 하고 있다.

성근은 자신의 피투성이 손으로 한 생명의 목숨을 끊은 무자비 죄목에 죄책감을 느끼고 있지 않다. 악마의 화신禍神이라 할까? 그 경지까지는 아니더라도, 적어도 자신의 좁은 지각으로도 인간성을 잃은 양심 불량자의 정형임은 틀림없다. 죄책은 일종에 양심고백의 성격을 띤다. 자신이 저지른 잘못을 인정하며 회개의 눈물로 용서를 구하기도 한다. 그러나 일반적 도덕성을 무시하며 악덕을 일삼는 자는 사회 파괴를 뿌려댄다.

저속한 무리에게는 진리는 세워 놓은 허수아비에 지나지 않다. 성근은 책임감을 모른다. 자신이 마구 어지른 짐이나 쓰레기일지라도 치울 줄 모르고 방치로 내버려둔다. 저 배만 부르면 우주가 뒤죽박죽 깨지든, 지구의 생태계가 파괴되든, 자신과는 아무런 관련이 없다고 뻗대는 인물이다.

며칠 전에 내버린 피투성이 시신 한 구가 하천 변에서 부패되어가고 있다. 악취만을 좇는 파리들이 그 몸속에다 헤아릴 수 없이 많은 알을 쳤을 것이고-그 인근에 터를 잡은 들쥐들 역시도 오며 가며 살집 한 점쯤은 물어뜯고 주린 배를 채웠을 것이다. 그 보답으로 페스트균을 남겼을 수도 있다. 그 곁에는 어깨가방 하나가 놓여있다. 그 안에는 사람의 사체보다 부패 속도가 훨씬 빠른 작은 용량의 우유와 빵이 각 한 개씩 들어있다. 중학생 시절부터 단짝으로 지내온 친구에게 주려고, 망인이 남기고 간 공장 간식이다.

오랫동안 지녔던 추억은 짧은 시간 내에 잊을 수 없다. 성근은 돌연 창호가 그리워졌다. 그렇지만 망상은 어디까지나 현실이 아닌 추상에 불과하다.

"창호야, 미안하다."그는 근육의 안색을 흉하게 일그러트리며 낮은 숨결을 길게 내쉬었다. 시간 때를 임의로 조절할 수 있다면, 평화했던 그 시절로 되돌려놓고 싶다는 애처로운 아쉬움의 한숨이었다.

이성은 상식에 맞추어 행동한다. 역으로 이성 상실은 비도덕·비 윤리·무질서를 남긴다. 공동으로 지켜야 할 관습법을 무너트리는 행태는 반인류적이다. 감정이 격해 남의 생명을 함부로 빼앗기도 하는 반사회적 인물은, 심신미약 자 부류에 속한다. 불안정한 의기소침의 성향을 극단으로 부각하여 관심을 유도한다.

숨어서 활동 준비를 하는 이 땅의 모든 세균은 아무도 모르게 창궐된다. 나의 목숨 부지 차원에서 담력을 높이 세워둔 사람은, 평소와 다름없는 일상생활로 자신만의 비밀을 끝까지 감춰둔다. 위장의 삶이다. 그러나 하늘과 땅과 나의 양심은, 내가 지은 죄명을 꿰뚫어 알고 있다. 그러므로 언제까지나 숨겨둘 수 없다는 시름으로 주체를 잃고 어쩔 줄 모르는 겁에 떨면서 나날을 보내는 자는, 그나마 자신의 생명을 아끼는 사람이다. 성근은 전자 인물에 해당된다.

성근은 생활터전이 골목처럼 협소한 탓에 화젯거리가 빈약하다. 그 이야기 소재도 제한적이라 따분하기 그지없다. 논리가 결연된 주접부린 입담은 그런대로 알아들을 수 있는 수준이나, 정합성이 떨어져 앞뒤를 가리려면 어금니 문 인내가 요구된다. 특히 남 비판이 가열하다.

한번은 윤창호 포함 서너 명이 둘러앉은 술좌석에서, 그 두 달 전에 심장마비로 갑자기 요절한 고향친구를 두고, 개인적 방식으로 빙빙 돌리는 욕설을 퍼 대며, 모든 안색에 못 믿을 거지발싸개 친구라는 식상 감을 심어 놓기도 했었다. 그중 독서를 꽤하는 편인 한 친구가 이솝이야기 한편을 들려주며 아주 못된 하정의 근성을 꾸짖는 주의 성 경고를 보내기도 했었다.

농부와 늑대

농부가 소 한 쌍의 멍에를 풀어 물통이 있는 곳으로 데려갔다. 그때 굶주린 늑대가 먹이를 찾아다니다가 쟁기를 보고 소들이 맸던 멍에의 안쪽을 대뜸 핥기 시작했다. 늑대는, 자기도 모르게 멍에 밑으로 조금씩 목을 들이밀어 넣다 목을 뺄 수 없게 되자 쟁기를 밭으로 끌고 갔다. 농부가 돌아와 늑대를 보고 말했다.

"이 악랄한 대가리야, 네가 진정 약탈과 해코지는 그만두고 농사일이나 시작했으면 좋으련만!"

잔머리를 많이 굴려 쓸데없는 짓거리로 덜떨어진 실수를 종종 낳곤 하는 그의 친구 관계는 얻는 것이 없으면 만날 이유가 없다는 심보 자다. 자신의 이익만을 챙기는 계산적 인물이라, 하다못해 양말 한 짝이라도 사 들고 인사를 와야 웃는 낯으로 반겨준다. 자기는 친구들을 위해서는 돈 한 푼 쓰지 않으면서, 누구네 집에 갔더니 물 한 그릇 대접도 않더라는 욕은 대놓고 하고 다닌다. 입정이 종잇장처럼 가볍고 흘기는 곁눈질은 생선을 낚아채려는 고양이 눈빛이다. 또한, 세치 혀에는 상대방에 따라 써먹을 거짓말을 항상 겸비로 머금고 있다. 정력 해소 차원에서 조선족 여성과 일 년여 정도 동거했었다는 여자와의 잠자리에서는 걸신들린 사람처럼 간신배 아양을 떨며, 인격을 무시하고 성급하게 덤벼드는 타입이다. 남겨지는 뒷말은 남성의 가장 치명적 급소인 몇 그램 고환을 걷어차서라도 다시는 상종하지 말아야 할 인종이라는 비난이다.

못난이 채소가 된 머리를 쥐어짜 봐도 도통 잡히는 게 아무것도 없다. 허공을 떠도는 시무룩 기운을 어렴풋이 일깨운 그림은 차후 받을 거액의 보험금 지폐 더미였다. 회동會同을 일으킨 상상은 흐뭇한 웃음을 머금게 했다. 그 바탕에는 살해사건 발생시간이 제법 흘렀는데도 불구하고, 여전히 경찰들의 움직임이 없다는 조악한 안심도 있었다. 그는 의기양양해진 득세를 몰아 나는 경찰 수사망 그물에 절대 걸려들지 않을 거라는 자만심을 내심 추켜세웠다. 사회 환경 위협이 어느 정도인지-정밀하게 따진 사안별로 비공개 수사를 벌인다고는 하나, 적어도 지금까지는 실없는 걱정 따위는 안 해도 될 성싶다.

그는 이참에 아직 현장에 남아있을 시신 처리로 흔적을 아예 지워 버릴까, 초점에 돌연 의중을 모았다. 그러다 추론을 정리하면서 생각을 고쳐먹었다. 살인사건이 세상에 공개되어야 그 증명 바탕에서 보험사로부터 공동수익자인 내 앞으로 사망보험금이 나올 게 아닌가? 에 눈을 번뜩 뜨고 현장방문 계획을 짐짓 철회하며 접었다.

무거운 돈다발이 곧 손바닥에 얹어지게 된다는 심장 뛰는 흥분에 세상이 더없이 넓고도 환하게 보였다. 가상의 모종이 좀 석연치 않긴 하나, 그런대로 좋은 징후로 이끌렸다. 의식은 보험금 수령 후 빚 갚고 남은 대거리 여윳돈으로 제주도 한라산에 올라 신이 차오른 목청으로 야호를 외친 기념선물로 그곳의 신선 물을 용기에 담아 오랫동안 보관하고 싶다는 하나의 꿈으로 모아졌다.

그다음은-? 몇 분 앞도 내다보지 못하는 나도 모르겠다. 내일 일을 말하면 귀신이 웃는다는 말처럼 영혼이 썩어빠져 천류를 거스른 살인마의 운명, 현실적인 지장이 초래되지 않는 한-뇌의 기억에서 잊기 전까지는 편치 않다. 그럴 바에야 수사권을 쥔 사냥개의 눈들을 피해 다니지 말고 자수하여 광명 찾지 말은, 자신의 범행 이전에 죄를 지은 범죄자들을 향해 비웃음용으로 써먹던 일갈이었다.

성근은 요금 미납으로 인터넷이 끊긴 싸늘한 자취방으로는 돌아가고 싶지 않았다. 남아도는 시간 보낼 곳이 딱히 떠오르지 않자, 눈에 지핀 구립도서관으로 발을 들였다. 책과는 담쌓지 오래라 낯선 입실일 수밖에 없었다. 컴퓨터 오락게임만을 주로 즐겼기에 그와 관련된 책 뭐가 있을까, 이리저리 굴리는 그의 눈빛은 시간 보내려는 심심풀이 목적에 불과하였기에 대충으로 흘기는데 지나지 않았다. 흥미가 오르지 않으면 막을 치고 돌아보지 않는 것이 그의 특징이다. 그만큼 호불 편차가격하다.

젊은 엄마 등에 업힌 갓난아기가 물끄러미 쳐다본다. 두 눈빛이 영롱하게 맑다. 연한 피부도 보송보송 곱다. 제 엄지를 물고 있는 사내아기가 엄마 등 뒤로 얼굴을 감추면서 갑자기 으악~울음을 한바탕 터트렸다. 도서관의 정숙이 순식간에 깨졌다.

성근은 깜짝 놀라며 아기에게서 이보 물러섰다. 엄마가 어르고 달래는 데도 불구하고, 아기는 좀처럼 울음을 그칠 줄 모른다. 컴퓨터 화면을 들여다보고 있던 자리에서 벗어나온 젊은 여사서가 두 모녀를 문밖으로 조용히 안내한다. 이내 돌아와서 성근의 눈빛을 빤히 들여다보는 사서의 싸늘한 시선이 예사롭지 않다. 흉포한 악마를 봤다는 기색이 역력하다. 제자리로 돌아가 앉아서도 힐금힐금 눈짓으로 요 주의자라는 긴장의 경계심을 거두지 않았다.

기분이 굉장히 불쾌해진 성근은 드잡이로 달려들어 따져 묻고 싶었다. 그렇지만 부글부글 끓는 성질대로 태질은 부리지 않고 용케 참는다. 좋을 리 없는 문제 커짐을 자각한 것이었다. 그러고는 혼자 말로 "내 참! 별꼴이네. 내 인상이 그렇게 흉측한가? 하긴 사람을 죽인 살인범이나-."툴툴거리고 만다.

책들이 빼곡하게 꽂힌 서가 앞에서 물러나면서 발 머리를 돌려 신문 대 의자에 앉은 그는 골라 집어든 일간신문을 뒤척거린다. 끔찍한 범행을 저지른 사람은, 여론을 중시하는 경향을 보인다. 다른 보도에는 별 관심을 기울이지 않고, 일종에 자신이 주도해 남긴 행적만을 눈여겨 찾으려 한다. 여론은 사건을 어떤 조명으로 분석하고 있는지와, 뒤쫓는 경찰수사는 어디까지 추적했는지를 사전에 알아보고 싶다는 병리 현상이다.

제일 먼저 사회면을 살폈다. 역시 다리 아래 살해 건은 실리지 않았다. 신경 거슬리는 불안심이 일었다. 허전한 초조감이 일시에 밀려들었다. 일종에 문제가 풀리지 않는다는 안개 속 갑갑증이었다.

그는 신문에서 눈을 떼고 깍지 낀 두 손으로 받친 머리 뒤통수를 바싹 젖히며 거리가 불과 이미터 남짓인, 형광등 불빛이 밝은 천장을 멀거니 바라본다. 그곳에서 자신을 마주 보고 있는 누군가의 얼굴 현상이 나타났다. 솜털 시절부터 성대 변성기를 지나 수염이 억세게 까칠까칠해지도록 까지 한 이불의 죽마고우로 지낸 창호였다. 자연스럽게 세월 저편에 묻힌 옛 추억이 새롱새롱 되새김된다. 왁자지껄한 상업 도심에서 한참 벗어난 냇물 속에서 몸집 작은 물고기를 투망으로 잡다-메뚜기 뛰는 청정한 푸른 들판으로 올라와서-손잡이 그물채로 공중을 비행하는 고추잠자리를 쫓았던-이 나무에서 저 나무로 재빠르게 옮겨가는 매미를 도중에 낚아채는 자연놀이를 즐겼던 중학교 시절의 재 필름영상이다.

너의 집이 곧 나의 집이요, 나의 집이 곧 너의 집임을 가리지 않고, 문턱이 닳도록 서로 오가며 숱한 밤을 보냈던 우정의 단짝 친구를 그 누구도 아닌 나의 이 손으로, 그것도 핏덩이 채로 숨통을 끊었다는 게 한편으로는 도무지 믿어지지 않았다. 물욕이 화근이었다. 정말 그럴까?

사실 모든 것을 살 수 있다는 전능의 돈에는 아무런 죄가 없다. 잘 먹고 잘 살아보겠다는 목적의 과욕에 사로잡힌 인간이, 그 돈을 빼앗아 쥐려 생명 죽임을 불사한 것이다. 인간 만사는 돈에서 움직인다. 그 돈 때문에 웃고 우는 생활을 반복한다. 속박에 갇힌 신분을 영원토록 벗지 못하는 노예 신세와 별반 다르지 않다.

귀신도 춤추게 한다는 뭉치의 돈다발에 정신 팔려 인류를 뒤집어 파괴한 죄는 비눗물로도 북북 씻어낼 수 없는-살아있는 현실의 뿌리이다. 그토록 기댔던 친구를 자신의 무서운 광기로 다시는 볼 수 없게 됐다는 암울은-최근 들어 심신이 극도로 미약해진 탓인지 겉으로는 후회를 안 하는 척하면서도, 그 어느 한구석 편으로는 양심고백 같은 가책은 일말 품고 있다. 어둠에 묻힌 결함과 왜곡이 낳은 죄라는 인식 정도이다. 나의 의식 주체는 비뚤어진 데 없이 한결 정상적이다. 주장은 정신병 환자들의 변이지 아니던가.

기회 마련은 손길이 닿지 않는 먼 곳에 있는 것이 아니라 바로 내 안, 또는 주변에 있는 것이다. 스친 흑막 지혜는 정신을 번뜩 깨웠다. 비로소 창호에게 시선이 맞추어졌다. '보다 넓게-보다 가깝게'라는 목표를 세운 성근은 경험상 아무 때나 만나볼 수 있는 창호에게 평소의 세계처럼, 평소의 나로서, 친구의 우정을 영원히 변치 않겠다는 다짐을 매번 토로했다. 나를 찰떡같이 믿으라는 과시였다. 악의 없이 순진한 창호는 그때마다 고개를 끄덕이며 만면의 웃음을 거두지 않았었다. 모진 놈 곁에 섰다 벼락 맞는다는 얘기를 그는 전혀 듣지를 못하였다. 그래서 보험금 수령자가 가족 친지도 아닌 친구 간 동시 가입이 수월했다.

뼈를 구성하는 성분 영양제 칼슘이 부족했었던 탓일까? 나의 절친한 15년 단짝에서 우정을 저버린 배신적 작태는, 너무나도 손 쉬웠다. 한 시간 치기로 끝낼 수 있었다. 그동안 쌓아둔 믿음의 결말은, 그렇게 한순간이면 충분했다. 장구한 계획을 세우지 않았던 것은 아니다. 친구가 마지막 선물로 안겨줄 피의 보상금이 재기의 힘이 되리라고 믿고, 그 시점에 맞추어 한 달 전부터 여타 사례를 들여다보며 이리저리 가설을 짜는 준비를 했었다. 그 기간에 도약의 위상을 높여줄 이용물의 잠정 대상이 된 친구 대함은, 위선에 가까운 비열 그 자체였었다.

떳떳할 수 없는 의식은 숨김부터 서두르게 했다. 남몰래 혼자 꾸미는 중이었던 살해 설계, 그 이면적 태도에 얹어진 심리적 무게로 움직임이 힘들었던 것은 사실이다. 정체가 묘연하여 가늠이 안 잡히는 돌덩이 무게는, 짧은 한때 가슴의 호흡까지 멈추게 했었다. 비몽사몽이나 가위에 눌린 악몽은 분명 아니었다. 잠 꿈은 잘 꾸지 않기 때문이다. 아, 한 가지 꿈은 기억이 생생하다. 친척 중 한 사람이 병원에 입원해 있는데, 그날 꼭 해결 보아야만 하는 외부 일로 남편 곁을 지킬 수 없게 된 아내에게 대신 간병인 노릇을 맡겠다는 철칙 건 약속과 달리, 그 시간에 다른 장소에서 흙을 파먹는 비루한 지렁이 인생들 몇몇과 술주정을 부린 꿈이다. 이후 그 친척 부부를 애써 피하는 장면이 이어졌었다.

말을 들어 먹지 않는 자의 별명은 아무것도 썰지 못하는 무딘 칼이다. 성근은 무척추 거머리 인물이다. 남을 이해하는 선심이 티끌도 없다. 혈육의 둥지를 헤치는 까마귀 종자이다. 그러므로 너무나 억울하여 염라청閻羅廳과 극락을 마다하고 뜬 귀廣鬼로 구천에 떠돌 창호에게 애석하다는 미덕을 가질 수가 없다. 만감 교차이다.

"거지발싸개 같은 놈. 그딴 돈 때문에 친구의 생명을 빼앗다니……양심과 영혼을 팔아먹다니……저속해진 내 인생은……사람이기를 포기한 나의 인생은……신의 가호를 더는 기대할 수없이 완전히 패망했다. 짧게 남았을 여생 갈 데까지

가보자!"

결핍된 아픔이 없으면 문제 해결은 없는 법이다. 이런 환경이 성근의 성향을 의지가 물렁물렁한 인물로 구조시켰다 해도 과언이 아니다. 실제 생활에서 터득한 필요의 지혜는 보편적으로 갖추고 있긴 하나-자구 노력으로 세상을 확 바꿔보겠다는 결기는 전혀 찾아볼 수 없게 되었다. 자기로서의 장래 구축은 남의 일처럼 등 뒤 저편으로 미뤄내고, 누군가가 크게 돕는 다면-전제만을 달고 있을 뿐, 수식이 관장하는 당돌성이 취약하다. 창호와의 인터넷 쇼핑 사업을 삼 개월 만에 폐쇄한 경험을 발판 삼아 재기를 노렸으나, 녹록치 않은 주변 상황으로 끝내 풀리지 않자, 그 이전 날들처럼 책임감 없이 시간을 잊고 사는 방종의 기질로 확연히 되돌아섰다.

그는 작은 식당 경영으로 겨우 풀칠이나 하는 부모를 많이도 원망하며 저주했다. 아무런 도움을 주지 못하는 부모의 따분한 아들이라는 게 창피할 지경이었다. 살아갈 목적을 흐리게 하는 그따위 부모는 없어도 그만이라는 홧김 머금은 말을 곧잘 내질렀다. 그는 생물학적으로 마음을 붙일 수 없게 된 부모로부터 애정결핍을 느꼈다. 천부적인 피해자라는 인식을 떨쳐내지 못하고, 부모의 말이라면 어떤 주의 성 경고도 듣지 않고, 성질부터 버럭 지르는 혈기로 누르며 귓전으로 흘려버렸다. 그나마 기억하고 있을 때 잘 하라는 말이 쓸데없는 아카시아가시 같은 존재였다.

그는 만화방이나 그밖에 유흥업소 드나드는 비용을 손 벌리는 구걸로 마련했다. 재미가 붙은 오지랖 미소는 더 큰돈을 빌리는 온갖 궁리로, 사기꾼에 버금가는 거짓말을 개발하여 써먹는 계기가 되었다. 그렇게 속아준 몇몇 사람들 덕분으로 주머니 사정은 든든해졌다. 그러나 쓰기만 할뿐 정기적인 수입원이 없었던 탓에, 허례허식의 푼돈 수명은 오래가지는 못하였다. 이젠 피붙이든 겨레붙이든 간에 누구든 그의 입에 발린 간교한 말에는 귀담아듣지 않고, 절교에 가까운 경멸로 무시했다. 인간의 기본인 신망을 깡통으로 잃고 만 것이었다. 하늘빛은 노랗고, 양편으로 쫙 갈린 땅 구덩이는 깊어 떨어지면 곧바로 무덤행이다.

한편으로 치우친 편협에는 독선이 매우 강해 앞뒤를 맞춰보는 절충이 쓸데없다. 제가 옳다는 주장을 무조건 밀어붙이기 때문이다. 나는 내 길을 갈뿐이다 식이다.

뾰족한 둔기로 사정없이 두들겨 맞고 찔린 창호는, 피의 옷을 입고 숨을 거뒀다. 그렇게 창호는 처음부터 방어력을 잃고 숨결을 멈추었다. 순교자의 참수처럼 서슬 퍼런 둔기에 무차별 두들겨 맞으면서 눈을 감았다.

성근은 공장 내 공동 작업복 단추 셔츠를 입고 축 늘어진 시신의 두 발목을 부여잡고 풀 더미 장소에서 질질 끌어 콘크리트 벽 아래 전신주와 큰 하수관 사이로 내던졌다. 살해 범죄를 다룬 외국영화 장면의 재현이었다. 그다음으로 살해하면서 튄 여기저기 피의 파편을 빗물이 냇물이 되어 흐르는 물결로 씻었다. 손과 얼굴 그리고 후드 옷을 벗어 잔재를 지우고 또 지웠다. 그러나 코에 배인 잠재의식의 비린내까지는 제거할 수는 없었다.

자신의 잔인무도한 흉악 기질에 적잖이 놀란 그는, 그 과정에서 뜨거웠던 흥분의 숨을 충분히 가라앉힌 이후 외출 7시간여 만에 택시를 타고 집으로 돌아왔다. 성근은 대충 씻은 다음, 해 남은 오후 녘 잠자리에 들기 전에 세워둔 계획대로 두 여자 친구에게 차례로 전화를 걸어 빚 갚게 됐다는 언질을 내비쳤다. 이른바 알리바이 맞춤이었다.

성근은 친구를 비명횡사로 보낸 일주일 후 스스로 자신의 정신 상태를 점검하는 과정을 밟는 계기를 맞았다. 잠이 좀처럼 오지 않자 떠오른 생각대로 되짚게 된 것이었다. 정신 균형은 여느 때처럼 정상이다. 양심의 가책은 악마에 잡혀 먹혔는지 떨떠름할 뿐 대체로 무덤덤한 편이다. 한 생명의 목숨을 죽였다는 무게감도 저 깊은 수면 아래로 가라앉아 있어 감회가 거의 없다. 한 생명의 살해는 곧 인류 전체를 살해한 것이다, 라는 말을 어디서 얼핏 들었던 것 같다. 그렇지만 그는 그 말과 자신과는 전혀 무관하다는 간과로 묻어버렸다. 자의식이

끌어올린 결점의 죄책도 무시로 뭉개버렸다.

그렇지만 이전처럼 유순히 흐르는 자연스러운 마음이 아닌 것은 분명하다. 양심을 찔러대는 송곳 같은-그 무엇이 내 안에 있긴 있는 모양이다. 이젠 그 원뿌리에서 이식해 나와 더 이상의 관계는 없다, 라고 단정 내린 그 속에서 아직은 완전한 궤도 이탈이 아니라는 시인 성 기운이 바로 그것이었다. 실수로 꽃병 하나를 깨트렸다는 합리적인 억지 주장은 천인공노한 엄청난 큰 사건에 비해 그 강도 면과 맞지 않게 퍽 약하다는 설득도 한몫 거들고 있다.

지구의 공전에 맞추어 돌고 도는 여름과 겨울은 한 계절로 머물 수 없듯이, 그와의 상봉은 영원한 전설이 되어 버렸다. 추억의 정물 그림으로 벽면에 붙어있는 것에 불과할 뿐이다. 사지를 움츠러들게 하는 추운 겨울이 활기가 넘치는 봄을 그리워하듯이, 두고두고 보게 될 그 그림도 아예 치워 버려질 그날은 반드시 오고야 말 것이다.

남의 생명을 함부로 빼앗은 치명의 살해는 공동체 사회를 헤친 경천동지驚天動地 범죄이다. 이미 쏟아버린 물이다. 잘못된 물건이라며 반품할 수 있는 가벼운 성질의 사건이 아니다. 세상이 두 쪽으로 갈리어도 갈기갈기 찢어발긴 범행의 자취는 언제까지나 변형 없이 그 자리에 역사의 뿌리로 박혀 있을 것이다. 그렇지만 범행을 저지른 나의 입장에서는, 그것을 부인 성 거짓으로 덮지 않으면 아니 된다. 왜냐하면 깊은 은닉일수록 내가 살아남을 수 있는 유일한 길이기 때문이다.

사실 나는 악마에게 이용당했다. 아니 하수인으로 완전히 붙들렸다. 자존심을 억압으로 짓누르는 돈 문제 해결에 몰두해 있는 나의 방방 떠는 약점을 파고들어 자신의 흉악한 유전을 내게 부여하여-그것도 절친 친구를 대상 삼아 살의를 품도록 붉은 혀로 꼬드기며 기어이 이손으로 피를 흘리게 하고 말았다.

얼마나 오랫동안 그렇게 골똘히 매달려 있었을까? 심장박동이 숨 쉬는 감각을 일깨운다. 뒤따라 갈피 잃은 허망함이 밀려들었다. 기분이 묘하게 뒤틀리며 찾아도 찾아낼 수 없는 저 먼 안개 속 환상에 분노가 치밀어 올랐다. 일종에 이성 잃은 광분이었다. 그 속에서 생명의 불꽃이 가물가물 꺼져가는 데도, 저의 붉은 피로 홍건하게 덧칠된 다른 손을 꼭 쥐고 놓을 줄 몰랐던 창호의 마지막 모습이 다시금 생생하게 그려졌다. 난데없이 가슴이 미어지면서 그 속에서 뜨거운 울분이 솟구쳤다.

나는 창호를 친구로서 사랑한 적이 솔직히 한 번도 없었다. 중학교 동창 100여 명 중 한명 일뿐이라는 주관이 대세였었다. 그들보다 단짝으로 자주 만나 대하기가 편했었다는 겉모양의 형용일 뿐이었다. 나의 아픔만 감지했지, 남의 상처에는 파리 취급으로 그다지 관심을 기울이지 않았었다. 상대의 안색을 살피지 않고 혼자 떠드는 격이었다. 그 결과 속속들이 한 지체로 똘똘 뭉쳤던 친구를 잃었다. 지금에서야 바른 이성으로 말하지만 속죄는 하고 있다. 창호처럼 형제 이상의 우애가 넘쳤다면, 천하보다 귀한 한 생명을 그토록 무참하게 때려잡는 망상의 살인은 저지르지 않았을 것이다. 아무리 돈이 주목적이었다 할지라도 경계를 크게 넘어갔다는 것은 통절의 힘을 입지 않고는 불가능한 일이다-정도의 후회는 하고 있다.

잠시 숨을 고른 성근은 자수는 절대 않겠다는 다짐을 재차 다졌다. 나의 모습은 빨랫감만 잔뜩 들어차 있는 트렁크와 같다는 뒤늦은 시큼함에 적지 않게 실망했음에도, 스스로는 교도소에 가지 않겠다며 주먹손으로 벽면을 서너 번 때려대었다. 그 여세를 타고 세상살이 풍경은 다양할지라도 나의 나는 나일뿐이다, 라는 생각을 모질게 굴렸다.

올해 장마는 비가 적다. 마른장마 기간이 십육 일째 이어지고 있으니 말이다. 그는 견딜 수 없도록 격화된 궁금증 병을 치료하겠다며 집을 나와 택시를 세웠다. 목적지 전 길목에서부터 걷기 시작한 발걸음은 하천 인근에서 주춤 멈춰 세웠다. 인적이 드문 시각인데도 여러 명의 인기척을 아득히 들었기 때문이다. 반사적으로 사지가 움츠려들었다. 상온이 갑자기 온 대지를 얼리는 영하권으로 굳어버렸다. 청력 느낌이 썩 좋지 않았다. 비관적인 색조의 눈이 크게 키워졌다. 의혹이 짙은 불안의 그림자로 덮여왔다. 머리통이 무지근 힘에 짓눌려있다.

거리를 적당히 맞춘 먼발치에서 하천을 가로지른 다리가 보였다. 그늘진 다리 밑 바깥-빛발이 한가득 내리 쬐이는 길목에는 노란 선이 둘러쳐져 있었다. 사건 조사 중이니 접근을 말라는 경찰의 신호였다. 순간 그는 가슴 복판에 화살이 꽂히는-그 상처의 피가 흐르면서 고체로 굳는 경직에 빠져들었다. 그는 더는 자신을 밀어 대지 않고 샛길을 찾아 허겁지겁 달아나기 시작했다. 그 길은 경운기가 다니는 농로였다. 그러면서 느티나무 아래서 더위를 피하고 있는 동네주민 두 사람을 목격했다. 그들이 나를 본 유일한 농민들이다.

보름 남짓 자연환경 속에서 그대로 방치된 부패 시신을 발견하고 휴대전화기를 연 사람은 물놀이를 나온 50대 외지인이었다. 신고 접수를 마친 경찰은, 즉각 수사본부를 차렸다. 선별로 뽑힌 36인의 형사들에게 살해사건 해결의 열쇠가 맡겨졌다. 내부 의견을 거쳐 그 수를 6개 팀으로 나눴다. 1차 모임을 가진 그들은 원한 범죄에 초점을 맞추었다.

다리 아래 살인사건을 총지휘 맡게 된 지역 경찰서장은 강력 범죄를 수없이 다뤄본 훌륭한 베테랑이다. 경찰은 흉기에 무차별 난자당한 망자의 신원부터 탐문을 시작했다. 현장에서는 사망자의 신원을 딱 짚어 확인해 줄 물증은 아무것도 없었다. 어깨가방 안에 들어있는 빵과 우유가 전부였다. 그것도 이미 썩은 상태라 냄새가 아주 고약했다. 그 외에 노란 수건 한 장과, 치약·칫솔이 함께 담아진 직사각형 플라스틱 갑이 더 있었다. 수거한 칫솔과 아직은 윤곽이 남아 다행인 손가락 지문을 채취해 국립과학수사연구원에 의뢰했다. 신원이 확인 되었다. 주소는 사망자의 자취방이었다. 어머니는 안 계시고, 치매 요양원에 장기입원 중인 아버지의 소재도 찾아냈다. 근무지도 알아냈다.

일선 수사팀은 경위를 밟아 사망자가 다녔다는 중소기업을 방문했다. 근무실적이 성실한 상주직원들은, 공무집행 차 나온 사복경찰관들에게 친절을 보였다. 두 형사는 윤창호의 이름을 대고 평소 그와 친하게 지냈던 동료들을 불러 달라고 책임자 임원에게 청원했다. 기름때에 전 멜빵 작업복 차림새로 규모 작은 회의장 문턱을 차례로 넘어서면서 낯선 두 사람에게 반사적 눈빛을 던진 5인의 근로자들은, 하나같이 양 눈썹이 짙으면서 턱관절은 길쭉했다. 직업이 사람을 만든다는 말처럼, 아마 그 밥줄에서 골격이 다져진 인상착의이지 않을까 싶다.

작업 중 부름을 받은 영문을 몰라 굼떠 있는 그들이 철제의자에 개별로 일제히 앉자, 한 사복형사가 그들 앞에 마주 섰다. 그는 자신 소개를 짧게 마쳤다. 그러고는 미리 내려둔 벽면 스크린을 향해 준비해온 폐쇄회로(CCTV) 영상물을 틀었다. 영상물의 시발점은 공장 정문이었다.

6월 하순. 어둠 자락이 희미한 잔재로 남아있는 새벽녘. 굵은 초기 장맛비가 세차게 내리는 가로등 거리. 받쳐 든 우산 안에서 어깨동무를 한 두 사람의 뒷모습. 신장 면에선 왼쪽 사람이 이 센티미터 가량 크다. 행동거지는 비교 쉽게 딴판이나, 분위기상 친형제와 다를 바 없이 매우 친밀하다. 영상물의 동선은 한편은 마을, 한편은 까치교 방향인 두 갈래 길목에서 끊겼다.

동료형사가 더없이 소중한 자료 영상물을 챙겨 등 가방에 넣고 있는 사이, 안면을 터 한층 가까워진 형사가 근로자들 앞에 다시 섰다. 그는 반 주먹손으로 두 번의 헛기침을 막은 후 두 발붙인 자세를 꼿꼿하게 세웠다. 그는 영상으로 함께 본 두 사람이 누구인지 알아보겠느냐 질문을 넌지시 던졌다. 진즉에 알리면 친구는 친구를 감싸려 든다는 통례적 의문을 비로소 풀어놓은 것이었다.

기름진 기계를 돌리고 만지는 근로자들은, 170센티미터 정도의 신체에 체형이 마른 편이고, 걸음걸이가 O자형(양측 내반슬)에 팔자걸음(양측 외족지 보행)과 동시에 왼쪽 발을 바깥으로 차면서(원회전 보행) 걷는 습관의 주인공은, 동료 창호와 절친 사이인 박성근임을 이구동성으로 밝혔다. 그들은 덧붙여 자주 놀러 왔었기에 자세 모양이 퍽 익어 아무리 변장을 해도 단번에 알아볼 수 있다는 점도 힘 실어 강조했다. 형사는 작심하고 여러분들의 동료분이 살해당했다는 사건을 마침내 공개했다. 놀라움을 감추지 못하게 된 동료들은, 서로를 돌아보며 창호의 해 밝았던 인상을 저마다 되새겼다.

한편 다른 방향에서 폐쇄 회로 영상을 분석한 팀은, 당일 새벽 두세 시 무렵부터 시내에서 나왔거나 들어간 택시 수백 대 중 한 대를 추려냈다. 경찰서에서 목격자 조사를 받게 된 기사는, 늘어나는 흰 머리수에 비해 검은 올 수는 점차 감소하여 가는 환갑노인이었다. 두피가 훤히 들여다보였다. 두 즘 양은 속히 잡힐 배불뚝이 신체를 가지고 있었으며, 수면 질이 낮은 졸림 증을 몸으로 호소하는 눈빛이었다. 젊었던 시절에 넘쳐 흘렀던 탄력 체형은 온데간데없이 피부수분 부족에 시달리는 풍채 건조한 체구였다. 젊은 시절에 마음 가는 대로 발길 닿는 대로 싸돌아다녔던 예전의 기억만이 살아 있을 뿐인 노쇠한 몸체였다.

형사의 사무적인 질문에 그는, 후드 티 모자를 내내 벗지 않고 '목 수술로 말을 못 합니다.' 쪽지 문구 아래로 목적지를 기재했다는 특징을 순순히 진술했다. 또 한편의 수사관들은, 윤창호 시신 발견 직후 누군가가 보험금 청구에 대해 문의한 기록도 찾아냈다. 이로써 용의자에 대한 전반적 조합은 맞춰졌다.

공중오락실에서 시간을 보내고 돌아온 성근의 사글세 집에 체격 건장한 세 사람이 갑자기 들이닥쳤다. 두 시간 전부터 잠복근무 중이었던 검거 조 형사들이었다. 그중 한 형사의 입에서 미란다원칙 고지가 외워졌다.

　"당신은 묵비권을 행사할 권리가 있고 당신이 하는 말은 당신에게 불리한 증거가 될 수 있으며 당신은 변호사를 선임할 권리가 있다. 당신을 살인죄로 긴급 체포합니다."

제 8장

늦둥이 배태

늦둥이 배태

혼자 자취하며 지내시는 노인이지 않나 싶은 손님이, 키 높이인 층층 매장 대에서 10킬로그램 무게의 포장양곡을 끌어내리다, 그만 바닥으로 떨어트리는 실수를 저질렀다. 재질이 약한 엷은 포장은 그대로 터지면서 흰쌀을 흩뿌려 놓았다. 노인은 실수에는 태연하였으나, 버려지게 될 쌀에 대해서는 아깝다는 난색을 지었다. 노인은 사람들이 많이 다니는 공공장소인 점을 참작했는지, 주위를 두리번거리며 청소도구를 찾는다. 그때 마침 인근에서 알루미늄 삼단 사다리 위에서 진열상품을 정리하던 남자직원이 맨손으로 바닥에 흩어진 쌀을 쓸어 모으는 노인을 안경 눈으로 내려다보면서 저희가 하겠다며 말렸다. 죄송하다는 낮은 사과의 음색을 입 밖으로 새어낸 노인은 같은 제품인 포장 쌀을 대신 집어 들었다.

금옥은 선체에서 체내 피가 하중으로 집중 쏠려 부기가 탱

탱 차오른 허벅지를 거쳐 그편의 종아리를 주무르다, 몇 차례 접견해 본 노인고객이 내준 신용카드로 결제를 마쳤다. 노쇠한 연령대가 아직은 아닌 듯싶은 노인은, 평소의 깔끔한 인품의 후광이 얼마간 떠받치고 있는 혈색 좋은 인상은, 계산자로 하여금 절로 친절한 상냥 감을 머금게 하였다. 또한, 기본적인 건강한 체력으로 배낭 안에다 포장 쌀을 쑤셔 넣고 양어깨로 가뿐하게 짊어지는 동작에서는, 지병 없는 힘을 갖추고 있음도 충분히 가늠할 수 있었다. 그 전체적 행동거지로 미뤄, 기억의 서랍도 빽빽하지 않을 듯싶다. 한마디로 신체 관리를 잘하는 노인임이 틀림없다.

몸이 천근만근으로 심히 무겁다. 푹 쉬고 싶다. 그렇지만 계산대 앞에 선 이상 그 자유는 누릴 수 없다. 고용인들의 동태를 살피는 관리자의 눈이 있기 때문이다. 한 사람이 겨우 지나다닐 수 있는 폭 좁은 계산대 안으로 둥근 의자가 항시 비치되어 있으나, 그건 장식용에 지나지 않다. 어떤 때는 앉아보지도 못하는 의자를 울컥 차버리고 싶어질 때가 있다. 임계점에 다다른 극심한 피로에서 치민 신경성 과민에 따른 짜증이었다.

가장 큰 고통은 방광을 꽉 채운 오줌 문제를 제때 해소할 수 없다는 것이다. 가게가 한가하다면 찍힌다는 문제의식 없이 잠깐 자리는 비울 수 있으나, 특히 직장인들의 퇴근 무렵인 오후 6시 이후부터는 금방이라도 방광이 터질 것 같은 혹독한 고통을 두 발을 동동 구르며 감수해야 한다. 그 한도에 샌 요실금으로 속옷을 적신 적이 몇 차례 있다. 물론 두 시간마다 잠깐 눈을 붙일 수 있는 시간이 20분씩 공식적으로 주어져 있다. 그러나 문제는 지금이지 그때가 아니다.

아홉 시. 금옥은 상의만 얼른 걸쳐 입고 퇴근길에 올랐다. 버스가 오는 동안 정류장 지붕 아래 의자에 앉아 쉬기만 하면 어김없이 졸음이 밀려든다. 병이 돼버렸다. 그러나 용케도 타야 할 버스만 오면 노루잠도 깬다. 신기하다. 버스 안에서 30분은 갇혀 있어야 한다. 금옥은 앉은 좌석 등받이에 머리를 기대고 눈을 스르륵 감았다. 이내 잠이 전신을 눌렀다. 너무나 깊은 잠이라 옆 사람 어깨에 자신의 머리가 기대어진 것도 전혀 깨닫지 못하였다. 그 승객이 잠든 사람의 머리를 살짝 떠밀었다. 그 기척을 잠결 속에서 인지한 금옥은 부스스 뜬 두 눈으로 상대를 멀뚱 그래 쳐다본다.

"많이 피곤하신가 봐요?"위로 어린 음색을 다소곳하게 들려준 주인공은, 과년한 나이에 들어선 처녀였다. 소프라노 음정이 참 곱다.

"아, 예……!"금옥은 얼떨떨한 잠결에서 완전히 깼다. 통로변 좌석에서 일어나 방향을 돌리고 소지 짐을 챙겨 든 아가씨 몸매는 날씬하다. 손잡이 달린 가방인데. 몸통 중앙 양면의 곡선이 푹 파인 모양새로 미뤄 첼로악기 집 같다.

"어디쯤 온 건가……?"

금옥은 차창 밖을 내다본다. 철물점 앞이다. 두 정거장 남았
다. 금옥은 흘린 침에 젖은 입 언저리를 손등으로 훔쳤다. 종
점에 다다랐다. 종점 일대로 저편 동네와 이편 동네 초 입지로
가로등이 하나씩 각각 세워져 있기는 하나, 가옥 수가 적은 시
골 촌 동네라 비교적 어둡다.

반겨 맞는 짙은 풀 향기 머금은 밤공기는 상큼하다. 수채화
가들이 반길 구름 한 점 없는 맑은 천공에 둥실 뜬 달은 만월
이다. 형체윤곽이 아주 선명하다. 그러나 거리감 측량은 못 하
겠다. 순하게 부드러운 은은한 은빛이 양편 가로 풀 둑인 흙길
복판을 비추고 있다. 그달이 이슬을 뿌리는지 피부감촉이 묵
기하다.

난데없이 속이 울렁거린다. 배는 더부룩 토할 것 같고, 혀
맛은 메스꺼움으로 느끼하다. 브래지어에 조여진 쌍 형 유방
에 부기가 있는 듯도 하고, 하복부 복통도 가볍게 있는 듯도
하다. 그 부위 근육이 경략과 비 경략이 압력으로 당겨지면서
아픈 건지 안 아픈 건지 분별이 애매한 증세도 있다. 트림에서
눈살 찌푸리게 하는 쉰내 기운이 맡아졌으며, 동시에 미열도
일었다.

"멀미인가?"

신체 힘이 외부로 일시에 일탈하면서 두 다리가 후들후들

떨린다. 아직 저녁식사 전인 공복이 체력을 빼앗는 것이 아닐는지—의아심은 두려운 공포에 떨게 했다. 길바닥에서는 쓰러질 수 없다며 어금니 악물고 용을 쓰나 아무런 소용이 없다.

몸의 순환규칙이 깨진 건가? 예전의 흐름 반응과 전혀 딴판이다. 뛰는 심장은 건조하고, 그 영향 탓에 목까지 마른다. 특히 자궁의 징후가 이상하리만치 비위 상하도록 불쾌하다. 그곳에서 액체 같은 물질이 새어 나오고 있다. 허리가 나른하게 묵직하고 아랫배로부터 뜨거운 징후가 시작되는 29-30일 주기에 맞추어진 월경 시기가 아닌데도, 하혈이 새고 있다. 큰일 났다. 지탱이 힘들다. 이겨낼 수가 없다. 그나마 남은 기력으로 버텨보겠다며 다진 의지가 순식간에 무너져 내렸다. 금옥은 쓰러지면서 맨바닥에 누웠다. 몸에 짓눌린 잔 돌멩이 몇 개가 통증을 안겨줬다.

개 짖는 소리가 귓전으로 아련하게 흘러들어온다. 풀벌레 소리는 그보다 더 구슬프게 측은하다. 이십 미터 전방에서 이리저리 흔들리며 비추는 가물가물 손전등 불빛이 시야를 밝혔다. 분명 여느 날처럼 시간을 재고 있다 마중 나오는 남편 성한일 것이다. 안심 되는 위안이 한꺼번에 감싸왔다. 그 숨결의 온기가 한기에 떠는 피부의 긴장을 이완시켰다.

성한이 냉큼 달려들어 금옥의 상체를 안아 들면서 찬 기운 피는 바닥에서 떼어냈다. 그녀의 목줄에서 삼켜지는 신음에서 단내가 맡아졌다.

"왜 그래? 어디 아파?"

"몰라. 갑자기 몸이 이상해지더라고……"금옥은 말을 듣지 않는 혀끝의 말을 채 맺지 못하였다.

"열이 있네. 업어!"성한이 등을 내밀었다. 힘들여 기운을 끌어올린 금옥이, 엉거주춤 동작으로 성한의 등에 겨우 업혔다. 성한의 발걸음이 무겁게 빨라졌다.

남편 원세훈은 잠들어 있다. 성옥은 눈꺼풀이 계속 무겁게 감기자 두 시간여 동안 줄곧 들여다본 컴퓨터 화면을 끄고, 손끝을 댄 양 관자놀이를 문질렀다. 그리고는 잠자리에 들려 순면 차렵이불 모서리를 잡았다. 그때 동생 성한의 방에서 때 아닌 소음 높은 소리가 들려왔다. 시간상으로 시동생 금옥이 퇴근한 직후이다. 서둘러 방을 나와 신발을 신고 달려오는 인기척이 방 앞에서 멈춰 섰다.

"누나!"부른 외마디가 숨 가쁘다.

"성한이니?"성옥이 문밖으로 귀를 기울이며 물었다.

"네, 저예요. 누나, 빨리 우리 집사람 좀 봐 주세요."

"무슨 일인데?"성옥은 방문을 냉큼 열어젖혔다.

"몸이 아프데요."

안절부절 떠는 동생은 턱을 쳐들고 누나와 시선을 맞추었다. 성한의 구릿빛 낯판에 방안 천장에서 새어나가는 전등 빛발이 분절로 떴다.

"어디가?"

"모르겠어요. 누나가 봐 주세요."

금옥은 옷 입은 채로 방바닥 요 위에 바르게 누워있었다. 베개에 받혀진 머리맡으로 반쯤 마신 물그릇이 놓여있었다. 흰 양말을 신고 있는 두 발은, 덥게 이불을 갠 위로 얹어져 있었는데, 하체로 집중 몰린 피를 순환시키는 일종에 다리 높이기 운동이었다. 두 눈은 형광등 불빛이 부시진 팔꿈치를 접은 오른팔로 아예 가려두고 있었다.

성옥은 우선 이마 열부터 짚었다. 두 아들을 키운 엄마의 약손이다. 열은 좀 있는 편이나 위험한 수준은 아니다. 맥박도 일반적 평균과 비교하면 조금 빠를 뿐 안심해도 된다. 안정을 취하면 가라앉을 미세이다.

"저녁은?"

"아직요!"몸 이상에 불안정한 금옥의 음정은 아주 작아 알아듣기에는 부족했다. 기력이 퍽 지쳐있었다.

"시장하겠네."성옥은 위로 말부터 건넸다. 아끼는 마음에서 나온 말이라 살뜰했다. "몸은 안정만 취하면 괜찮아 질 거예요. 간단한 음식이라도 먹고 자지 그래요."

"속이 울렁울렁 불안해요."

"입덧이 아니고?"

"네에……? 입덧이요……?"크게 반문한 금옥은 눈동자를 휘둥그레 키웠다.

"신거나 당분 같은 거 땅기지 않아?"

"정확하지는 않으나 아마 그런 것 같아요."

"임신한 것 같은데……어디 봐요."성옥이 금옥의 옷 속에 넣은 손을 배에 얹었다. 속 깊은 미세의 소리를 들으려는 신중함이 청진기를 댄 의사 같다. "임신이 맞네."

"네에……? 정말요……?"

금옥은 기절초풍하듯이 놀라움을 감추지 못하였다. 어디서 그런 힘을 끌어 모았는지 화색도 활기찼다.

성한도 놀라지 않을 수 없었다. 그는 만면의 웃음 채로 동거 아내와 누나를 번갈아 돌아봤다. 그리고는 누나에게 "산부인과 의사라도 되세요? 어째 그리 잘 알아보세요."라는 말로 기쁨을 날렸다.

성한은 아직은 상정 전이나, 그 실체를 나름 상상하며 희망에 부풀어 올랐다. 이전과 비견할 수 없는-더 큰 충실한 책임감이 부여될-신변이 환속으로 무거워질 것이라는 한편으로 핏줄을 잇는 새 생명이 곧 태어난다는 상승기류의 희열을 좀처럼 끌어내릴 수가 없었다.

누차 얘기지만, 아직은 기초설계에 불과하다. 그러나 앞으로의 생의 중심은 생물학적으로 부자 관계인 자녀에게로 이동

될 것이 틀림없다. 경험이나 예비교육을 받지 못했던 터라 기쁨과 두려움이 교차하는 것은 사실이다.

그렇다. 나는 곧 한 생명의 아버지가 된다. 느리다며 느리다 할 수 있는 필명의 운명이 하루하루 다가오며 있다. 그 미지의 세계가 평안과 정신적 가치를 짬짬이 높여줄 것으로 확신한다. 기대해 마지않는다.

한없이 넓고 깊은 다정다감한 행복이 전에 없었던 의기를 높여주고 있다. 집적의 의식이 둘레로 일제히 모여 들며 힘에 힘을 길러 주고 있다. 그 가운데서 미리 맡아보는 신선한 박동의 공기가 폐의 운동을 돕고 있었다. 기분 좋은 일이다.

축배를 들고 싶다. 눈금이 없는 해와 달은 시간의 새로움을 알린다. 그러면서 계절의 변천을 보게 한다. 그러나 해와 달은 새해 맞이라고 총을 쏜다든지 종을 치지 않는다. 이 기념은 인간의 몫이다.

생에 처음이라는 말을 이런 곳에 적응해야 마땅하지 않을까? 이제야 비로소 어른이 되어 간다는 뿌듯한 자부심이 하늘을 우러러 바라보게 한다. 홀가분하다.

한참 늦은 사십 팔세 나이에 아버지가 된다는 건 홍분의 행운이 아닐 수 없다. 금옥과의 동거 이전까지는 철저한 외톨이였었으나, 지금은 한심하게 구지레했었던 그때 날들의 족쇄를 완전히 벗고, 아이부모가 될 마음의 준비를 하고 있다.

발바닥이 맨땅 지반에 붕 떠서 엎어진 듯이 신성한 의식이 영혼을 새롭게 적신다. 얼마나 감사한 일인가. 종교를 가졌다면 그 신에게 모든 것을 바치겠다는 기도를 올리고 싶다. 축복을 바란다는 기도도 올리고 싶다. 그렇지만 나는 신을 믿지 않는다. 그 인연과는 거리가 영 멀다. 그렇지만 이때만은 애증의 경건으로 신을 믿고 싶다. 왜일까. 뼈마디 구석구석까지는 아니더라도, 일반적 수준에서 신과 유대관계를 맺고 싶다는 주요 의지는 아마도 가정의 행복을 어떻게든 지켜야 한다는 평범한 소망 때문일 것이다. 까닭 모르게 눈시울이 촉촉해진다.

광신적 종교인들은 편협이 매우 강하다고 들었다. 금년 초에 우리나라를 포함 전 세계를 휩쓴 코로나19 확진 자들을 제일 많이 배출했다는 신천지의 경우가 그렇다.

전통기독교에서 이단으로 정의가 내려졌다는 신천지는 집단모임으로 신앙체계를 다진단다. 그 세계에 푹 빠져 무게 추를 한 축으로 기울여둘수록 천국이 가깝다며-믿음에서 이탈한 가족일지라도 관계를 끊어 남남으로 내쳐가면서-어찌 보면 자신들만의 낙원 지향이겠으나-저들도 발을 딛고 살아가는 이 땅의 사회를 불결한 죄악의 집단으로 본다는 것은 인류에 반하는 아편이 아닐 수 없다. 또한 저들은 사회는 악마의 손에서 놀아난다는 배타적 혐오를 품고 있기도 하단다. 그렇다면 저희가 먼저 자신을 바로 세우는 모범적 삶을 살면서 사회를 정화하면 될 게 아닌가.

사회성을 해치는 광신은 경계해야 할 대상이다. 건전하지 못하기 때문이다. 교육수준이 낮을수록, 경제력이 취약할수록, 심신이 미약한 자일수록, 종교의존도가 높다는 통계가 있다. 그러나 오늘날의 종교는, 그들을 불쌍히 여기는 마음으로 보듬어주기는커녕 잘 살려면-강건해지기를 원한다면-신분이 높아지려면-전제를 내걸고-그들의 열악한 환경으로는 따라잡기 버거운-일만 악의 온상인 물질적 기복만을 섬기게 하고 있다. 영혼 구원과는 아득히 먼 사이비가 아닐 수 없다. 신앙의 적은 종교인이라는 말이 되뇌어진다.

성한은 세월 저편 초등시절로 되돌려놓고 금옥과의 처음 만남을 회상한다. 금옥과는 저학년 1·2학년에 이어 졸업학년인 6학년 때 다시금 한반 공부를 했었다. 우연의 일치를 넘은-그어떤 연관성을 떠오르게 하는 아련한 장면이 아닐 수 없었다. 두 아이는 비록 자리 배치 간격은 복도 편과 창가 편으로 갈렸으나, 이따금 화색 도는 곁눈질로 서로를 훔쳐보곤 했었다.

당시 금옥의 인상은 화목하지 못한 집안의 자녀들이 대체로 그렇듯 비교적 심드렁히 어두웠다. 영양부족의 안색은 까칠하면서, 각도가 선명한 두 눈매는 멀게 깊고, 코끝은 납작하면서 인중과 잇대어진 윗입술은 상대적으로 두터워 시답지 않는 기분으로 본다면 볼썽 사나운 추녀 일원에 든다. 그러나 어느 계집애들이 내성적으로 지닌 뾰루퉁한 시기나 질투심을 들여놓지 않은 마음은 대견하게 깨끗하게 착했다.

한번은 성한이 체육시간에 백 미터 시간 단축 달리기 연습을 하던 중도에 발목이 꺾이는 불상을 입은 적이 있었다. 완주를 못 하고 중도에 쓰러지고만 제자를 지켜본 담임선생님이 거리 둔 종착지점에서 시간 재는 일을 멈춘 손짓으로 출발지점에 대거 몰려있는 상고머리 학생들에게 신호지시를 내렸다. 몇몇 아이들이 학급동료의 몸을 나눠 들고 흰 석회 줄 바깥으로 옮겼다. 이어 양호실에서 진료를 받았는데, 예상 밖으로 쫓아온 금옥이 그 전 과정을 지켜봤다.

"너 성한이 좋아하는구나." 입매가 정중한 양호실 선생님의 장난기 어린 말이었다.

금옥은 핑크빛으로 한껏 달아오른 얼굴을 두 손으로 가리며 창가 편으로 돌아섰고, 무슨 말인지 분위기 파악을 미처 이해하지 못한 성한은 어리둥절한 눈빛으로 두 사람을 번갈아 돌아봤다.

금옥의 부모는 공중목욕탕을 운영하셨다. 독자적 행동규범 없이 지내는 보통사람들과 별반 다르지 않게, 꼭두새벽에 연 가게 문을 밤 아홉 시 무렵에 닫는 평등수준의 생활을 유지했었다.

그 부모의 정맥 영향을 직간접으로 물려받은 금옥의 전체

행실은 진중하지 못하고 산만한 편이었다. 한마디로 특별하게 눈길을 끌어당기는 각도 없이 평이했다. 말수는 그다지 많은 편은 아니었으나, 그렇다고 혼자서 겉돌 지는 않았다. 한반 아이들과 공기놀이-고무줄놀이로 비교적 잘 어울렸다. 개인적으로는 의지가 약해 마음먹은 것을 금세 깜박 잊기라도 한 건지 쉽사리 등한시하는 면은 있었고, 통찰하는 이해력도 그다지 뛰어나지 않아, 학습 진도도 보통 아이 수준이었다. 별 의미도 없이 입을 해죽 벌려 웃어대는 면도 그중에 한 습관성 버릇이었다. 그렇게 자신에게 가혹하거나 엄격하지 않아 당찬 모습도 희박했다. 그렇지만 어딘가 모자라는 듯이 느슨한 성향의 본보기는 악의 없는 정직이었다.

그 점이 형제 많은 가족 환경으로는 그렇지 않으나, 개인적 내향성에 길들여 남 앞에 나서기를 종종 회피하는 성한으로서는 큰 위안으로 가슴에 와 닿았다.

둘 사이는 갈린 중·고등학교를 다니면서 자연 멀어졌다. 그렇지만 한동네에서 사는 양부모의 자녀라, 오며가며 자주 볼 수 있었다. 어느덧 단발을 두 갈래로 나눠 묶은 금옥도 누나와 같은 복숭아 크기의 둥근 쌍 형 가슴이 의복 위로 봉긋하게 솟아올라 있었다. 이마에 여드름도 돋았다. 그 금옥과 단둘이 만난 장소는, 금옥 네 목욕탕과 세 집 건너 이웃 간인 구멍가게에서였다. 아이스크림을 사 먹으로 나왔다. 때마침 바람 쐬러

나온 금옥과 정면으로 마주친 것이었다.

"너 친구가 앞에 서 있는데 혼자 먹지 않을 거지?"금옥은 성한을 똑바로 주시하며 명랑을 떨었다.

아이스크림의 겉포장을 뜯고 막 한 입을 베어 문 참인 성한은, 아릿한 낯 가려움을 순간 느꼈다. 금옥의 사근사근한 음색이 입안에서 서서히 녹고 있는 아이스크림의 맛을 더욱 차갑게 했다. 성한은 혀 놀림을 멈추고 얼굴피부를 실룩거렸다. 무슨 말을 해야 할지 모르는 주춤거림이었다.

"자, 사 줄 돈 없으니 이거라도 먹어."성한은 아이스크림의 막대 끝을 금옥에게로 돌렸다.

"치, 알았어. 줘!"

성별 무지인가? 이성을 덜 깨친 건가? 금옥은 직사각형 위 모양새가 일부 잘려나간 귀퉁이 부위를 아무렇지 않게, 위아래 이빨로 와삭 깨무는 것이 아닌가. 금옥의 그 트인 행동을 지켜보는 성한의 표정에 놀랍다는 공안의 으아 심이 떴다.

"뭘 그리 뚫어지게 보니. 얼굴에 구멍 나겠다."금옥은 양 표면의 성에를 내민 혀로 핥으면서 전체에 침을 바른 막대 아이스크림을 성한에게로 되돌렸다. "빼앗아 먹는 기분이라 영 양심에 걸리네. 자, 돌려줄게."

성한은 금옥의 대범 성에 할 말을 잃고 말았다. 그런 용맹은 자신에게 없다는 숙맥이 부끄러웠다. 금옥의 입김에 의해 녹아드는 속도가 한층 더 빨라진 아이스크림을 내리깐 눈질로 지켜볼 뿐이었다. 한 방울의 희멀건 단물이 떨어지면서 길바닥에 자그마한 점을 새겨냈다. 여자아이가 혀를 댔던 아이스크림 맛이 궁금했다. 딸기 맛이 새초롬하게 달다.

그때 "너 아직 날 사랑하니?"하고 묻는 금옥의 음정이 귓전으로 한가득 흘러들었다.

그 참에 얼굴을 들고 본 금옥의 낯빛은 싱글벙글 밝았다. 뜬금없는 장난 기운이 아니라-소녀다움을 뛰어넘은-이미 다 큰 진중한 여자로 다가왔다. 성한의 대답이 당장 없자 금옥은 자신의 내면에서 끌어올린 수줍음을 무마하려는 술책으로 한발 내민 흰 운동화발로 보도블록을 괜히 문질렀다. 그리고는 살짝 붉힌 샛눈을 가만히 키워 올렸다.

아이스크림을 입에 문 성한은 멀뚱멀뚱한 자세를 한동안 견지했다. 그러면서 빠른 속도로 뛰는 심장의 고동소리를 들었다. 그 영향 때문인지 인지 성이 빳빳하게 옥죄어졌다. 마른 침이 꿀꺽 삼켜졌다. '왜 이리 떠는 거지?'

"말해봐. 변치 않았다면 결혼해줄 용의 있으니까."

"……너, 너 방금 그 말 거짓말 아니지……?"

성한은 앞뒤를 재는 지각을 완전히 상실하고 말았다. 현재 시간조차도 깡그리 망각한 채 동그라미로 구르는 금옥의 결혼 얘기에 신경을 모았다.

"거짓말로 이해하고 있는 거니? 그럼 우리 관계 여기서 끝내자."금옥은 실상 토라진 몸을 돌리며 자리를 뜨려는 태도를 보였다.

"아, 아니 그게 아니라……"성한은 어쩔 줄 몰라 하는 정신적 혼란의 단면을 드러냈다. 대거리할 말이 막혀 뒤통수를 긁어대며 멋쩍어진 표정을 지어냈다. 그 사이 발 머리를 다시 돌린 금옥. 성한과 눈을 일직선으로 맞추었다. 성한은 피하지 않았다. 남은 아이스크림을 단번에 먹어치운 젖은 입으로 딱 잘라 말했다. "에잇! 그래, 우리 결혼하자."

"정말이지!"금옥은 손뼉을 마주치면서 고무줄놀이 때처럼 두 발을 껑충 뛰었다. 활달한 생기며, 길게 늘어트린 입매가 귀여웠다. 단발계집이 다가오면서 말을 이었다. "알았어. 고마워."그리고는 한 발 더 다가서서 성한의 왼뺨에다 숨결 뜨거운 입술을 오 초간 붙였다 뗐다. "이건 우리의 미리 증표야!"

두 어린남녀는 아직은 부모나 어른들의 훈계를 구메구메 들어야 하는 미성년자이다. 설령 사랑으로 한 몸의 동거든 결혼이든 한다고 할지라도 양가의 지원동의가 반드시 첨부로 떠받들어져야 한다. 만일 두 집의 어르신들이 반대의견을 낸다면 꿈의 결혼은 못할 수도 있다. 그러나 비록 부모에게 의존해 있는 두 학생 다 상호명시相互明示의 심지가 일치하게 강건하다며 누구든 말릴 수는 없을 것이다.

금옥과 성한은 일주일 후 버스를 타고 놀이공원에 놀러갔다. 학교가 쉬는 일요일이라, 어린자녀들의 보호자로 동반한 어른들 수도 그만큼 넘쳐나는 놀이공원은 내내 시끌벅적했다. 두 남녀학생은 인파가 들끓는 속에서 땀의 체온이 교차하는 한 손을 잃어버릴세라 한시도 놓지 않고 한 병의 물을 나눠 마시면서 이곳저곳을 구경 다녔다. 표를 끊는 시간이 한참 긴 놀이기구 이용은 끝내 못하고 돌아섰다.

경내에서 나온 두 어린남녀는 식당을 두루 찾았다. 큰돈을 쓸 수 없었던 성한의 주머니 사정을 충분히 숙지한 금옥의 제안으로 덧문을 가볍게 열어젖힌 노점포장 가게에서 떡볶이와 순대를 주문했다. 팔짱을 두른 금옥이 일회용 나무젓가락으로 집은 순대를 크게 벌린 성한의 입안에 넣어주는 장면은, 여느 여인들과 다를 바 없이 무척이나 정겹게 다정다감했다.

어둠이 내렸다. 도심은 온갖 전등으로 자연의 밤을 몰아냈다. 외부에 내걸린 현수막 안내 문구에 따라, 두 시간 대여료를 선불로 내고 입실한 모텔 방은 새 맛은 나지 않았으나, 그런대로 청결은 했다. 금옥이 먼저 욕실에 들어가 타일 벽면에 붙은 샤워기 물을 틀었다. 나올 때는 촉촉이 젖은 몸이 분홍빛 가운으로 둘러싸여져 있었다.

동배 여자와의 한 공간사용이 생애 처음인 성한에게는, 모든 것이 낯설기만 했다. 아무것도 눈에 들어오지 않았으며, 남성의 힘을 어떻게 써야 하는지 헤매는 호기심에만 몰입해 있었다. 내내 마른 침을 삼켰던 성한도 샤워를 마쳤다.

금옥은 벌거숭이 몸매로 기다리고 있었다. 그녀의 큰 검은 눈동자는 성한을 빨아들이는 듯이 강렬했다. 금옥은 염치 불고해진 남성을 감추기 위해 가운을 걸치려는 성한에게 달려들어 와락 안겼다. 그러면서 자신을 몽땅 가지라며 열렬하게 매달렸다. 감당키 힘든 엎치락뒤치락 곤욕이 한꺼번에 밀어닥친 듯이, 경직된 망연한 공포증이 뇌관을 파고들었다.

금옥의 덜 여문 신체는 아담했다. 곱게 뻗은 두 다리 사이의 검은 음모는 울창한 원시림 숲을 연상케 하였으며, 쌍 형 봉우리 유방은 정구공처럼 말랑말랑한 게 감촉이 부드럽게 좋았다.

성한은 이방까지 들어오는데 여러 수단을 동원하여 고등학생 신분을 불가피하게 속였다. 모델주인은 요구한 주민등록증은 제시하지 않고 요리조리 발뺌만 하는 새파란 두 남녀는, 법적 나이 미달로 입실대상이 될 수 없는-젖내 풍기는 어린 티가 역력한 미성년자임을 단번에 알아봤다. 그런데도 눈을 딱 감고 열쇠를 내준 까닭은, 영업운영에 기본인 돈 때문이었다.

그 어른들은 이렇게 말한다. "철이 덜 든 아이들의 이른 성교는 책임성 없는 불장난에 지나지 않다. 순간 끓다 이내 식는 냄비 안의 물처럼, 나쁜 비행거리 중 하나인 윤리타락이다."

성한은 이 말을 떠올리며 가임 걱정을 앞세웠다. 이에 금옥은, 질외사정을 하면 된다면서 그 요령을 손짓, 몸짓으로 대략 설명했다.

성한은 한껏 달궈진 포경 전 생식기에서 뭔가를 왈칵 쏟아 내기 전에, 여체에 깊숙이 들여놓았던 신체 일부의 긴 도구를 재빨리 빼냈다. 팽팽했던 흥분이 어느 정도 가라앉았다. 이런 방식으로 마침내 어렵사리 동정童貞을 뗀 두 어린남녀는, 다시금 서로의 몸을 휘감고 앞으로 맞게 될 미래를 곱씹었다.

성한은 비록 임신과 무관한 체외 설정이긴 하였으나, 꿈속의 몽정이 아닌 깨어있는 실상의 체험으로 많은 양의 정자방출을 했다는데 대만족의 희열을 드러냈다. 처녀성을 첫사랑남자에게 기쁨 넘치도록 적극적으로 제공한 금옥은 그 수용을 공명심으로 받아들였다.

성한은 훗날의 기약 없이 대학진학을 잠정 접었다. 집안의 넉넉하지 않은 경제적 어려움이 첫째 이유이나, 그런데도 본인이 떼를 쓰면 얼마든지 갈 수 있는 대학이었다. 금옥도 고등학교졸업직후 취업부터 서두르겠다는 의사를 밝혀둔 터였다. 부모님들의 수락 여부를 떠나 무단가출을 해서라도 한뎃잠이든, 단칸방 생활이든 단 둘이서 독립을 시작하자는 의견일치의 결과였다.

금옥은 자신과의 약속대로 일찌감치 마트 일을 보게 되었다. 성한은 그보다 몇 개월 뒤 규모 작은 종이상자 제조회사에 들어가 윗선에서 시키는 심부름부터 다니면서 사회생활에 첫 발을 내디뎠다.

금옥과 성한은 형편상 함께 살지 않고, 이역만리 떨어져서 당면의 의식주 문제를 해결했다. 직장 소재지가 동과 서로 갈려 출퇴근이 용인하지 않았기에, 목표액을 정한 돈이 모아질 때까지만 참자는 합의에 따른 행동지침이었다. 대신 직장휴무 날에는 반드시 금옥의 집에서 쉰다는 조건을 걸었다.

성한은 꾀죄죄한 다달이 월급으로는 장래가 희박하다며 개인사업장을 열었다. 그렇지만 한때 잘 돌아가고 있다 싶었던 사업은, 어느 시점에서 부진에 빠져들기 시작했다. 책상머리에 앉아 매번 외쳐댔던-발바닥이 부르트도록 까지 곧 돈인 영업망을 적극적으로 활용하자는 비실행이 부른 참사였다. 재정압박이 타격 적으로 심각해졌다. 누구의 저주인지, 신용에 가장 큰 위협인 외국인 종업원들의 월급조차 제때 지급하지 못하는 밑바닥-땅 구덩이 아래까지 날개 없이 추락하고 말았다. 구제가 막막했다. 잠을 제대로 이루지 못하는 불면에 시달렸다.

안 될 집안은 뒤로 넘어져도 코가 깨진다고 했던가. 꼭 그처럼 운수 사나운 사고가 터졌다. 까무잡잡한 골격의 얼굴 외모는 정상이나, 이십 초반의 신체나이에 비해 정신연령이 현저히 낮은 태국출신 종업원의 내부 불장난에서 비롯된 화마가 공장 전체를 집어삼키고 만 것이었다. 엎친 데 겹친 격인 비운은, 짧으나마 어엿했던 사장의 직함마저 함께 전소시켰다. 여기저기서 변통해 쓴 빚더미를 그대로 짊어진 채 지옥의 낙오자로 전락하고 말았다. 편견의 일부를 안은 분풀이 방황은 의외로 길게 이어졌다.

한순간에 속수무책으로 무너진 이 참화를 집이나 금옥에게도 일절 알리지 않고 혼자 끙끙 짊어졌다. 양측 다 소식마저 아예 끊고 잠적 생활을 지속했다. 덕분에 한데 노숙도 해봤으며, 무료급식소에서 끼니를 해결하는 창피스러운 불운을 몸으로 체험하기도 했었다. 목숨을 끊겠다는 자살을 몇 차례 시도하기도 했었다. 그렇지만 죽을 운명이 아닌지 그때마다 보이지 않는 어떤 손길에 의해 구제되곤 하였다. 그 마지막 장소가 서울 한복판을 가로질러 흐르는 한강 변이었다.

성한은 자신의 과거를 되새기는 회상을 계속 잇는다.

나는 세상의 보통사람들이 하는 일 중에 할 수 없는 일들이 너무 많다는 상대성 비교를 종종 한다. 사실 그렇다. 야구나 축구 같은 대중성 구기 종목 경기장관람은 시간과 먼 거리상 예외로 제쳐둔다고 할지라도, 회사취직이나 대인과의 교류도 전반적으로 미숙하게 서툴다. 자신을 고립에 빠트리는 약점 중에서 약점이 아닐 수 없다. 쉽사리 고쳐지지 않는 이 결점은, 목전에 둔 기회를 멍하니 놓치게도 했었다. 그래서 보증

없는 형성이 희박해진 낭인의 시간이 길어졌다.

그러나 나에게도 일반인들보다 그럭저럭 잘하는 면을 한두 가지쯤은 갖고 있음을 자부한다. 맡겨진 일에는 부지런한 몸놀림으로 책임감을 다 쏟아 붓는다는 자랑이 그것이다.

최근 들어 일념을 받쳐 공을 들이고 있는 일 하나를 개척했다. 밀고 나가는 추진과정에서 원형의 모양이든, 삼각의 형체이든 득실이 가려지겠지만, 악의 성 없는 마음 지키기가 그것이다. 어떤 인물이 되기에 앞서 먼저 인간이 되자는 취지로, 내 속을 들여다보는 심향心鄕에 일단 초점을 맞춰뒀다. 아직 명명은 달지 않았다. 육신을 먹여 살리는 금전 소득과는 거리가 멀다는 회의심이 여전히 작은 목소리로 살아 숨 쉬며 있기 때문이다.

본질의 생명체는 아무도 모른다. 그 방면에 관한 여러 종류의 견해들이 떠돌고 있으나, 그 사람이 다년간 통달했다는 경험에 지나지 않아 믿음이 썩 가지 않는다. 그 미지의 세계를 캐보려 나름대로 자립자생의 공부를 하는 중이다.

이와 병행하여 식물연구도 하고 있다. 이는 중학교 시절부터 공부하고 싶었던 과목이다. 그렇지만 오늘에 와서는 학문적 탐구보다 소득 기대로 모아져 있다. 그 실습의 배경에는 무엇보다 가족을 먹여 살려야 한다는 가장의 무거운 책임감으로서의 생계를 다지기 위함이다. 그 조치로 서른두 수에 불과한 소규모 양돈장 일을 점차 줄여가면서 기회가 됐다 싶을 때 전적으로 맡길 사람을 쓰거나 아예 접을 셈이다.

돼지사육은 엄청 힘들다. 잡식성 동물인 돼지는 먹성이 아주 좋다. 주요 먹이는 방목의 자연으로 키우지 않고 우리 안에서만 지내게 하는 양돈이라면, 곡물·쌀겨·맥류·감자·식품 찌끼 등이다. 덧붙여 새끼 때는 단백질·비타민이 많은 것을 주고, 성장에 맞추어 탄수화물이 풍부한 먹이를 준다. 종돈으로 쓰지 않을 수돼지는 불까기를 한다.

각종 벌레가 늘 들끓는 돼지사육에는 내부 분뇨처리만큼이나 외부소독도 중요한 일 중 하나이다. 네 발 모두 짧은 돼지의 체 지방지수는 15%밖에 안 된다. 아프리카 돼지열병(ASF) 같은 전염병에 취약할 수밖에 없다. 그 모든 일을 혼자 도맡아 하면 목과 팔목의 힘줄이 끊어질 듯이 울툭불툭 솟아오름을 눈질로 넘겨야 한다. 그 강도를 줄이려 소득원이 빠른 채소재배에 눈길을 두게 된 것이다. 그 일을 하면서 인간정신에 부합되는 신비의 비밀이 무엇인지 집중적으로 발굴할 작정이다.

한데동물은 닥쳐오는 외적 변이들과 어쩔 수 없이 맞서 싸워야 한다. 야생식물들 역시도 계절별로 느낌이 다른 기후 바람의 영향에서 한 치도 벗어날 수 없다. 말하자면 때가 되면 보호의 울타리가 되어준 어미 품을 떠나 독립체계를 필수적으로 갖춰야 하는 모든 생물들은, 늘 정면승부를 걸고 자신을 지켜내야 한다. 아직은 설익은 지론이나, 마음 수양 역시도 이처럼 숱한 단련의 역경을 거쳐야 하지 않을까 싶다.

면적 터에 맞춘 누나의 오십 미터 길이인 원예 실 바로 옆으로 그 배수인 비닐 온상 한 동이 더 세워져 있다. 3개월 전에 세운 아연도 금구 조강관 골조의 단동식 아치형 안에, 폭 5·9 미터 너비의 면적을 갖춘 시설물이다. 그 이 개월 전에 면담한 농협직원의 귀띔에 유황과 황토를 뒤섞은 친환경 농법으로 부추·상추·시금치 등의 채소류와, 방울토마토·오이 따위의 과채류를 기르고 있다. 초기시도라 상황을 관찰하는 시험용으로 돌보고 있다. 기간을 거쳐 소득 작목을 늘릴 예정이다. 채소 기르는 업은 한꺼번에 성장을 보는 마술부리가 아니다.

제9장

외도

  소년은 해가 중천에 다다라가는 시
각에 잠자리채를 사려 들고 푸성귀 따위의 온갖 들풀로 뒤덮
인 비좁은 샛길을 걷는다. 이슬이 아직 덜 말라 반바지 맨발이
금방 축축하게 젖었다. 그때 아이 눈이 번뜩 뜨였다. 우거진
풀숲 속에서 꿈틀거리는 생물체를 본 것이었다. 눈을 채 뜨지
못한 벌거숭이 피부에 배꼽탯줄을 그대로 달고 있는 몸집 작
은 동물이었다.

  아이는 처음엔 풀 언덕 아래로 내려오다 몸통이 뒤집히며
떼굴떼굴 구르는 생명체를 생쥐로 봤다. 그러나 생김새로 미
뤄 생쥐는 분명 아니었다. 갓 출생한 돼지새끼였다. 코 모양새
로 쉽사리 구분할 수 있었다. 한달음에 건너뛸 수 있는 폭 좁
은 실개천을 뒤로 둔 돼지축사가 이를 더욱 뒷받침했다.

  소스라치게 놀란 아이는 되돌아 선 한길로 냅다 내달렸다.
그러면서 "돼지새끼 다아~. 돼지 새끼 다아~"목청을 한껏 내

질렀다. 난데없는 난리소동에 한길로 우르르 쏟아져 나온 동네사람들은 웬일이냐며 서로에게 물었다.

그 시각, 온 동네를 깨운 소년의 고함에 화들짝 놀란 암퇘지는 제 몸에서 출산해낸 제 새끼들을 닥치는 대로 마구 물어 죽였다. 어미의 성난 흥분에 짓밟힌 새끼들의 비명이 하늘과 땅을 찢었다. 그 난리 전에 어느 구멍으로 어떻게 축사를 용케 빠져나왔는지 알 도리 없는 그 새끼만이 유일한 생존자로 남게 되었다.

양돈장은 참을 수가 없었다. 가만히 앉아서 돈을 날렸다는 분노를 입의 거품으로 쏟아낸 그는, 당장 놈의 목을 비틀고 말겠다는 살기등등한 기세로 몸을 벌떡 세웠다. 아내가 즉시 남편의 발목을 붙좇으며 잡아챘다.

"철부지 아홉 살 아이가 뭘 알겠어요. 나중에 그 집에서 얼마의 변상을 받기로 하고 아이는 내버려 둡시다."

그의 인상착의는 머리숱이 적어 이마면적과 동시에 두피 면적이 넓다는 것이다. 입가를 늘린 선량한 웃음이 피워지면 두 눈은 새우 눈처럼 작아진다. 그 눈매에서는 생계를 건 지금 일 외에는 아무런 관심을 두지 않고 있다는 저변이 깔려있다. 턱뼈 아래로 붙은 목선은 짧다. 위 단추 두 개를 푼 남색 긴 소매 티셔츠 사이로 드러낸 목덜미 숨결이 고르다.

그는 통성명을 나눴던 일전의 자리에서 자신은 전자사업으로 번 돈으로 농지를 사 농업개척을 갓 시작한 새내기라고 소개한 적이 있었다. 그래서인지 그에게서는 흙을 벗 삼은 경력이 삼년 차로 짧은 편이라, 그 이력 자취 윤곽이 아직은 뚜렷하지 않다. 나이는 사십칠 세 한살 어리다. 서울에서 공부하는 두 자녀와 떨어져서 이곳과 멀지 않는 제명의 땅에서 아내와 제법 넓은 포도밭 농사를 짓고 있다. 법원경매로 사들인 것으로 알고 있다. 정착 다음 해에 시도에 들어갔다 열매를 얻지 못해 토양이 안 맞는 건가 불평을 냈었던 그가 이번엔 성한의 손님으로 동 시간을 쓰고 있다.

두 사람은 나란히 서서 축사 안에서 눈도 뜨지 않았는데도 본능적으로 어미 품을 용케 찾는 한 마리 새끼에게 젖을 먹이려 옆으로 눕는 암돼지를 함께 보고 있다. 그가 성한을 돌아보며 말문을 열었다.

"새끼들 잃은 마음 쓰리시겠어요."

"어미젖 맛을 알기도 전에 흙에 묻었으니 불쌍한 아이들이죠."

"잔반을 먹이나요?" 손님이 말머리를 돌렸다.

"멋몰랐던 처음 시기에 몇 번 먹였었는데, 사람들의 인체 병은 식원병에서 얻어진다는 말을 들은 이후부터는 삼가고 있습니다." 성한은 시행착오를 겪었던 지난날들의 반성을 띄운 어조로 순순히 대답했다.

"돈벌이보다 인체들의 건강을 먼저 생각하시는군요."

"어떤 사업이든 신용이 추락하면 끝장이잖습니까. 농협농축 과에서 돼지콜레라 같은 돌림병으로 치명타를 입지 않으려면 위생관리가 중요하다는 말이 입에 뱄네요."

손님이 뒤돌아보며 나팔목청을 쓰다 손짓해 부르는 여인에게로 시선을 던졌다. 한 골의 고구마 밭 끝과 이편과의 사이 거리는 대략 삼십오 미터 정도이다. 여인이 선 좁은 길목 뒤편으로는 외지인이 부업으로 장미·돈나무·산세베리아 따위의 관상용 식물을 기르는 시설물 온상이다. 관리가 뜸해 비닐이 찢기고 잡초가 무성하다.

"다음에 봅시다. 집사람이 부르네요."

성한은 머리에 수건을 두른 두 아낙이 호미작업을 하고 있는 고구마 밭골을 따라 빠른 걸음을 재촉하는 손님의 뒤를 쫓는다. 점차 멀어지는 그의 방향 너머 중키의 여인이 달려오는 남편과의 거리가 가까워지자 앞서 걷기 시작한다.

한동네 생활 삼 년이라면 오며 가며 한 번쯤은 마주쳤을 법도 한데, 애당초부터 인연이 맺어질 관계가 아닌지 처음 보는 여인이다. 이곳 정착 년 수와 불혹의 나이대가 비슷한 것이 우연의 일치는 아닐 듯은 한데-

이곳 주민들은 벗 삼은 흙의 생산물로 식생활을 유지한다. 흙은 사람들의 모색에 대해 전혀 평이 없다. 누구든 자기를 잘 가꿔주면 그 보답으로 식자재 거리를 제공해 줄뿐이다. 그래서 농업인들은 의상에 그다지 신경을 쓰지 않는다. 밭일하던 복장 그대로 마실 나서는 건 예사이다.

두 발을 바깥으로 벌린 오리궁둥이 걸음으로 의복의 흙가루를 털어내는 토박이 아낙네들과는 달리, 짙은 색감의 원피스 위로 밝은 색상의 점퍼를 걸친 저 여인은 유독 눈에 띈다. 먼 발치라 선명하지는 않으나, 상상을 끌어올려서 본 그림은 복장에 가려진 몸매균형이 반듯할 거라는 추측이다. 도심 티가 역력한 얼굴미모도 세련하게 뛰어나다. 어림잡아본 짐작이지만, 일면의 신색에서 발랄한 성향에 사리를 맞춰 가리는 분별력도 정도껏 갖춘 듯하다. 호기심이 끌리는 아름다운 여성이다. 그 전체적 모양새로 미뤄 타인들을 대하는 예의범절에 신경을 많이 모으는 것 같다. 남편 중개로 정식인사 나눈 후 차 대접을 받고 싶다.

성한의 이곳 정착도 어느덧 삼년 이 개월의 세월이 흘렀다. 그동안 성한은 자형으로부터 인계받을 시 열 여덟 마리에서 갓 출산한 새끼 포함 서른세 수로 늘려 놓았다.

그는 턱을 쳐들어 푸른 상공을 올려다본다. 해가 서녘으로 점차 기우는 높푸른 가을하늘은, 흰 구름 몇 조각이 꿈꾸는 듯이 고요히 떠 흐르며 있다. 오늘도 나를 비춰 주고 체내 균을 죽인 대신 생기의 기력을 불어넣어 준 빛이다. 상공에서는 강남으로 떠날 시간 얼마 남지 않은 몇 마리 제비가 활기차게 날갯짓을 하며 있다. 평화하다.

소로 변 흰빛·보랏빛 꽃을 피워 올린 몸체 가녀린 한 무리 코스모스들이 푸른 윤기를 잃고 누런빛 색상으로 탈색되어 가는 들판의 풀들과 대조하게 싱그럽게 나부낀다.

성한은 일과 정리로 축사 한 바퀴를 둘러본다. 그러면서 비육돈(90kg이상=5개월 이상 사육해 식용으로 출하 가능한 돼지)수가 일곱 마리임을 재차 확인했다.

축사 밖 보리수 가지 잎도 낙엽 빛을 띠우기 시작했다. 성한은 굵은 한 가지에 걸터앉아 고무장화를 벗은 다음 슬리퍼로 갈아 신고, 다시 집어든 장화를 산화제 계열 소독액 물속에 담갔다 건져 올렸다.

집으로 돌아왔다. 누나 성옥이 텃밭에서 뜯어온 상추와 쑥갓을 한데 수돗물로 씻고 있었다. 등 뒤로 집 건물그림자가 떠 있다. 성한은 배가 잔뜩 불어 오른 만삭의 아내가 가만가만 식사준비를 하는 양을 거실 밖 현관에서 들여다본다.

"힘들지 않아?"성한이 물었다.

"조금씩 숨이 벅차 오고 있어."남편을 돌아본 금옥은, 그 참에 뒤 허리에 한 손을 얹은 채로 식탁의자에 힘들어 걸터앉고 더는 삼킬 수 없게 된 신음을 끙끙 새어낸다.

"그러지 말고 이삼일 먼저 병원에 입원하면 어떨까? 산모가 안정해야 태아도 안정할 텐데……그게 신경 쓰이네."

성한은 산모가 저토록 혹사하면 뱃속에서 세상 빛 볼 날을 손꼽아 기다릴 태아에게도 좋지 않을 거라는 걱정을 내비쳤다. 뒤편에서 인기척이 들려왔다. 대나무 줄기로 엮은 작은 소쿠리를 옆구리에 낀 누나였다. 동생은 옆으로 물러나면서 길을 터줬다.

"왜 들어가지 않고⋯⋯?"성옥이 신발을 벗으면서 동생에게 의례적 말을 건넸다. "어디 가니⋯⋯?"

"아니요."

성한의 짧은 대답 속에는 너무한다는 심드렁한 반응이 머금어져 있었다. 성옥은 인상을 찌푸리고 있는 동생을 뒤로하고, 거실 마루와 면한 부엌경계를 넘어가면서 소쿠리를 다른 손에 옮겨 들었다.

"그래, 네 말처럼 아무래도 일이 많아 시끄러운 집보다는 병원이 낫겠다."성옥의 음색과 안색에는 평소와 다른 불편감이 여리게 서려 있는 듯했다. 그녀는 임산부 올케를 부려먹는다는 동생의 속내 불만을 육감으로 읽어낸 것이었다.

사실 누나의 뒷모습을 붙좇던 성한의 눈살은 찡그려져 있었다. 성옥은 동생의 그 어두운 눈빛을 놓치지 않고 겹눈 질로 살펴둔 것이었다.

성옥은 미안 감을 가졌다. 그렇지만 절대적 오해이다. 올케는 밥 때가 되면 스스로 씻은 쌀을 전기밥솥에 얹곤 했었다.

삶의 숨결

한발 늦게 부엌에 들어선 성옥은, 대뜸 달려들어 물에 젖은 올케 손에 마른 수건을 쥐어 주곤 했었다. 몸조리 안정이 먼저라며 극구 말린 것이었다. 금옥은 말을 듣지 않았다. 성옥은 '애가 임신부 벼슬을 포기했구나?'하고 그래서 부엌일을 맡기고 잠시 텃밭에 갔다 온 것이었다.

"밥 먹고 병원에 가거라."성옥이 올케와 동생에게 동시에 일렀다.

한상 저녁을 마친 자형이 집 밖 길가에서 반 트럭차량의 엔지를 걸어놓고 기다리고 있었다. 성한은 며칠입원을 각오하고, 누나가 일러준 대로 아내의 속옷과 내의 한 벌씩 넣은 손가방을 챙겨 들었다.

누나가 인터넷으로 검색한 산부인과는 도로변이라 쉽게 찾을 수 있었다. 내과·외과·피부과·소아과·안과 등의 진료실을 갖춘 준 종합병원이었다. 입원절차를 마쳤다.

한참 안 보였다 히죽 웃음을 앞세우며 불쑥 나타난 자형의 투박하게 거친 양손에는 열 개 묶음들이 두유 한 상자와, 산모들이 군것질로 즐겨먹는다는 열두 개 묶음 사브레 과자가 들려있었다. 구내매점에서 자세히 묻고 선택한 품목이란다. 입심심을 달래 줄 먹을거리를 움직이는 동작이 한층 둔해진 끙끙 몸으로 받아 침대 머리맡에 둔 금옥은, 촌구석 사람이라 시대에 뒤떨어져 있다는 저변의 예상을 농담처럼 극적으로 깬 자부의 자애로운 눈치에 감동했고, 성한도 그에 못지않은 환희를 비쳤다.

"아기를 안고 돌아갈 때까지 그동안 우리 애들 잘 돌봐 주세요."돌아갈 채비를 마친 자형을 돌아보며 성한이 인사말을 붙였다.

"알았어요. 아빠 된 축하 미리 해야겠네요."

매형의 도심사람 흉내는 본질이 아닌 비 어감이라 상당히 어색했다. 그렇지만 성질은 흙처럼 꾸밈없이 순박하여 절로 우애심이 우러난다.

금옥의 순산은 성공적이었다. 사내아이였다. 포대기에 둘러싸인 갓난아기를 안고 집으로 돌아온 산모를, 온 식구들은 지극정성으로 보살폈다. 두 남자는 섭씨 12-16도 선까지 오르내리는 낮 더위 기온보다 거의 5-6도 선까지 떨어지는 밤에는 한기 들새라 출입문 단속과 창문단속을 철저히 고쳐 막았고, 일찍이 두 아들을 키운 경험이 있는 성옥은, 산모의 식사 및 건강문제에 세심한 정성을 기울였다.

엄마의 젖을 충분히 빨아들인 갓난아기가 침대에 누워있다. 배냇머리에 두 눈망울이 똑같이 검은 아기의 연한 피부는 순결하게 곱다. 이슬방울처럼 영롱하게 맑은 두 샛별로, 위에서 굽어보는 세 어른의 얼굴을 차례로 둘러보는 귀염둥이는 앙증맞은 두 손을 꼭 움켜쥔 것처럼, 언제까지나 기억에 새겨두겠다는 다짐의 뜻으로 내비쳤다.

아버지가 된 성한은 애정 심에 불탔다. 그는 아내와 아기이마에 차례로 키스를 하고 마지막으로 침대에서 물러났다. 그는 마당을 가로지르면서 가뿐한 이 행복 영원토록 지켜내야 한다면서 두 주먹을 불끈 쥐었다. 가슴으로 새겨져 있기에 잊으려 해도 털어낼 수 없는 그때의 무대책, 무저항-머리 피가 볼의 상기로 물들 지경까지-열이 37도 5부까지 오르도록 끝없이 헤맸었던 방황-아리도록 쓰라렸던 굴욕의 과거를 더는 생각하지 말고 이젠 위안의 아기로 도란도란 말끔히 씻어내야 한다.

아내 금옥과 누나 성옥의 음양의 응원에도 불구하고 인생의 쓴 약이었던 잔재는 여전히 입맛에 남아있다. 그러나 내 핏줄의 직계아기는 그보다 더 진하게 아비의 힘이 되어 주리라 확신한다. 방금 본, 한 점의 티 없이 맑고 밝고 고운 방긋 웃음, 얼마나 큰 기쁨의 위안을 안겨주었던가.

어느 날 그는 산후조리를 갓 마친 아내를 데리고 산책에 나섰다. 그 길로 돼지들에게도 뽐내는 자랑으로 갓난아기를 보여주고 싶었다. 그렇게 실상 시도의 걸음을 옮겼다. 그렇지만 오물 냄새 지독한 양돈장 접촉이 면역력 약한 젖먹이 아기에게는 좋지 않다는 아내의 눈살 찌푸린 반대로 생각을 거둬들일 수밖에 없었다.

배를 채울 시간은 돼지들이 먼저 안다. 그때면 돼지들의 이리저리 날뛰는 소동은 귀청을 찢는다. 한바탕 난리소동을 가라앉힌 성한은 양손을 습관적으로 털면서 비닐 온상 방향으로 발 머리를 잡았다. 채소들은 정성껏 길러 준 보답을 싱싱한 푸른 잎사귀로 보여줬다. 하루에 한 번씩 찾으면서, 물을 주거나 잡풀을 뽑은 온실을 나서기 전에, 그날에 올릴 식탁 반찬으로 따가는 누나의 손길에 잎사귀가 뜯긴 아욱 따위의 채소들의 불균형 흔적도 동시에 눈에 띄었다.

한낮 동안 거둬 올려뒀던 비닐자락들이 모두 내려졌고, 출입문도 꼭 닫혔다. 온실을 등진 성한은 쳐든 눈길을 서향으로 돌렸다. 해발이 높지 않은 서산으로 기울어가는 햇덩이의 붉은 빛발이 온 대지에 물들어져 있다. 그 일부가 까치집 두 채를 품은 미루나무 무성 가지 사이를 비집고, 그 아래 들풀 잎들에도 같은 색상의 아른아른 무늬를 일록으로 입혔다.

이 마을에서는 경작이 적어 보기가 힘든 두 마지기 크기의 논밭이 있다. 수확을 앞두고 있다. 누런 벼이삭 위로 고추잠자리 떼 뱅뱅 노닐고, 상거가 까마득히 높은 상공에서는 병아리 감춰야 할 솔개 한 쌍이 지상을 노려보며 있다.

감정 상할 이유가 하등 없었는데, 기분이 무지근하게 얹잖다. 일상생활의 지루에 따른 권태증 같기도 하고-예나 지금이나 변한 게 아무것도 없다는 싫증 난 염증 같기도 하고-아무튼 오늘따라 아들놈 빨리 보고 싶다는 메리한 조급성이 일지를 않는다.

그는 찡그린 시무룩 눈살로 다시금 먼 하늘로 턱을 쳐들었다. 그러면서 돌아보지 않고 무덤 정도 높이인 흙봉우리 위에 걸터앉았다. 몇 줄기 풀이 장난을 걸 듯이 손등을 간지럽힌다. 성한은 돌아보면서 잎줄기 하나를 뽑아 입에 물었다. 바래기라고도 불리며 작은 흰털의 열매를 10월의 땅속에 엄청나게 묻는다는 바랭이 식물이다. 밭 매는 옛 아낙네들의 허리를 휘게 했다는, 볏과에 속하는 야생초이다. 주변 어디선가에서 풀벌레 소리가 소곤소곤 들려온다.

이상하게 부정 심이 혼란을 부추긴다. 정체불명의 그 대상이 또렷하지 않아 가슴이 아릿하게 미어지는 듯 답답하다. 영문을 통 모르겠다. 정신력에 문제가 있는 것도 아니다. 다만, 모든 게 지긋지긋하다는 넌더리가 처질 뿐이다.

밀려든 서글픈 감성이 심경을 뒤덮는다. 심기가 뒤틀리면서 사물 보는 눈이 현격히 비관적으로 변했다. 불안정해진 몸은 욱신욱신 떨고 있다.

무슨 말을 하려면 이상한 말만 되풀이 내는 원시덤불의 정체는 욕구불만이었다. 까닭 없는 이유는 없겠으나, 간혹 남몰래 내색 감춘 불만을 토로해 왔었다. 숨겨둔 내막은, 언제까지 적막한 초야에 묻혀 풀벌레 소리 들어가며 돼지를 쳐야 하는 가에서 출발한다.

잠시도 멈추지 않고 내쉬어지는 숨결 유지를 위해 근육은 움직여야 했었고, 자발적 조롱과 모욕을 면할 셈으로 혈육인 누나밖에 의지할 대상이 없어 이곳에서 정착하게 되었고, 덕분에 피골이 상접하도록 위태롭게 불안정했던 생업의 안정 속에 가정도 꾸려 후손까지 두었다.

퍽 익은 안정의 권태라 할까? 언제부터인지는 정확한 날짜를 짚어낼 수는 없으나, 둘러볼 구경거리도 딱히 없는-만날 그 얼굴에 그 얼굴들만 볼뿐이라, 삶의 감흥을 잃어가고 있었다. 돼지처럼 먹기만 위해 산다는 회의적 작용은, 고등인간의 본래 목적은 이게 아닌데 부정론이 고개를 들기 시작했다. 침윤의 잠복이 다시금 우울증 증세를 불러일으킨 것이다. 우울증은 자신에게 갇힌 외로운 자의 고질병이다.

몸 안이 뻥 뚫린 것 같은 허무한 기분이 헛바람을 불러일으킨다. 견뎌낼 수 없는 짓무른 외로움에 숨통이 먹먹하다. 울화는 아니지만, 켜켜이 쌓인-무게가 굉장한 뭉치에 억눌린 듯이 도무지 트이지 않는다. 복장이 터져버릴 것만 같다. 사지마저 옴짝달싹 못하도록 꾹꾹 조이는 숨 막힘에서의 해방은 자신으로부터의 탈출이 있다.

제일 먼저 익숙하여 새로울 게 하나도 없는 환경부터 전면 바꿔야 한다. 수많은 사람 속에서 박박 우기며, 실컷 떠들며 놀아보는 것도 기분전환의 일환일 수 있다. 엉망진창으로 취해보는 것도 이에 해당한다.

실상 튀지 않고 죽은 듯 착실하게 살아보겠다며 그동안 수도사 못지않은 환속생활을 해왔다 해도 과언이 아니다. 이 배후에는 누나와 소꿉친구 금옥이 있었다. 두 여인 덕분에 생활의 중심을 다잡을 수 있었다. 이곳에다 살터를 잡고 기쁨이든 슬픔이든 생활 속에서 일어나는 안팎의 모든 문젯거리를 함께 공유하는 한솥밥 식구로 정착하였다. 홀로 버려진 세상 끝에서 구제 받아 사람들과도 어울리게 되었다. 그렇지만 오늘따라 두 여인으로부터 완전히 벗어나고 싶다는 일념뿐이다.

"미령靡寧의 병……?"

성한은 입안에서 빙글빙글 도는 자문 형식의 말을 자신에게 내질렀다. 대답이 없다. 그 복판에서 한 인물의 모습이 돌연 그려졌다. 애잔한 애심愛心으로 가슴에 품고 싶은-허물할 구석 없이 균형이 바로 잡힌 아담한 몸매-사리에도 소명을 갖췄을 법한-한 마을 그 어떤 여인이다. 일전에 축사에서 만났던-먼발치로 잠깐 본 그 손님의 아내였다.

"미친놈!"자신에게 강한 벌침을 쏘아댄 성한은, 갑자기 몸을 벌떡 일으켜 세웠다. 그리고는 장달음질을 시작한다. 슬리퍼가 발뒤축을 때려대며 따라붙었다. 한참 뒤 멈춰 서서 주위를 둘러보니 버스종점이다. 그는 출발을 기다리고 있는 버스에 무작정 몸을 실었다. 성한은 비로소 인체 땀과 돼지냄새가 뒤범벅 밴 작업복 채인 자신을 알아봤다.

"옷이라도 갈아입을걸!"

이 말을 잇 사이로 낮게 새어낸 그는, 상하주머니를 뒤척거린다. 모두 비어 있다. 당연하다. 집과 돼지우리만을 오가는 시계추 일상이라, 소지품 따위는 불필요하여서 갖고 다니지 않는다.

이미 버스는 운행을 시작했다. 유일한 승객은 내려야겠다며 좌석에서 일어나 운전석으로 비틀비틀 향했다. 그러면서 온 주머니를 다시금 죄다 뒤진다. 그때 반소매 티셔츠상의 윗주머니에서 얇은 종이 같은 물질이 부스럭 만져졌다. 꺼내 보니 오만 원 권 일 매와, 일만 원 권 두 매이다. 웬 돈일까? 더듬어 생각해보니, 기회를 봐서 아들놈 장난감 사 주겠다며 예전부터 준비해둔 그 돈이다. 시내에 나갈 짬이 없어 쓰지 못한 그 돈이다.

"오랫동안 거리를 뒀던 시내풍경을 뭉텅하게 구경할 겸 이대로 나가자."

운전자로부터 버스비 제외된 잔돈을 거슬러 받은 돈은 바지주머니에 넣어뒀다. 내린 지점은 소규모 재래시장을 낀 도심이었다. 다니는 인적이 드물어 상가마다 매출실적이 낮을 것으로 짐작되는 한적한 거리였다.

맨 처음 눈길을 끈 인물은, 집안 식구 며느리나 딸 누군가가 잠깐 볼일로 맡긴 것을 데리고 있는 건지, 한 상가건물 출입구 석물계단 바닥 모서리에 빈약한 엉덩이를 반쯤 걸쳐두고, 두 살차 사내아이를 어설프게 안고 있는 노인이었다. 잠들어 있는 아이를 모아 붙인 무릎 위에 누이고, 오른손으로 아이의 엉덩이를 부자연하게 받친 자세였다. 아이를 한 번도 돌봐본 적이 없을 성싶은 불안한 주름투성이 촌로였다. 차림새도 추레한 그는 그러면서 남은 한 손으로 담배를 뻐끔뻐끔 빨고 있었다. 담배연기는 아이 얼굴 위로 그대로 흩날렸다. 노인의 비 상식한 무지는, 면역력이 약한 아이에게 좋지 않은 영향을 끼친다. 실상 아이는 잠결에서 깨면서 두 차례나 기침을 받아 냈다.

자신과 관련된 일처럼 은근히 부아가 치민 성한이 이를 지적하려 나섰을 즈음에, 몸집 뚱뚱한 여인이 먼저 "어서 담배 끄세요."하고 주의를 던졌다. 노인은 즉시 담배를 계단바닥에 내버리고 낡은 구둣발로 짓이겼다. 남의 말을 다툼 없이 잘 듣는 순박함이 돋보였다.

잠시 나아졌다 싶었던 오금이 다시금 무지근 눌려진다. 생리 저하로 몸과 마음의 기운이 처진다. 시야가 어둡다. 장막에 가려져 아무것도 볼 수 없다. 목적지를 잃고 비틀비틀 갈지자로 걷는 발길질은 정당성을 잃었다. 적당히 붙일 정합도 딱히

떠오르지 않았다. 접점이 잡히지 않아 무엇을 하려는지 자신
도 모른 채 눈에 짚이는 대로 무작정 길 따라 걸을 뿐이다.

  을씨년스러운 찬 공기 침묵 속의 시간대라, 건물을 소개하
는 전등불빛 숫자가 점차 늘어나는 추세이다. 큰길 좌우 변을
채운 혼령의 건물들을 두리두리 둘러보기는 하나, 뇌리에 새
겨지는 사물은 아무것도 없다. 한없이 긴 시커먼 수렁일 뿐이
다. 지금 여기가 어디쯤인지 명확하지 않다. 음습한 늪에 잠긴
눈빛은 생명줄이 될 만한 지푸라기 일지라도 잡아보려 두 팔
을 엇박자로 휘적휘적 젓고 있다. 저마다 마스크로 입과 코를
가린 소수의 사람들은 무슨 일들로 그리 바쁜 진 재빨리 앞을
지나치며 저 멀리 사라진다.

  시멘트 계단 아래 우측으로 하루하루 다가오는 선득한 낙엽
시기라 가지이파리 생기가 차츰 말라가는 늙은 느티나무 한
그루가 서있다. 바람 냄새나 어느 구석에서 울어대는 귀뚜라
미 소리가 가을임을 다시금 일깨워 주었다. 시간대의 어둠침
침한 검은 빛 색깔에 온통 둘러싸여 속내를 한 치도 들여다볼
수 없는-시커먼 나무를 본 순간 기온 낮은 한기가 으스스 밀려
들었다.

  한아름 굵기인 나무줄기 아래로 누런 장판을 씌운 평상이
놓여있는데, 테이블이 세 개에 불과한 야외석이다. 모서리에
걸터앉자 전등 실내 안에서 파마머리 여인이 생긋 웃으며 달

려 나온다. 호리호리한 신색 외모 전체가 앞 그림자로 길게 드리어졌다.

"막걸리 하시게?"

마흔두 살 나이의 보조개가 양 볼에 새겨진 얼굴이 그리 밉상은 아니다. 상현달 모양의 검은 눈썹이 선명한 눈 밑 양가 몇 가닥의 옅은 주름은, 장사 애교로 봐준다면 남자손님들의 타령은 안 터질 듯싶은 인상을 가진 여인이다. 변두리 장사치들이 남에게 잘 보일 게 뭐람-넋두리 방심으로 대충의 차림새로 손님을 맞고 보내는 허접한 속인들과 색다른 고운 안색 피부로 미뤄 몸매를 정도껏 가꾸는 모양새에 속해진다. 장사 간판으로서의 터득인지 여성미를 잃지 않으려는다는 지고지순도 함께 읽혔다.

"그래요. 한상 부탁합니다."

성한은 슬리퍼를 벗고 평상 위로 오르면서 양반다리를 틀었다. 불만의 시간을 버렸더니 고대했던 사람을 드디어 만났다는 것처럼 웃음기운이 둥실 밝다.

손님과 여주인이 위아래에서 서로 교환하는 경사면 시선이 예사롭지 않게 온기가 감돈다. 붙어 떨어질 줄 모르는 끈적끈적한 분비물이 묻어있다. 손님 편은 그리운 이성에 매달려 있는 감정이고, 여주인 편은 장사매출을 올려줄 오늘의 손님은, 어떻게든 그냥 보내서는 안 된다는 집착이다.

"안으로 들어가요."평상 밖 여주인이 손길을 내밀어 손님의 왼 손목을 친절하게 잡았다. "환절기 기온 차로 쌀쌀하잖아요. 게다가 차림새도 엷은걸."

정분 담은 말씨가 그윽하게 간들 하다. 심장이 녹아내렸다. 난로 같은 따스한 온기에 몸 떨림이 사라졌다. 성한은 순한 양처럼 여주인의 안내를 받아 실내로 들어섰다. 한 명의 손님도 없는 빈 가게 면적은 대략 210제곱미터 남짓의 규모였다.

유일한 손님인 성한은 여주인이 주방 안에서 주문 물을 준비하는 동안, 천장 낮은 실내를 찬찬히 둘러본다. 제일 먼저 눈길이 멈춘 곳은 연모 열이 점차 높아가는 그리움으로 매번 눈질 거리게 되는 그녀의 일터 즉, 주방 위 높은 벽면이었다. 색상 밝은, 산초 잎줄기그림을 새겨 넣은 도배벽면 한 곳에 가로 20센티미터 세로 26센티미터 크기의 금테액자 그림이 걸려 있었다. 색감그림은 물결 이는 바다 풍경이었다. 하단 좌측 김현미 이름 아래로 년도와 그해 월일이 가는 붓글씨체로 박혀 있었다.

그림에 까막눈인 성한은 주문 물 준비로 주관이 뚜렷한 사각 턱을 낮춘 여주인을 한 번 더 슬쩍 훔쳐본 시선을 남측 벽면으로 이동했다. 그편 벽면에는 비키니 차림의 머릿결 긴 묘령의 여인이, 백사장에 양 무릎을 꿇고서 어느 한 곳을 응시하는 달력사진이 부착되어 있었다.

주방과 마주 보고 있는 계산대 높은 벽면에도 그림 한 점이 걸려있었다. 주방 편 액자와 규격 크기가 똑같은 이편 그림은 여인초상화였다. 선체인 화실에서 캔버스를 마주하고 그림 그리는 작업을 하는 모습인데, 물감을 머금은 붓을 한 손에 들고 단발의 얼굴을 좌측으로 돌려두고 있었다. 양 볼은 살 빠져 갸름하고, 콧날은 낮으면서, 두 입술은 꾹 다물려 있고, 한곳으로 모아진 자치의 이면으로 메마름에 떠는 쓸쓸함이 실린 두 눈매에서는 정해진 목표달성을 위해서는 어떤 어려움도 극복해야 한다는 얼개가 서린 인상착의이었다.

성한은 그림 속 인물이 왠지 낯이 익다는 느낌을 받았다. 기억이 잡혔다. 바로 눈앞에 둔 여주인이었다. 그는 그림 속 여인과 현 여인을 번갈아 비교 분석했다. 틀림없었다.

주머닛돈은 칠만 원에서 좀 빠진다. 그래서 수준에 맞추려 실비주점을 발견하고 오보 지나쳤다 되돌아와 자리를 잡아 앉은 것이다. 첫 대면에서 성한은 술을 파는 여자치고, 성격이 방자하지 않고 고전하게 차분하다는 인상을 받았었다.

성한은 마음가짐을 새롭게 다졌다. 돼지들의 지저분한 분뇨 따위나 거둬내는 천한 신분으로, 학생들을 가르치는 이지적 선생님쯤 되는 분을 함부로 대해서는 안 된다는 강조를 자신에게 타일렀다. 그 한편으로 내면부터 쌓아진 세련된 미모로 질퍽한 이 장사 어떻게 하는 가의 의문이 스쳤다. 이 때문

에 접근이 용인하지 않아 손님을 놓치거나 끌지 못하는 것이
아닐는지-.

남자들은 자고로 여자들이 채워주는 잔의 술이 맛있다 한
다. 그래서 한 병 술이 열병까지 늘어나는 것은 예사이다. 과
찬이 아니다. 남자들은 교태를 부릴 줄 아는 계집을 선호한다.
남자들은 스스럼없이 아무 때든 넘나들 수 있는 술집 문턱을
원한다. 술파는 주제에 어울리지 않는 무거운 점잖은 부담만
얹어줄 뿐이다.

그는 간단한 요리만 할 수 있는 좁은 주방에서, 식용유로 파
전을 데우는 여인에게로 다시금 관심을 돌렸다. 어쩌지 못 하
는 이끌림이었다. 바로 아래서 피는 가스 불 열기에 발그레 빛
으로 채색된 숙인 턱 언저리가 유독 길어 보였다. 마른 침이
삼켜졌다.

여인이 막걸리 세 병에 이어 배추김치와 보기 좋게 썬 두부
몇 조각과 마지막으로 안주용 파전접시를 테이블에 올렸다.

"한 잔도 안 했네."여주인은 맞은편 의자에 앉으면서 생긋한
애교를 떨었다. 성한은 그릇 잔에 쌀 막걸리가 따라지는 양을
멀거니 지켜본다. 여인은 이어 채운 제 그릇 잔을 쳐들었다.

"우리 건배해요."두 잔이 맞부딪쳤다. "왜 그리 기분이 죽상
으로 가라앉아 있어요. 활짝 펴고 웃어요."여주인의 진정 담
은 수다는 유미한 흡족 감을 안겨줬다. 비위 따위나 맞추는 쇼

한 말투가 아니었다.

"이 장사한지 얼마나 돼요?" 성한이 내내 담아뒀던 궁금증을 마침내 풀어냈다.

"음, 그러니까……" 여인이 손가락을 꼽는다. "일 년이 채 안 된 10개월째네요. 새내기죠." 입술 사이로 살짝 드러낸 치열이 고른다. 그 골격에서도 억제된 남다른 교양미가 피어났다.

"당신이 저 그림을 그린 김미현 씨 맞지요?"

"눈썰미가 대단하시네요. 그래요. 내 그림이에요."

"화가시군요."

"뭐……취미 삼아 긁적거려본 엉터리 작품인걸요. 나의 손수 작품이라 버리기 아까워 걸어둔 거예요."

"취미 수준을 크게 뛰어넘은 작품이던데요."

"그림에 대해 뭐 좀 아시는 분 같네. 보통 손님들은 거들떠보지 않고 지나치는 그림을 화제로 올리는 건 손님이 처음이에요." 김미현이 보조개 미소를 반짝 지었다. 상큼하다.

"그림만으로는 먹고 살 수 없으니 이 장사를 연 것이군요." 성한이 감듯이 아래로 떨구었던 윗눈썹을 치켜떴다.

"어쩜 그토록 보는 눈이 정확하세요." 여주인의 안색이 별안간 흐려졌다. 숨겨둔 비밀이 발각되면 짓는 무안의 표정이었다. "그래요. 살아있는 입에 거미줄 치게 할 수 없어서 이 장사를 하게 된 동기예요."

"경험 없는 처음 장사라 많이 힘들지요."

"그럭저럭 이렇게 찾아주시는 손님들 덕분에 굶주림은 면하고 있어요. 자주 오세요."

비위 맞추는 애교 따위는 때로는 친절로 들린다. 확실치 않는 막연한 그 무언가에 들떠 있는 성한은 이 말을 적적을 달래줄 끌림으로 받아들이고는 무지개 사모를 그린다. 눈 앞의 여자와 손을 잡고 숲속을 거니는 심정에 젖어드는 꿈을 꾸고 있는 사색이다.

벽면에 붙은 파전 값과 막걸리 가격이라면, 아직은 돈의 여력은 있다. 성한은 주문을 추가했다. 출출한 배를 채우려 국수도 주문했다. 일종에 환심을 끌려는 수작부리였다.

영업점 위치는 이십 칸은 족히 되는 시멘트계단을 거쳐 윗동네로 오르는 변이라, 이 동네주민들만이 고작 다닐 뿐이다. 그 수효도 드물어 길목은 한산하다 못해 적막했다. 가로등 하나만이 덩그러니 비추는 밤 아홉 시 경이라 유령의 뒷골목과도 같다. 그래서 가게 목이 썩 좋지 않다는 것을 단번에 알아차릴 수 있었다. 그런데도 이곳에다 궁색하기 짝이 없는 가게를 갖춘 까닭은 단층건물의 임대료가 싸기 때문일 것이다.

여주인은 오늘의 유일한 손님에게 최선을 다하는 면모를 보였다. 여주인과 함께 먹고 마신 음식물로 늦은 저녁식사까지 해결한 성한은 계산을 치렀다. 여주인은 공치지 않아 그나마

다행이라는 화색을 살짝 띄웠다.

"집에 기다리는 식구가 있어요?"

여주인의 음조에는 텅 빈 고독한 추위가 휘말려있었다. 다른 한편의 느낌은 공허한 울림이었다. 손길 사랑을 못 받아 시들 해진 꽃잎과도 같이 생기가 마른 바삭거림이었다. 또한, 기쁨 은 절대로 내 몫이 될 수 없다는 비관적인 무언이기도 하였다.

"처와 젖퉁이 아들놈이 있는데 왜요?"

"아니……그냥!"여주인은 맥이 쳐진 고개를 떨어트리며 한 바퀴 돌린 등받이의자 위로 신체를 낮춰 앉았다. "같이 있어 주면 안 되나요."

애원이다. 적적한 외로움을 달래 줄 누군가의 손길을 그리 워하는 짙은 정념情念이다. 손님이 떠나버리면 그 후부터 도 리 없이 독수공방에 들어가게 되는 허망한 밤을 혼자서 쓸쓸 히 보내야 한다는 고통의 괴로움이 무섭다는 암시였다.

"남편 분 안 계세요?"

"결혼 같은 건 한 번도 안 해 봤거든."그저 내뱉어 봤을 실토 속에는 체념이 깔려있었다.

성한은 잠자리만 보장된다면 외박 따위에는 신경을 쓰지 않 기로 이미 자신과 합의를 해두었다. 우연의 일치로 상황이 딱 맞아떨어진다고까지는 할 순 없으나, 굶주린 남성의 소원이 풀릴 것 같다는 제안이 솔깃해진 것 진심한 발기이다.

김미현의 거처는 가게 벽과 맞댄 바로 옆이었다. 가게 문을 나가 다른 문을 열면 곧바로 그림재료와 캔버스가 널린 화실과 맞닿아진다. 그곳에서 침식 겸 그림을 그린다. 애옥살이이다. 서로를 잘 알지 못하는 두 남녀는, 기본적 몇 가지만 중성적으로 교환하고 바닥이불에 나란히 누웠다.

그녀는 역시 성性에 무척이나 메말라 있었다. 남자의 알몸을 집어삼킬 듯이 빨아들이는 힘이 약탈하게 집요했다. 정열이 활활 넘쳤고, 두 쌍의 가슴 애무를 받을 시에는 어쩔 줄 모르는 열락의 괴성을 연시 토해냈다. 불꽃 튀는 한바탕의 정열을 마친 성한이 여체 위에서 내려와 그 곁에 길게 누웠다. 부드러운 손길이 온몸을 훑는다. 성한은 다시금 달아오른 불덩이 몸을 식히려 여체를 한 번 더 파고들었다.

화색이 밝아진 김미현의 경쾌한 희열은 오랫동안 그치지 않고 지속되었다. 혈관이 열린 감격의 눈물까지 흘렸다.

"고마워요."

금옥은 거의 뜬눈으로 밤을 지새웠다. 알다가도 모를 남편의 갑작스러운 행방불명은, 언제까지나 아무 탈 없이 잘 살아보자는 가족행복의 꿈을 일부 깨버렸다. 그 적응에 이제 겨우 잠겨갈 시기에 처음 벌어진 남편의 감쪽같은 증발은, 금옥에게서는 불길 이상의 하늘 무너진 충격이었다. 당연히 아내로써 아기를 들쳐 업고 양돈장과 비닐하우스를 수차례 둘러봤다. 두 곳 어느 구석에서 잠시 쉬려 누웠다, 세상 다 잊고 잠에 빠져들었을 거란 예측을 앞세우고 두루 살폈다. 소용없는 헛일이었다. 마을을 둘러보는 마실 나갔을 거라는 의미는 퇴색된 지 오래다. 그러면서 금옥은 내가 뭘 잘못했기에 남편이 아무런 언질도 없이 냉정하게 집을 뛰쳐나간 걸까? 생각을 요리조리 굴렸다.

일이 손에 휘감아지지 않았다. 아기의 보채는 귀여운 재롱에도 감흥은 별로였다. 금옥은 문득 엊그제 일을 되새겼다. 성한이 부부 동침을 요구했을 때 생리불순 중이라 다음에 하자고 미뤘던 말을 상기했다. 남편은 비록 촌구석 농민이긴 하나 그처럼 속 좁은 인간이 아니다. 그러므로 그딴 사소한 일로 화를 낼 리가 만무하다. 그렇지만 김 피우지 않는 숭늉은 뜨겁다 했다. 부풀어 오른 성욕을 풀기 위한 성한의 근성으로는 무단 가출쯤은 얼마든지 할 수 있다. 상식적으로 이해가 충분히 닿는 부분이다. 생각이 이에 이르자 금옥은 한결 마음이 놓였다. 동시에 성한은 자신을 버리지 않고 반드시 돌아올 거라는 믿음을 확실히 굳혔다.

성옥 역시도 좀처럼 돌아오지 않고 있는 동생 걱정으로 한시도 마음을 놓지를 못하였다. 남편 원세호 만이 아무 일 없다는 듯이, 두 손으로 뒤를 짚고 허리를 쭉 젖히는 여유를 부렸다. 성옥은 식구 걱정 함께 해주지 않는 그런 남편이 은근히 밉보여 돼지 밥 주고 오라며 쫓아냈다.

"외박까지 할 정도라면 무슨 사고를 당한 것 같지 않아?" 방문턱에 걸터앉은 성옥이 아기를 업고 마당을 서성거리는 금옥에게 말을 붙였다.

"외지바람을 쐬다 보면 시간을 놓쳐 여관방 신세를 질 수 있지 않겠어요."금옥은 대수롭지 않다는 식의 얌전한 음색으로 답변을 냈다.

"그렇다면 걱정이 쓸데없이 천만다행이지."성옥이 올케의 응답을 암묵적으로 동의했다. "성한이 걔 말이다, 농업학교 같은데 다닐 의향 갖고 있기는 한 건가? 작물 업이든 농축 업이든 배워둬야 그 기반을 딛고 장차 큰 소득을 기대할 수 있지 않을까."

"성훈아빠는 힘을 많이 쓰는 가축 일보다 언니처럼 원예식물에 관심이 높아요. 식탁에 올려 질 채소작물 양육에도 애착이 많고요."

"그럼 수도 없이 종별이 다양한 선인장 하우스를 크게 늘리면 되겠네. 걘 선 머슴애 때부터 식물에 관한 책을 즐겨 봤거든."

"기뻐할 거예요."금옥은 그러면서 번뜩 떠오른 한 생각으로 양 눈썹을 크게 키웠다. "참 언니, 동생 분들 중에 대학교수분 계세요?"

"있지. 왜?"

"성훈아빠가 소식이 아예 끊긴 동생 분 얘기를 자주 입에 담아서요."

"그러고 보니 성일이 보고 싶어지네. 나도 걔 소재는 모르지만, 이제부터라도 잃은 동생을 적극적으로 찾아봐야겠네. 얼마나 이 누나를 야속해 할까?……생각난 김에 어떻게 사는지 궁금증도 우러나고……."